Tilman Lechner

Wenn nicht du, wer dann?

Tilman Lechner

Wenn nicht du, wer dann?

Roman

Bibliografische Information der Deutschen Nationalbibliothek:
Die Deutsche Nationalbibliothek verzeichnet diese Publikation in der Deutschen Nationalbibliografie; detaillierte bibliografische Daten sind im Internet über http://dnb.dnb.de abrufbar.

Covergestaltung: Grafikdesign & Illustration Retsch-Amschler;
www.retsch-amschler.de

Herstellung und Verlag: BoD – Books on Demand, Norderstedt

ISBN: 978-3-757-8091-71

FÜR TORBEN

TIEFGEFROREN

Es gibt Tage, an denen dich das Schicksal genüsslich verspeist, ein bisschen auf dir herumkaut, um dich gleich drauf wieder mit großem Gewürge herauszukotzen. So ein Tag war heute. Karma is a bitch, dachte ich mir, und drückte das Gaspedal bis zum Bodenblech durch. Mein Fiat röhrte. Die netten Symbole im Armaturenbrett wiesen mich freundlich darauf hin, dass ich mich in drei, zwei, eins auf dem Seitenstreifen wiederfinden würde. „Komm schon. Halte durch. Wir haben schon ganz anderes durchgestanden." Meine Stimme klang flehend. „Verlass mich jetzt nicht! Bitte." Mit einem verzweifelten Raunen erstarb der Motor und ich rollte aus. „Scheiße! Scheiße! Scheiße!" Ich rüttelte am Lenkrad. „Wie kannst du mir das antun?" Als würde ich auf einem Bobbycar sitzen, versuchte ich mit schwunghaften Bewegungen des Oberkörpers das Gefährt schrittweise voranzuruckeln. Ein dumpfes Grummeln entwich meiner Kehle. „Das ist nicht dein Ernst jetzt, oder?" Dann lies ich den Kopf ernüchtert und schicksalsergeben nach vorne sinken. Meine Hupe brachte mich augenblicklich zurück in die senkrechte Sitzposition. „Und jetzt auch noch frotzeln!" Ich schüttelte den Kopf und zum ersten Mal seit Langem musste ich herzhaft lachen. Ein helles, klares und ehrliches Lachen – mit einer Schippe Wahnsinn zugegebenermaßen. Gott, ich drehte noch völlig durch. Scheinwerfer blendeten mich im Rückspiegel. Mist. Ich streifte mir die Warnweste über, stieg aus dem Auto und stellte erst einmal mein Warndreieck hin. Es hatte gefühlte minus 20 Grad. Mein Atem zog weiße Schlieren vor meinem Gesicht. Verdammt. Mir wurde bewusst, dass es wohl nicht so einfach werden würde, um diese Zeit von hier aus ohne Weiteres nach Hause zu kommen. Im Kopf ging ich meine Möglichkeiten durch.

Torben war geschäftlich in Amsterdam. Wahrscheinlich machte er gerade mit seinen Kollegen die Grachten unsicher. Für einen kurzen Moment hatte ich wieder dieses Gefühl, aber ich schob es barsch beiseite. Meine Eltern? Die waren vor der bayerischen Kälte an die Algarve geflüchtet. Ausgerechnet. Ich fischte mein Handy aus der Jackentasche. Nummern und Profilbilder huschten im blauen Schein des Displays an meinen Augen vorbei. Zu weit weg, ist arbeiten, ist grade beim Feiern. Sydney? Nein, kellnert heute im Darwin's. Harald? Nur in dienstlichen Notfällen. Weiter, nein, nein. Erstaunlich, wie viele Leute man kannte und doch nicht Kontakt hielt. Mein Daumen schnellte über den Touchscreen weiter nach unten. Ich zuckte zusammen. Da stand Leons Nummer. Sollte ich echt?

Ich hatte Leon vor ein paar Wochen beim Bouldern kennengelernt. Er war unfassbar stark an der Wand. Technisch super mit sauberem Stil, um Welten besser als meine Wenigkeit, die sich gerade in die neu gekauften Schuhe gezwängt hatte, wohl wissend, dass ich es bereuen würde. Auch wenn ich sonst nicht der Typ dazu war, alles auf schlechtes Equipment zu schieben, so war ich mir in diesem Fall doch sicher: Mein Leistungsplateau musste an meinen ausgetretenen Latschen liegen, die mich immer wieder von den Tritten abrutschen ließen. So konnte man ja nicht weiterkommen, oder? Während ich noch in den Baby-Routen herumspielte, machte Leon sich an den richtig heißen Dingern zu schaffen. Ich hatte ihn schon länger beobachtet. Typ Einzelgänger, mutmaßte ich. Zumindest hatte ich ihn bislang nie in Begleitung gesehen. Er kam in die Halle, kletterte seine Routen und ging dann wieder. Jedes Mal. Kein Plausch, keine Absacker. Nichts. Mit niemandem. Als ich an der gleichen Passage zum vermutlich hundertsten Mal trotz neuer Schuhe abrutschte und wie ein nasser Sack laut fluchend in die Bouldermatte einschlug, hörte ich es hinter mir hüsteln. Wütend über mich selbst riss ich den Kopf herum und erstarrte. Da stand er, Leon, mit seinem blonden Wuschelkopf und dem Drachentattoo im Nacken. „Wenn du dein Gewicht mehr über deine Zehen bringst, dann kannst du mehr Druck auf die Stelle geben, dann hast du mehr Grip." Entgeisterung stand mir ins Gesicht geschrieben. Er konnte sprechen. „Nur ein Tipp. Komm. Probier's gleich nochmal." Sogar ganze Sätze. Unsicher, ob er wirklich mich meinte, drehte ich meinen Kopf. Hinter mir war keiner. Das galt also tatsächlich mir. Ich drehte meinen Kopf zurück. Er grinste breit. Scheiße, war das peinlich. Ich sah den dicken, fetten Leuchtreklame-Pfeil über meinem Kopf schweben, auf dem in großen Lettern „Groupie" stand. Er zog eine Augenbraue hoch. „Was ist nun?", fragte er, und es hatte eindeutig etwas Herausforderndes. Ich dachte an die Postkarte, die mir Sydney geschenkt hatte, als ich damals zu Studienbeginn gleich mal durch die erste Klausur geflogen war, und die seitdem an meinem Kühlschrank klebte: „Aufstehen, Krönchen richten, weiter geht's." So wahr. „Okay", meinte ich und klopfte mir mit meinen chalkigen Händen den Staub von der Hose, was zugegebenermaßen eher eine Übersprungshandlung war, als dass es irgendeinen Sinn ergeben hätte. Angesichts seines Ritterschlages jedoch fasste ich neuen Mut. „Dann wollen wir mal."

Ich drückte auf den grünen Telefonhörer. Es tutete in der Leitung. Dann hörte ich Leons Stimme. „Hast du solche Sehnsucht nach mir oder was ist los? Seit unserem letzten Treffen sind, Moment, ich schaue nach, 39 Minuten und fünf Sekunden vergangen. Nein, warte. Jetzt sind es schon sechs Sekunden." Die Röte schoss mir augenblicklich in die Wangen. Normalerweise zogen wir durch die Nürnberger Hallen, was mir die Möglichkeit gab, auch mal mit den Öffentlichen zum Treffpunkt zu kommen. Aber heute hatten wir ja unbedingt die Halle in Erlangen ausprobieren wollen. Und jetzt saß ich mit meinem vermutlich im Sterben liegenden Fiat irgendwo im Nirgendwo fest. Gott, was für eine hirnverbrannte Idee, ausgerechnet Leon anzurufen. „Leon, du, ich weiß, es ist spät, und ich wollte dich auch eigentlich gar nicht mehr stören, aber, also, ich stehe hier, mein Auto hat den Geist aufgegeben und, naja ...“ Ich wand mich. Man konnte sein breit gezogenes Grinsen förmlich hören. „Ja?“ Ich rieb mir mit meiner freien Hand verlegen die Stirn. „Herrje, Leon, mach es mir doch nicht so schwer!“ Ein Seufzen entfuhr mir. „Warum? Ich finde es lustig, dass du auch mal zu Kreuze kriechen musst.“ „Blödmann“, kam es prompt von mir. Er schaffte es immer wieder, mich aus dem Konzept zu bringen, und dafür mochte ich ihn. Ich straffte meinen Rücken, fand meine Stimme wieder und fragte tapfer: „Kannst du mich vielleicht abholen und nach Hause fahren?“ Stille. In der Leitung knackte es. „Leon? Bist du noch dran?“ Und schon war sie wieder da, die Unsicherheit. Hoffentlich hatte ich mit meiner Frage jetzt keine rote Linie überschritten. Unsere Zweisamkeit beschränkte sich bislang ausschließlich auf unsere Kletterpartien. Und außer über technische Details oder darüber, welche Route wir als nächstes ausprobieren wollten, redeten wir nie viel miteinander. Wir wussten die Dinge voneinander, die man eben zu Beginn routinemäßig abklopft, um den Rahmen festzulegen, in dem man sich als Vertreter zweier Geschlechter bewegen kann, ohne gleich den Anschein zu erwecken, man würde aufeinander stehen. Seinen Beziehungsstatus hatte ich versucht, irgendwie indirekt und subtil zu klären, während Leon mich einfach gerade heraus gefragt hatte, ob ich Single sei. Ich kam mir ein wenig überrumpelt vor, bejahte aber seine unverblümt gestellte Frage. Doch sein Typ war ich ganz bestimmt nicht, gleiches Alter hin oder her. Er war mein Trainingsbuddy. Mehr nicht. So einer hatte einfach kein Auge für Mädchen wie mich. Ich presste mein Handy fester ans Ohr und hielt mir die andere Hand schützend vor Mund und Mikrofon. „Leon, also, wenn dir das irgendwie unangenehm ist, dann ...", setzte ich an. „Die holde Meid will also, dass ich mein Ross sattle, um sie zu retten? Kein Problem, Prinzessin!", ließ er trocken verlauten. War das Sarkasmus? Ich war so schlecht in diesen Dingen. Stille in der Leitung. Oh nein. Nicht gut. Gar nicht gut. Du machst dich hier vollkommen lächerlich gerade. Wie kam ich jetzt nur wieder raus aus der Nummer? Dann hörte ich ihn lachen. „Mia, dein Gesicht hätte ich jetzt gerne gesehen. Natürlich komme ich dich holen. Wo stehst du denn?" Erleichtert atmete ich aus.

Eine halbe Stunde später näherte sich langsam ein Volvo meinem Standort. Ich hatte Leon eine Nadel auf Google Maps geschickt, sodass er mich kaum verfehlen konnte. Eingehüllt in meine dicke Lamadecke, die ich aus dem Kofferraum befreit hatte, stand ich am Straßenrand und winkte. Ich zog die Schultern noch ein Stückchen mehr nach oben, um mich besser vor der Kälte verstecken zu können. Leon stieg aus. Er hatte Jeans und einen dunkelblauen Hoody an, die Kapuze tief in die Stirn gezogen. Seine Stiefel knirschten im Schnee, als er auf mich zu kam. „Hey, du siehst aus wie ein erfrorener Dönerspieß." Er drückte mich zur Begrüßung. „Dann wollen wir dich mal verladen", scherzte er und zwinkerte mir zu. Prüfend nahm er die Lage in sich auf. „Ich kümmere mich hier schnell noch um das Nötigste, damit der Wagen bis morgen sicher steht. Setz dich schon mal in den Volvo, ja?" Wie umsichtig von ihm. „Danke dir. Ich wüsste nicht, was ich jetzt ohne dich gemacht hätte." Meine Zähne klapperten. „Ich stehe wirklich in deiner Schuld." Seine tiefgrünen Augen fixierten mich. Für einen Moment schien es, als würde er etwas sagen wollen, das er schlussendlich dann aber doch wieder verwarf. Um seine Mundwinkel bildeten sich kleine Lachgrübchen. Er neigte sich ein wenig nach vorne und sagte in verschwörerischem Ton. „Ich lass mir was einfallen, damit du deine gerechte Strafe erhältst für dieses Vergehen." Hui. Alles klar. Das klang … ähm, irgendwie … komisch, interessant … ich weiß nicht, sexy vielleicht? Hat er bestimmt nicht so gemeint.

Leon setzte mich zu Hause ab und wir verabredeten uns für den kommenden Tag, um meinen Fiat zu bergen. Als ich den Schlüssel im Schloss meiner Wohnung drehte und langsam die Türe aufschob, war es, als würde ich ein Stargate passieren und in eine andere Welt, ein anderes Leben, eintreten. Eines, was tiefe Spuren in mir hinterlassen hatte, eines, das Menschen, die mich nur kurz kannten, nicht für möglich hielten, eines, über das man besser schwieg, weil die Wahrheit einen sonst überrannte und plattwalzte.

CHAOSQUEEN

Von draußen wummerten die unverkennbaren Beats unterirdisch schlechten Hip-Hops an meine Bürotür. Wo sind die Zeiten hingekommen, als Blumentopf und Fettes Brot unsere Ohren mit intelligentem Deutsch-Rap in Verzückung versetzt hatten, dachte ich bei mir und schüttelte den Kopf. Das, was die Chantals und Dangers dieser Welt für hohe Kunst hielten, war eindeutig nicht mein Geschmack. Konzentriert starrte ich in meinen Bildschirm und versuchte, mich zu sammeln. Für die anstehende Stadtratssitzung musste ich noch die aktuellen Haushaltszahlen zusammenstellen, damit das Jugendzentrum auch weiterhin so „herausragende Arbeit", wie es hieß, leisten konnte. Ich hatte Harald versprochen, bis zum Mittagessen damit fertig zu sein, sodass er sich in Ruhe auf das bevorstehende Gerangel um die besten Stücke vom Gemeindekuchen würde vorbereiten können. Harald war ein hochgewachsener, drahtiger Mitfünfziger mit afroamerikanischen Wurzeln. Wenn er lächelte, blitzten seine blendend weißen Raubtierzähne hell auf. Er war klug und scharfsinnig. Die Jugendlichen vergötterten ihn – vermutlich, weil sie ihn in seinem schwarzen Ledermantel für einen zweiten Morpheus hielten. „Dies ist deine letzte Chance, Neo. Danach gibt es kein Zurück. Schluckst du die blaue Kapsel, ist alles aus. Du wachst in deinem Bett auf und glaubst an das, was du glauben willst. Schluckst du die rote Kapsel, bleibst du im Wunderland. Und ich führe dich in die tiefsten Tiefen des Kaninchenbaus." Gott, wer würde nicht gerne zur blauen Pille greifen, hätte er eine zweite Chance? Peng! Die Tür flog auf. „Hey, Mia, was geht?" Jason stand breitbeinig im Rahmen. Im Hintergrund erhob sich die Stimme des Gangster-Rappers und ließ uns wissen, dass er meine Mutter fickte. „Raus! Und anklopfen." Mein Ton klang so schneidend, dass er zusammenfuhr. „Okay. Okay." Er drehte sich um, zog die Tür hinter sich zu, wartete eine gespielte Höflichkeitspause lang und klopfte dann an. „Herein", stieß ich entnervt hervor.

Unfassbar, dass man selbst die kleinsten Umgangsformen eintrainieren musste – wie bei einem verzogenen Hund. Eigentlich taten mir meine Jugendlichen leid. Sie konnten nichts für ihre verkorksten Familien, häuslichen Probleme und frühkindlichen Prägungen. Ständig lärmend und von Macho-Sprüchen durchsetzt überspielten sie ihre eigene Unzulänglichkeit und Verunsicherung. Es gab Momente, wo ich am liebsten schreiend das Gebäude verlassen würde, nicht ohne vorher Harald die Schlüssel vor die Füße geknallt zu haben. Es war frustrierend. Stunde um Stunde zog ich mir an der Uni sozialpsychologische und erziehungswissenschaftliche Theorien rein, nur um dann in der

Praxisanwendung festzustellen, dass ich nicht fähig war, diese ins echte Leben zu übertragen. Das Graffiti war trotzdem an der Wand! Nette Unterfütterung meines Studiums, aber bitte, ich konnte verzichten. Und dann gab es Momente, in denen ich wusste, warum ich mich genau diesen Jugendlichen hier verschrieben hatte. In einer Welt voller Möglichkeiten, Orientierungslosigkeit und Zukunftsängsten wollte ich sie begleiten, ihnen helfen, ihren eigenen Weg zu gehen, sich zu finden, das zu finden, was sie ausmachte, was sie konnten, warum sie einzigartig waren und was sie auch wirklich anstellen wollten mit ihrem Leben. Gut. Realistisch bleiben, Mia! Die meiste Zeit machten wir Schadensbegrenzung.

Jason war einer der älteren Jugendlichen hier, 17 Jahre um genau zu sein, und seine manchmal so traurigen Augen wirkten, als hätten sie mehr gesehen als ein einzelner Mensch vertragen konnte. Aber diese Seite ließ er nur durchscheinen, wenn wir allein waren. Ich mochte ihn. „Hey, Mia, was geht?" Er machte eine Pause und blickte mich fragend an. Seine Freunde sprangen im Türrahmen herum, die Arme sich gegenseitig über die Schultern gelegt, und gaben mit Inbrunst die Barden des 21. Jahrhunderts. „Besser so?" Meine Mundwinkel zogen sich leicht nach oben. „Ja. Viel besser. Du hast noch was vergessen." Er drehte den Kopf – „Oh. Sorry!" – und drückte die Tür mit beiden Händen behutsam zu. Es blieb nur mehr der Bass von vorher. „Wie kann ich dir helfen, Jason? Setz dich." Ich wies mit meiner Hand auf den freien Platz vor meinem Schreibtisch. Es war immer wieder erstaunlich, welche Verwandlung die Jugendlichen vollzogen, sobald sie nicht mehr aufmerksamkeitsheischend unter Ihresgleichen herumposierten. Er zog den Stuhl nach hinten und ließ sich schwer auf die Sitzfläche fallen. „Ach, ich weiß nicht. Es ist nur ...", nuschelte er verkniffen. Ich wartete.

Warten zahlte sich manchmal aus. Gib deinem Gegenüber die Zeit, Mia. Lass ihn ankommen, lass ihn atmen. Nutze die Pause als Mittel, um ihn einzuladen, damit er seinen Raum einnehmen kann. Jason rutschte unsicher hin und her. Seinem Gesicht war anzusehen, dass er überlegte, nach den richtigen Worten suchte, seine Sätze, die er sagen wollte, gedanklich schon einmal zusammenbaute. Es hatte etwas Rührendes, ihn so zu sehen. „Es gibt da so ein Mädchen ..." Es knallte und wieder flog meine Bürozimmertüre auf. Herr im Himmel! Ist das zu fassen? Keine zehn Sekunden? Jasons Gesicht durchlief schlagartig eine Metamorphose. Er hatte wieder sein schelmisches Pokerface auf und hing lässig über dem Stuhl. Wie machte er das nur so schnell? „Ey, Diggah kommst du? Wir gehen Macci." Ich spießte den Eindringling mit meinem Finger auf. „Tarek, raus hier! Sofort." Von draußen hörte ich nur noch ein genervtes „Aww, Junge!"

Als ich das Jugendzentrum am Nachmittag verließ, wartete Leon schon mit laufendem Motor auf mich. Er hatte sofort angeboten, sich um einen Abschleppdienst zu bemühen, und für meinen Wagen auch gleich einen Werkstatttermin vereinbart. Ich war ihm ehrlich dankbar für so viel Unterstützung. Mein Kletterpartner beugte sich zur Seite und drückte mir die Beifahrertüre auf. Ich rutschte auf den Sitz. Dann blickte ich ihn besorgt an. „Und? Wird er sterben?" Leon lachte auf. „Nein. Halb so wild." Meine Gesichtszüge entspannten sich. „Dein Diesel ist sulzig geworden. Wir haben ihn abgepumpt und den Filter getauscht. Er steht auf dem Hof." „Wir?" „Ja, wir. Ich habe ihn natürlich eigenhändig unter die Lupe genommen." Ich blickte ihn irritiert an. „In der Werkstatt. Ich arbeite dort. Wenn du willst, dann können wir sofort los und deinen Fiat abholen." Okay, das machte er also, wenn er nicht gerade in der Kletterhalle war. Vor meinem inneren Auge sah ich Leon, ölverschmiert mit kräftigen Männerhänden in einem knackengen Overall unter meinem Auto liegen und behände daran herumschrauben. Meine Wangen wurden schlagartig feuerrot, nur um sich gleich wieder binnen Sekunden aschfahl zu präsentieren. Leon musterte mich prüfend. „Ich habe allerdings den Eindruck, du könntest einen kleinen Absacker auf den Schrecken vertragen." Nicht auf diesen Schrecken, nicht auf diesen! Wo kam das jetzt plötzlich her? „Was hältst du davon, wenn wir uns vorher noch in einen Pub verdrücken?" Gar nichts, ich halte gar nichts davon. Das wurde hier eindeutig zu real. Leon gab es ausschließlich und ganz bewusst nur und auch wirklich nur in der Kletterhalle, als Trainingspartner. In der Halle war ich sicher, auch vor mir und dem Chaos, das in mir herrschte. Ich zweifelte. „Es ist doch nur ein Pub", hörte ich ihn besänftigend sagen, als könne er meine Gedanken lesen. „Na, komm schon." Hundeblick? Dein Ernst? Ich seufzte. Leon würde nicht lockerlassen. Das hier war wie an der Wand. Er würde so lange stochern und bohren, bis er am Ziel war.

Ich schlug das Darwin's vor. Das rustikal gehaltene kleine Pub in unserem Viertel, das mich schwer an eine Seemannskneipe erinnerte, war der einzige Ort dieser Art, über dessen Schwelle ich meinen Fuß noch setzte. Und das lag allein daran, dass meine beste Freundin Sydney hier jobbte und wir vor ihrem Schichtbeginn manchmal an einer der zu Tischen umgestalteten Truhen mit Messingbeschlägen gemeinsam lernten. Früher waren Torben und ich gerne zusammen ins Darwin's gekommen, als noch nicht alles aus den Fugen geraten war. Aber das war früher gewesen. Und heute war eben heute. Die alten Holzdielen knarrten, als sie unter meinen Schritten leicht nachgaben. Ein etwas zu überdimensionaler Anker füllte die Raummitte aus. Ich fand ihn schön. Hinter der Bar standen in großen Lettern auf einer Schiefertafel die aktuellen Tagesangebote geschrieben. „Nett hier, was?" Leon strahlte mich an. „Hm." Meine Augen suchten den Gastraum ab. In seiner angestammten Ecke saß der Seebär, ein alter Mann mit Kapitänsmütze, weißem Bart und Herrengedeck vor sich. So wie jedes Mal, wenn ich das Darwin's betrat. Und wenn ich mich recht entsann, so hatte es ihn auch damals schon gegeben. Er gehörte also quasi zum Inventar dieses Pubs. Wenn keiner es sah, steckte er sich manchmal seine Pfeife an, nur um gleich darauf von Trudie, die Zeter und Mordio schrie, auf den Gehsteig verbannt zu werden. Es war wie ein Ritual zwischen den beiden, das keiner außer ihnen verstand. Ich nickte ihm freundlich zu. Er grüßte mit Bedacht zurück. Inständig hoffte ich, dass Sydney heute keinen Dienst schob. Das konnte ich jetzt wirklich nicht gebrauchen. So gern ich sie auch hatte. Aber ich war hier mit Leon. „Fish & Chips, frittierte Schrimps, Kartoffelsalat?" Als ich ihn nur entgeistert anstarrte, legte er mir eine Hand auf den Rücken und schob mich durch das Lokal zu einem gemütlich angeordneten Sitz-Arrangement. Ich wickelte mich aus meinem Schal und entwirrte mein Haar. Zwei Füße und ein dazu passender Körper trat zu uns heran; ich atmete auf. Es war Trudie. Ihr gehörte der Laden. Sie würde keine Fragen stellen, nicht zu Leon und auch nicht zu Torben. Sie hielt Papier und Stift gezückt und blickte uns erwartungsvoll an, ganz der Profi. „Ich nehme ein Ale und du, Curly Sue?" Ein verschmitztes Grinsen umspielte Leons Mund. Ein richtiger Kussmund, bei genauerer Betrachtung, mit diesen voll geschwungenen Lippen. Moment. Machte er sich etwa lustig über mein widerspenstiges Haar, das ich beharrlich jeden Tag zu bändigen versuchte. „Wie immer?" Trudie sah mich aufmerksam an. Ihr Gesicht wirkte mit jedem Tag verlebter, als hätte sie es in ihrer Jugend wirklich bunt getrieben und würde davor heute auch nicht Halt machen. Tiefe

Furchen durchzogen ihre Haut. Die vormals aschblonden Haare hatte sie zu einem vogelnestartigen Gestrüpp zusammengebunden und ihre Lesebrille gab das Diadem dazu. Eine Königin im Reich der Trinker. Einzig ihre hellen Augen gaben preis, dass sie noch lange keine Lust hatte, ins Gras zu beißen. Sie sprühten geradezu vor Lebensfreude. „Ja, bitte", antwortete ich mechanisch, nur um gleich wieder in meine düsteren Gedanken abzutauchen. Ein schwarzer Nebel begann mich sukzessive einzuschließen. Ich konnte es nicht kontrollieren; es passierte einfach. Und es passierte jetzt. Im Hintergrund hob James Blunt zu einer Ballade an. Was hatte Leon nur für ein Problem mit meinen Haaren? Torben konnte gar nicht genug von meinen Korkenzieherlocken bekommen, die wie kleine Sprungfedern von meinem Kopf abstanden. Schon als wir noch klein gewesen waren und abends zusammen auf dem Sofa gelegen hatten, eng aneinander gekuschelt, und mit großen Augen Arielle bewundert hatten, wie sie mit all ihrem Mut für ihre große Liebe kämpfte, die Beine unter eine Decke versteckt, hatte er versonnen an meinen Haaren herumgezupft und vor Freude gequiekt, wenn diese dann nachwippten. My life is brilliant. My love is pure. Bestimmt diskutierte Torben gerade in einem dieser nicht enden wollenden Meetings in Manager-Sprech über gewinnbringende und zukunftsorientierte Investitionen, um das Unternehmen am Markt bestens zu positionieren. Zahlen waren sein Ding. Ganz klar. Er war ein Excel-Schubser. I saw an angel. Of that I'm sure. Mein Kopf fühlte sich auf einmal dumpf an und es war, als würde mich eine schwere Müdigkeit schonungslos mit nach unten in die Tiefe ziehen. You're beautiful. „Erde an Mia, bitte kommen." Ich blinzelte und versuchte mich zu orientieren, auf das zu konzentrieren, was jetzt war und hier. „Ist alles okay?", fragte Leon. Und er klang dabei ungewöhnlich besorgt. Ich versuchte, seinem Blick standzuhalten. You're beautiful. „Ja. Klar. Entschuldige bitte", sagte ich. Doch er musterte mich weiterhin forschend. You're beautiful, it's true. „Bist du sicher?" Er legte den Kopf schief. I saw your face in a crowded place. „Ja. Ganz sicher", antwortete ich und zwang mich zu einem Lächeln. And I don't know what to do. Trudie kam zurück und stellte das Ale und einen schwarzen Tee auf den Tisch. 'Cause I'll never be with you. Sie hätte kein besseres Timing haben können. Mein Handy piepste. Ich starrte aufs Display; es war eine WhatsApp von Torben. „Bin hier fertig. Nehme den nächsten Flieger nach Hause." Ein Messer bohrte sich in mein Herz. Für einen Moment war ich heillos überfordert. Ich las die Nachricht noch einmal. „Mein Bruder kommt nach Hause", brach es aus mir heraus. Das Blut war aus meinem Gesicht gewichen. „Das ist … gut … oder?" Leon wusste nicht recht, wie er meine Reaktion interpretieren sollte. Verständlich. Was wusste er schon. Auf gar keinen Fall wollte ich aus meiner Deckung kommen. Doch ich spürte, wie meine mühsam aufrecht erhaltene Fassade meinen Mitmenschen gegenüber langsam zu bröckeln begann. Ich kam mir vor, als würde ich splitterfasernackt durch die Fußgängerzone marschieren. Ich musste das unbedingt mit dem Grafen besprechen. „Ja", presste ich zwischen meinen Lippen hervor und versuchte mich erneut an einem Lächeln. Leon betrachtete mich nachdenklich. Zu meiner Erleichterung nickte er nur kurz und winkte Trudie zu uns. Er würde zahlen.

Auf der Fahrt zur Werkstatt lag eine bleierne Stille auf uns. Ab und an hatte ich den Eindruck, Leons Blick auf mir zu spüren, doch ich zwang mich beharrlich, aus dem Fenster zu starren. Bloß keine Fragen mehr. Als wir endlich auf den Hof fuhren, öffnete ich bereits den Gurt und schob die Tür leicht auf, als Leon gerade ansetzen wollte, einzuparken. Ich sprang hinaus in die Freiheit – wie ein Tier, dessen Käfig für einen Moment unbeachtet offenstand. „Alles klar. Danke fürs Herbringen. Tschüss dann", stieß ich schnell hervor. Bloß weg hier. Und stürmte der Eingangstür zur Werkstatt entgegen, ohne mich noch ein einziges Mal umzudrehen.

Zu Hause angekommen gab ich dem Drang nach, mich heiß zu duschen. Niemand konnte mich hier weinen sehen. Ich drehte den Hahn auf. Ein wohliges Prasseln floss von meiner Kopfkrone über meine nackten Schultern hinunter, an meinen Kurven entlang, meine Füße umspülend, rein in den Abfluss – und nahm alles Schlechte mit sich bis zum Meer. Jedenfalls in meiner Vorstellung war dem so. Irgendwann würden wir alle zurück ins Meer gehen, denn von dort aus waren wir doch gekommen. Wir würden heimkehren, wenn es an der Zeit war, diese Erde zu verlassen. Das Meer würde uns aufnehmen wie eine Mutter ihr weit gereistes und schmerzlich vermisstes Kind. Es würde uns in seine Arme schließen und uns alles vergessen lassen. Meine Nackenhaare stellten sich auf. Ich umschloss die Armatur fest mit meinen Händen. Mein Atem ging schwer. In meinem Kopf begann es wieder zu dröhnen. Torben kam heim. Es ging wieder los. Die Verschnaufpause war also vorbei. Für einen Moment glaubte ich, gleich das Bewusstsein zu verlieren. Und plötzlich war alles wieder da. Der Sand, die Klippe, das Meer. Ein Wimmern entfuhr meinem Körper. Ich wollte schreien. Aber ich konnte es nicht. Unsere Dusche, mein Gefängnis. Der Wasserstrahl hämmerte unablässig wie eine Armee kleiner Nadelstiche auf meine sich jetzt geradezu pergamentartig anfühlende Haut ein. Das Rauschen betäubte meine Sinne. Meine Seele brannte. Ich beugte mich nach vorne, sank auf meine Knie und entließ meinen Mageninhalt in die Freiheit. Tränen liefen mir über meine Wangen. Portugal. Ein bitteres Schluchzen zerriss die Luft. Ich klammerte meine Arme schutzsuchend um mich und wiegte mich vor und zurück, als wolle ich ein schreiendes Kind beruhigen und in den Schlaf schaukeln. Eis hielt mein Herz in seinen Klauen und drohte es augenblicklich zu zerquetschen. „Um Gottes Willen, Mia, was ist denn passiert?" Eine kräftige Hand packte mich und zog mich ruckartig hoch auf die Beine und aus der Dusche heraus. Ich zitterte; mein ganzer Körper ein einziges Epizentrum aus Schmerz und Trauer. Torben presste mich fest an seine Brust und strich mir behutsam eine Strähne aus dem Gesicht. Er küsste mich immer und immer wieder auf die Stirn. „Alles gut. Alles wird gut, Mia. Ich bin ja da. Jetzt bin ich da."

EIN KLÄRENDES GESPRÄCH

Torben hatte Nudelwasser aufgesetzt und schickte sich an, Bolognese für uns zu kochen. Unsere abendlichen Mahlzeiten bestanden normalerweise aus Lieferessen, das wir der Fairness halber in einem streng ausgearbeiteten Rhythmus abwechselnd vom ansässigen Griechen, Thai oder Italiener bestellten. Torben hatte mich, in drei Decken eingewickelt, auf dem Sofa unserer Wohnküche installiert. Er hatte auch die Heizung noch einmal hochgedreht. Ich beobachtete meinen Bruder. Gerade zerteilte er mit so viel Hingabe, wie ich es schon lange nicht mehr bei ihm gesehen hatte, eine Zwiebel. „Warte es ab, es wird großartig." Mit meinem Blick starr auf ihn gerichtet fragte ich: „Lief es gut in Amsterdam?" Torben drehte sich zu mir um, in der Hand den Kochlöffel. Seine großen, eisblauen Augen glitzerten. Mit seinem kantigen Kinn, dem Dreitagebart, den er seit Neuestem stehenließ, weil es angeblich hip war, und den pechschwarzen Haaren, die im Moment wild verwuschelt zu allen Seiten abstanden, hatte er einen Look wie aus einem Bravo-Poster entsprungen. „Ja. Wir haben den Zuschlag bekommen", antwortete er fröhlich. Ich nickte zögerlich. Nichts ist, wie es scheint. „Das ist doch nicht normal." „Was genau?" Mein Bruder sah mich schief über seine Schulter hinweg an, die Stirn in Falten gelegt. Er verstand offensichtlich nicht. „Das hier." Ich deutete mit zittrigen Fingern auf ihn. Stille. Drei, zwei, eins. Torben atmete langsam seufzend aus und legte den Kochlöffel behutsam auf die Arbeitsfläche neben dem Ceranfeld ab. „Wenn du Scheiße gebaut hast, kannst du es auch einfach gleich sagen. Das tut dann hinterher weniger weh. Das kennen wir ja schon", platzte es zornig aus mir heraus. „Hast du wieder gesoffen?" Jetzt war es mein Bruder, der aus der Haut fuhr. „Nein. Spinnst du? Warum sollte ich?", herrschte er mich aufgebracht an. Ein Tier, das du in die Ecke treibst, beißt zurück. „Kannst du mal bitte wieder deine Krallen einfahren, Mia", presste er zwischen seinen Zähnen hervor, sichtlich bemüht, seine Fassung wiederzufinden. Ich schnaubte verächtlich. Torben fuhr sich fahrig mit beiden Händen über sein Gesicht. Er sah müde aus. Betont versöhnlich setzte er nun an: „Ich habe nichts getrunken, okay? Komm mal wieder runter." Ich glaubte ihm nicht. Ich konnte ihm nicht glauben. „Spar dir deine Mühe", stieß ich heißer hervor und kämpfte gegen die aufsteigenden Tränen an. Nicht weinen. Jetzt nicht weinen. Ich drückte mich an ihm vorbei und schlug mit einem lauten Knall die Zimmertür hinter mir zu. Der Abend war gelaufen. Gut, dass wir geredet hatten. Keine 30 Sekunden später schepperte Tom Wax durch unsere Wohnung. Torben hatte die Anlage voll aufgedreht. Sirenen zerrissen die Luft. In meinen Regalen tanzten meine Bücher zum Takt. Der Beat drückte unbarmherzig gegen mich an. Der Acid arbeitet meine Nerven auf. Wahrscheinlich rief der alte Braun bereits die Bullen. Ich zog mir mein Kissen über den Kopf und drückte es fest an meine Ohren. Das tat er doch jetzt mit Absicht! Torben, du Arsch!

DER GRAF

Die nächsten Tage gingen wir uns bemüht aus dem Weg. Jeder verschanzte sich in seinem Zimmer. Wir achteten beide sorgfältig darauf, uns weder im Bad noch in der Wohnküche frühmorgens zu begegnen, und waren beide froh, wenn der jeweils andere die Wohnung verließ. Die Vorlesungen über die Heterogenität in Erziehung und Bildung bei Professor Dr. Fuchs-Mandelbaum ließ ich über mich ergehen und hielt mich in den Seminareinheiten weitestgehend zurück. Ich betrieb oberflächliche Konversation mit einigen Studienkameraden, setzte mich in der Mensa allein an einen Tisch, vergrub meine Nase in Fachtexten, ohne wirklich zu verstehen, was in ihnen stand. Die Buchstaben tanzten vor meinen Augen. Als ich Sydney in die Arme lief, nuschelte ich nur ein kurzes „Hallo" in ihre Richtung und hastete davon. Reden wollte ich nicht, nicht einmal mit meiner besten Freundin. Sie würde es verstehen. Im Jugendzentrum versuchte ich nach Kräften, nicht vollkommen auszurasten, als zwei unserer Schützlinge aus mir unerfindlichen Gründen plötzlich wie wild gewordene Berserker aufeinander losgingen und nur mit Mühe von Harald und mir getrennt werden konnten. Eine Plastikflasche traf meinen Kopf. Hausverbote wurden erteilt. Ich tat, was getan werden musste, ohne wirklich ganz bei der Sache zu sein. Leon hatte mir eine WhatsApp geschrieben und gefragt, ob wir uns zum Klettern treffen wollten. Ich hatte abgelehnt. Zu viele offene Fragen waberten durch mein Gehirn. An den Abenden verbarrikadierte ich mich mit einem großen Becher Ben & Jerries vor meinem Laptop und schrieb an meiner Hausarbeit, während Torben seine Aufenthalte im Büro derart in die Länge zog, dass ich mich fragte, ob er sich nicht gleich ein Feldbett mitnehmen wollte. Wenn ich ehrlich war, missfiel

mir die Situation, in die wir uns wieder einmal zielsicher hineinma-
növriert hatten.

Und dann kam Mittwoch. Und meine wöchentliche Sitzung bei Dr.
Thalbach. Endlich. Ich musste dringend Druck abbauen. Zu Anfangs
kam es mir befremdlich vor, mein Seelenchaos gemeinsam mit diesem
Psychologen zu entwirren. Schon bei der ersten Sitzung hatte er mich
auf meine Muster geschickt. Binnen Sekunden traf er all meine Knöpfe.
Meine innere Struktur mit all meinen entwickelten komplexen und
manchmal verworrenen Verhaltensmechanismen, Ansichten und Wer-
tevorstellungen, Ansprüchen, Erwartungshaltungen an mich, meine
Umwelt und das Universum im Allgemeinen boten sich für ihn dar wie
eine leichte Lektüre. Ich war erbost nach Hause gestapft und hatte mich
geärgert, wie unverschämt diese Person gewesen war, mich so zu ent-
blößen. Mit seinem spitz zulaufenden Ziegenbart, der schmalen Nase
und dem dünnen Drahtgestell seiner Brille erinnerte er mich schwer an
Graf Falko von Falkenstein aus den Bibi-und-Tina-Geschichten, die ich
als Kind so gerne gehört hatte. Seine ruhige und besonnene Art verlieh
ihm zudem etwas Aristokratisches. „Sie sind eine Kämpfernatur. Ihr
Wille wird Ihnen helfen", waren seine Worte gewesen. Na hoffentlich
behielt er recht. Ich war mir da ja nicht so sicher.

„Und, wie fühlen Sie sich jetzt, wo Sie mir das alles hier so schildern,
was Ihnen die letzten Tage passiert ist?" Beschissen. Eindeutig beschissen. „Ich vertraue ihm einfach nicht mehr." Dr. Thalbach nickte und
vermerkte sich etwas in seinem Notizbuch. Zu gerne würde ich wissen,
was er da immer reinkritzelte. „Was würden Sie denn verlieren, wenn
Sie ihm wieder vertrauen würden? Wir haben die Früchte unseres Han-
delns ja nicht in der Hand. Deshalb müssen wir manchmal riskieren,
enttäuscht zu werden. Auch wenn das dann weh tut." Er blickte mich

über den Rand seiner Brille an. Seine Augen bohrten sich förmlich in meinen Schädel. „Ja, mag sein", druckste ich herum und wich seinem Blick aus. „Ich vertraue halt auf Taten und nicht auf Worte. Sag was und handel dann halt auch danach. Er verhält sich so widersprüchlich mir gegenüber. Wie soll man denn Verlässlichkeit schaffen, wenn man sich nicht an Abmachungen hält?" Gott, was laberte ich hier eigentlich für einen Müll? Torben hatte mir nie etwas zugesichert. Erstaunlich, dass der Graf nicht selbst am Rad drehte, wenn er täglich mit Patienten wie mir zu tun hatte. Dr. Thalbach griff stattdessen nach seinem Wasserglas und nippte daran. „Ist es Ihr Bruder, der sich gerade widersprüchlich verhält, oder sind es Sie selbst, Frau Schneider?" Tadaa! Da hatte er mich wohl wieder mal am Arsch. „Könnte es denn sein, dass sich Ihr Bruder tatsächlich geändert, im Konkreten seine Suchtproblematik eine positive Entwicklung genommen hat und Sie das nur nicht mitbekommen haben? Oder noch zu sehr in ihrer Rolle als Beschützerin festhängen, dass Sie seine Entwicklung nicht mitgehen können oder wollen?" Nein. Ganz bestimmt nicht. „Ich hasse es, wenn es kompliziert wird", wich ich seiner Frage aus. „Warum kann nicht alles einfach sein?" Trotzig sah ich meinen Psychologen an, der sich allem Anschein nach ein Lachen verkneifen musste. Ein Schmunzeln umspielte seine Lippen. „Im Chaos liegt so viel Potenzial. Auch für Sie. Nutzen Sie es. Sie haben jetzt die Möglichkeit, etwas Neues zu erschaffen. Für sich, für Ihren Bruder, für Ihre Mitmenschen und für Ihr Leben ganz allgemein." Dr. Thalbach wusste so gut wie ich, dass wir hier aktuell nur kleine Bretter bohrten. Die richtig dicken Dinger umschifften wir geflissentlich. Ich war noch nicht bereit, in meinen Abgrund zu steigen. Ich brauchte Zeit. Und vor allem anderen brauchte ich Mut.

TORTEN

Als die Sitzung beendet war, trat ich nach draußen an die frische Luft und blinzelte. Zarte Schneeflocken benetzten mein Gesicht und hinterließen feuchte Stellen auf meiner Haut. Ein scheues Lächeln huschte über meinen Mund. Ich hatte Schnee schon immer als etwas ganz Bezauberndes empfunden. Wer war ich in diesem Spiel? Elsa, die Eiskönigin? Die mutige Anna ganz bestimmt nicht. Vielleicht war ich aber auch nur eine Randfigur. Wählte ich selbst meinen Platz? Ich schob den Gedanken beiseite. Jetzt war Schluss; keine Überstunden machen. Ich setzte beherzt einen Schritt vor den anderen. Gleich um die Ecke gab es ein kleines, niedliches Café. Über der Tür prangte ein Schild, das den interessierten Besucher darauf hinwies, dass das Gebäude bereits 1903 stand und man hier nur auserlesene, handgefertigte Köstlichkeiten in heimeligem Ambiente zum Verzehr finden würden. Das Rosenglanz war ein Ort, an dem die Zeit still zu stehen schien. Und ich fragte mich bisweilen, welches Königsschloss seines Mobiliars dafür beraubt worden war. Es roch nach Klassikern der Weltliteratur, antiker Kunst und frisch gemahlenem Kaffee. Ich bog um die Ecke, um den Hinterhof zu kreuzen. Am Personaleingang wurde ich bereits erwartet. Der Torten-Boy schnippte soeben seine abgebrannte Kippe mit dem Zeigefinger in die Pfütze, die sich schräg vor seinen Füßen durch den schmelzenden Schneematsch gebildet hatte. Und grinste mich breit an. Er hatte mittellanges, schwarzes Haar mit einem Undercut, den man nur sah, wenn er sich einen Zopf band. Sein schwarzes T-Shirt war stellenweise mit Mehlstaub bepudert. Ich schätzte ihn auf 17, vielleicht auch schon 18. Schwer zu sagen. Irgendwie sahen die Jungs heute immer älter aus, als sie tatsächlich waren. Er drehte sich um, verschwand durch die Tür, um wenige Sekunden später mit einem kleinen Päckchen herauszukommen, und trat an mich heran. Sein Grinsen wurde noch breiter, als er es mir hinstreckte. Der Kerle freute sich sichtlich, mich zu sehen. Ich nahm mein Geschenk dankbar an mich.

Als ich außer Sichtweite war, zog ich das Papier ein wenig zur Seite und lugte ins Innere des Päckchens. Käse-Sahne-Torte dieses Mal. Mir lief jetzt schon das Wasser im Mund zusammen. Was für ein Genuss würde es werden, diese leckere Köstlichkeit zu verspeisen. So schlimm konnte es doch um mich gar nicht gestellt sein, wenn derlei kleine Aufmerksamkeiten es vermochten, meine Seele so zu erfreuen. Ich redete es mir zumindest jetzt einmal ein. Dr. Thalbachs Worte arbeiteten in mir. Ich setzte mich in Bewegung, meine Nase immer noch tief ins Gebäck gesteckt. Sollte es wahr sein? Sollte der Wandel das sein, auf das ich mich konzentrieren sollte? Aber sie war doch notwendig gewesen, die Sicherheit, die Konsequenz, die Kontrolle, die Stabilität in der Zeit des unbändigen Chaos, als Torben eingebrochen war. Ja, war? Ich schnaubte. ‚Stillstand ist der Tod. Geh voran, bleibt alles anders‘, hieß es doch bei Grönemeyer. Wie sonst funktionierte Evolution? Sicher nicht, indem alles immer schön geordnet lief. Jeder Mensch mit ein bisschen Grips in der Birne wusste doch eigentlich, dass sich im Leben immer alles ändert. Warum sah ich es nicht? War es bei mir denn keine Evolution, sondern eine Revolution, da im Inneren? Ich wollte doch nicht weitermachen wie bisher. Ich hatte meine eigene Idee davon, wer ich zu sein glaubte und wer ich war. Was bildete sich das Leben da eigentlich ein, mich weiterhin in mir selbst gefangen zu halten? War das Wut? Wut auf mich selbst? „Vorsicht“, stieß eine Stimme vor mir aus. „Passen Sie doch auf!“ Erschrocken fuhr ich zusammen. Jetzt wäre ich doch fast schnurstracks gedankenverloren in eine ältere Dame hineingelaufen, die jetzt drohend mit ihrem Spazierstock vor meiner Nase herumfuchtelte. „Es tut mir leid. Entschuldigung", kam es kleinlaut aus meinem Mund. „Das hätte es zu unserer Zeit nicht gegeben. Da hatte man noch Respekt vor dem Alter", grummelte sie. „Aber die Jugend von heute ..." Ich hörte ihr schon gar nicht mehr zu, sondern ging einfach weiter. Das mit den Gedankenspiralen, das musste echt aufhören. Sonst wurde ich am Schluss noch überfahren. Ich blieb abrupt stehen. Moment. Respekt vor dem Alter? Als ob ich den nicht hätte. Hatte mich die Alte da gerade beschimpft? Sie kannte mich gar nicht. Was wollte sie also? Ich hatte Respekt. Mir so etwas vorzuwerfen, das war einfach nur unverschämt. Wiederstrebende Kräfte zogen in mir. ‚Sie meint es nicht so', sagte das Engelchen auf meiner Schulter. ‚Blas der Schnepfe den Marsch!', kreischte das Teufelchen dagegen. Ich drehte mich um. Das musst du dir nicht gefallen lassen. „Ich habe Respekt vor dem Alter. Aber sicherlich nicht vor jeder Alten!", maulte ich dem Mütterchen hinterher. In meinen Kopf kam sofort die Korrektur dazu: vollkommen deplatziert. Schäm dich! Wo ist deine Kinderstube geblieben?

Fünf Minuten und ein paar Kreuzungen später stand ich vor unserer Wohnanlage. Es war ein Gemenge aus schlicht gehaltenen Mehrparteienhäusern im 90er-Jahre-Stil, nicht wirklich schick, eher praktisch gehalten. Ich drückte die Eingangstür auf. Auf dem Weg die Treppe hoch ging ich an unserem Briefkasten vorbei und lugte hinein. Er war leer. Ich atmete erleichtert aus. Keine Post war immer gute Post. Als ich mich umdrehte, sah ich gerade noch aus dem Augenwinkel, wie die Tür zu Herrn Brauns Wohnung ruckartig, aber doch fast geräuschlos ins Schloss gezogen wurde. Ich hörte die Kette rasseln. Dann seufzte ich. Meine Augen rollten unwillkürlich nach oben. Die Nervensäge hatte wieder spioniert, mehr schlecht als recht. „Ich habe Sie gesehen. Und gehört. Herr Braun", sagte ich mit tadelndem Unterton. „Da müssen

Sie sich schon ein bisschen besser anstrengen." Er war nur schwer zu ertragen, und das ging nicht nur mir so. Torben und ich wohnten im dritten Stock. Oben angekommen, ließ ich erst einmal meine Tasche zu Boden gleiten, streifte meine Schuhe ab, ließ den Mantel dort fallen, wo ich stand, schnappte mir im Vorbeigehen auf dem Weg zur Couch von der Küchenzeile eine Gabel, unterdrückte den drängenden Impuls in mir, hinter jedem Sofakissen nach leeren Flaschen zu suchen, und ließ mich mit einem gehörigen Seufzer auf die Liegefläche fallen. In meinen Händen hielt ich meinen Schatz. Voller Vorfreude entpackte ich feierlich die Käse-Sahne-Torte und spießte mir das erste Stück Lebensfreude auf. Der Torten-Boy leistete wirklich gute Arbeit. Er sorgte dafür, dass ich zumindest EIN Tages-Highlight hatte. Ich fragte mich, ob er nicht irgendwann Probleme kriegen würde, wenn er mir immer heimlich etwas zusteckte. Faktisch bestahl er ja gerade seinen Arbeitgeber, oder etwa nicht?

Zu Anfangs hatten wir uns skeptisch beäugt. Das heißt vielmehr, ich war skeptisch gewesen, jedes Mal wenn ich am Rosenglanz vorbeigegangen war und ihn da rauchend hatte stehen sehen, mit diesen wachen Augen, die jeden Schritt von mir zu verfolgen schienen. Er wirkte nicht ernsthaft bedrohlich, eher wie einer meiner Schützlinge aus dem Jugendzentrum. Aber zwischenzeitlich überkam mich dann immer wieder doch die irritierende Furcht, er könnte mir auflauern, meine Schwäche ausnutzen, mich in eine dunkle Gasse zerren und vergewaltigen. Gut, nicht jeder war ein Krimineller. Und ich war auch kein Opfer. Irgendwann stand er dann da, mit dem ersten Kuchenstück. Und ein aufmunterndes Nicken hatte mir bedeutet, ich solle es doch bitte an mich nehmen. Einfach so. Keiner hatte ihn darum gebeten. Er hatte es einfach gemacht. Doch aus welchem Grund? Was waren seine Motive?

Unbeholfen und weil ich nicht respektlos sein wollte, hatte ich es mitgenommen und zu Hause sofort in der Mülltonne entsorgt. Sollte er doch jemanden anders vergiften. Als er von da an jedoch jeden Mittwoch mit einem Tortenstück auf mich wartete und ich es langsam leid war, die wirklich anmutigen Köstlichkeiten wegzuwerfen, begann ich, mich zu wundern. Unwahrscheinlich, dass er mit jedem weiteren Stück die Dosis des ominösen Vielleicht-Betäubungsmittels erhöhte und darauf wartete, dass ich im richtigen Moment vor ihm zusammenbräche. Ich entschied mich also dazu, das nächste Stück zu probieren. Dies erwies sich allerdings als emotional größere Herausforderung, als ich dachte. Da saß ich also, vor mir auf dem Tisch das in meiner Fantasie vermeintlich vergiftete Tortenstück, und hielt meine Gabel wie eine Forke beim Bauernaufstand zur Verteidigung von Leib und Leben dem Gegner entgegen. In meinem Kopf malte ich mir aus, wie mir der Schaum aus dem Mund quellen würde, während ich bewusstlos zu Boden sinken würde. Dann stach ich zu. Blitzschnell erlegte ich das erste Stück, bevor ich mir selbst wieder im Weg stehen würde. Stille. Ich hörte in mich hinein. Ich war augenscheinlich noch nicht tot. Und es hatte lecker geschmeckt. Ich beschloss also, dass der Torten-Boy vielleicht doch ganz in Ordnung war und mir vielleicht einfach nur etwas Gutes tun wollte. So etwas soll es ja geben. Und ich ertappte mich auch dabei, wie ich mich tatsächlich darauf freute, ihn zu unserer Zeit an unserem Ort jedes Mal wiederzusehen. Es gab mir, so blöd, wie es klang, schlussendlich irgendwie Sicherheit, denn es war vorhersehbar.

Als ich gerade den letzten Rest der Käse-Sahne-Torte mit meiner Gabel vom Pappteller kratzte, klingelte es an unserer Tür. Ich stand auf, warf einen Kontrollblick in die Wohnung – okay, zur Not vorzeigbar – und öffnete dann. Es war Sydney. „Hast du deine Tasche schon gepackt?", fragte sie und trat beschwingten Schrittes ein. Mein Blick sprach wohl Bände, denn sie lachte vergnügt. „Jetzt schau nicht wie ein Schaf. 18:00 Uhr. Sauna?" Mit ihrem Zeigefinger klopfte sie mehrmals schnell an meine Stirn. „Klingelt da irgendwas bei dir?"

ROSEN

Sydney war wie ich 23 und einfach großartig. Mit ihrem Faible für modebewusstes Auftreten wirbelte sie farbenfroh und extravagant die Uni auf. Ich mochte sie, mit ihren feuerroten Haaren und dem straffen Kurzhaarschnitt. Ihren linken Nasenflügel zierte ein kleiner Ring. Die Augen hatte sie betont schwarz getuscht. Ein richtiger Hingucker. Mal Punk, mal Lack, mal einfach nur Rock-Röhre. Man wusste nie so ganz genau, welchem Mode-Genre sie morgen huldigen würde. Sie verstand es in jedem Fall, dem Leben ihren Stempel aufzudrücken, und ließ als überzeugter Single wirklich gar nichts anbrennen. Nächstes Semester würden wir endlich unser Studium mit einem Masterabschluss in Erziehungswissenschaften in der Tasche beenden und den Arbeitsmarkt erobern. Irgendwann musste auch mal Schluss sein mit dieser ganzen Studiererei. Ich wollte dann doch eher an die Front, mehr als in den Hörsaal. Und insgeheim hoffte ich auch, dass mich Harald vielleicht sogar übernehmen würde; darauf angesprochen hatte ich ihn allerdings noch nicht. Ich war einfach noch nicht gut genug für diesen Job. Sydney hingegen war vor allem mit ihrem – oh Gott, wie sollte ich es nur nennen? – empirischen Projekt zum Thema weiblicher Selbstbestimmung beschäftigt. Aber das traf es nicht wirklich. Und manchmal schämte ich mich auch fremd für ihre ganzen Bettgeschichten. Vor allem seit ich wusste, dass sie bei ihrem Beutezug tatsächlich recht strategisch vorging. Gevögelt wurde nämlich mit System, dem Alphabet nach. Dabei orientierte sie sich am ersten Buchstaben des Vornamens. Sydney hatte dafür eigens eine Liste, in der sie alle Schäferstündchen aufführte. Quasi ihre Statistik, mit Zahlen und Fakten. Derzeit hielt sie Ausschau nach einem O.

„Stört es dich gar nicht, dass dich manch einer für eine Schlampe hält?", fragte ich sie, als wir unseren Saunaabend in Stein, nicht weit weg von unserem Studienort, traditionell mit einem Glas Tee, ich, und Schaumwein, Sydney, begannen. „Nein. Sollte es mich stören?" Sie drehte ihre Sektflöte zwischen ihren Fingern und sah mich belustigt an. In ihrem Seidenmantel mit Blümchenprint glich sie heute einem Geisha-Import. Dann wurde sie ernst. „Ich finde nicht, dass irgendwer das Recht hat, mir vorzuschreiben, wie ich mein Leben zu führen habe. Ich fühle mich gut dabei. Und ich bin zufrieden. Das sollte das Wichtigste sein. Was interessiert mich das Geschwätz anderer Leute?" Sydney hatte wirklich die Ruhe weg. Sie führte ihr Glas zum Mund. „Solltest du auch mal probieren, Mia", sagte sie und trank einen kräftigen Schluck. „Was?", entfuhr es mir leicht irritiert. „Das mit dem Vögeln oder das mit deiner Mit-zwei-Mittelfingern-durchs-Leben-Mentalität?" „Beides." Nicht lang schnacken, Kopf in Nacken. Weg war der Sekt. Dann stand meine Freundin auf und steuerte das Dampfbad an. Für die nächste Stunde würde ich sie nicht mehr zu Gesicht bekommen.

Als ich die Kräutersauna betrat, war noch reichlich Platz auf den Bänken. In der rechten Ecke saß eine Gruppe von drei jungen Männern, die in etwa mein Alter hatten. Links auf der zweiten Ebene dehnte ein älterer Herr mit Glatze gerade die Rückseite seines linken Beines, indem er es wie ein Kerzenständer gen Himmel reckte und dabei beherzt mit beiden Händen an der Wade zog. Neben ihm meditierte eine asiatisch anmutende Frau im Schneidersitz. Ich entdeckte noch zwei weitere Gestalten etwas abseits, die ich allerdings aufgrund des schummrigen Lichtes in diesem Raum nicht weiter erkennen konnte. Ich suchte mir einen Platz schräg unterhalb der Jungengruppe und ließ meinen Körper auf das Saunahandtuch gleiten. Ich liebte es, auf den heißen Brettern zu liegen, die Augen geschlossen, zu spüren, wie das Blut durch meine Adern rauschte. Es war eine der wenigen Methoden, um mich vollständig zur Ruhe zu bringen. Tief atmend gab ich mich mit jedem Atemzug mehr und mehr nach unten ab. Mein Herz klopfte. Meine Haut spannte, gewillt, die Feuchtigkeit meines Körpers bis zum Äußersten zu bewahren. Die Hitze umhüllte mich nun ganz. Freudig wartete ich auf den Moment, an dem sich meine Poren öffnen und ich zu schwitzen beginnen würde. Ich liebte diesen Übergang zwischen Festhalten und Loslassen. Es hatte für mich jedes Mal etwas Symbolisches. Eine Stimme riss mich aus meiner Stille. „Magst du Rosen?" Einer der Dreier-Gang hatte sich neben mich gesetzt. Ich veränderte meine Lagerung, sodass ich ihn direkt betrachten konnte. „Bitte, was?", fragte ich und versuchte dabei, nicht allzu pampig zu klingen. „Ob du Rosen magst?" Seine Stimme klang jetzt noch rauer als vorher. Herr im Himmel, warum ich? Kann ich nicht einfach in Ruhe hier schwitzen? „Warum willst du das wissen?", hakte ich nach und bereute sogleich, dass ich überhaupt reagiert hatte. Manchmal war Schweigen halt doch Gold. Der Typ schob sich noch ein kleines Stückchen näher an mich heran und neigte seinen Kopf in meine Richtung. „Ich habe da so ein selbstgemachtes Rosenöl", raunte er. Wie spannend. „Damit würde ich dich gerne mal eincremen." So baggerte man heute? Nein, das passierte nur mir. Schräge Typen mit noch schrägeren Sprüchen. Und doch war es irgendwie lustig für mich. Auf diesen verschrobenen Kerl hier, auf den konnte ich einfach nicht böse sein. Entgegen meinen sonstigen

Zweifeln an mir, meinem Körper, meinem Selbst, war die Sauna erstaunlicherweise ein Schutzraum für mich. Hier waren wir doch alle gleich und jeder verletzlich. Auf diesen Brettern fühlte ich mich tatsächlich wohl. Ich hob abwehrend meine Hand, stark bemüht, nicht noch loszuprusten. Er konnte doch auch nichts dafür. „Nein. Danke. Kein Interesse." Gott bewahre. Das hatte mir gerade noch gefehlt. Möglichst elegant erhob ich mich von meinem Platz und verließ die Sauna. Ich sah gerade noch, wie mein Amor einen spielerischen Stoß von einem seiner Kumpel verpasst bekam. „Jetzt hast du sie verscheucht."

Nach dem Abkühlen verzog ich mich kuschelig eingewickelt in meinem Bademantel an die Bar. Ich stützte mich auf meine Ellenbogen und lehnte mich über den Tresen, um nach der Bedienung Ausschau zu halten. Auf die Klingel wollte ich nicht drücken. Das erschien mir dann doch zu penetrant. Man konnte ja wohl auch mal fünf Minuten warten. Ich war ja zur Entspannung hier. Also entschleunige gefälligst. Gedankenverloren knibbelte ich an einem Bierdeckel herum, der vor mir lag, als ich eine Bewegung hinter mir wahrnahm. „Sag mal, magst du eigentlich Rosen?", hörte ich eine Männerstimme in mein Ohr raunen. Okay, das ging jetzt wirklich zu weit! „Sag mal, verfolgst du mi…" Ich fuhr herum und gefror noch im Satz. Meine Kinnlade klappte nach unten, als ich in Leons belustigt funkelnde Augen blickte. Der kam prompt noch einen Schritt näher. Seine Hand griff spielerisch nach meinem Saum und gab mir einen kleinen Ruck. „Weißt du …", ging er weiter und ich merkte, wie sich augenblicklich die Stimmung zwischen uns veränderte. Seine Stimme hatte jetzt diesen sonoren Unterton, der mir eine Gänsehaut bescherte. Von einer Sekunde auf die andere war es, als würde die Luft zwischen uns zu knistern beginnen. Sein Blick war so intensiv, dass ich unweigerlich den Atem anhielt „… ich hätte da so ein wahnsinnig tolles, selbstgemachtes Rosenöl." Ich spürte die Wärme seines Körpers, der mich nun sanft gegen den Tresen drückte. Langsam, ganz langsam schob er seine Finger an meinen Handrücken vorbei, meine Arme entlang unter meinem Ärmel nach oben. Meine Haut brannte. Ich schluckte. Der überschritt ganz eindeutig die gezogene Linie. Eindeutig. Du solltest nicht hier sein. Was machst du mit mir? Wenn man beim Spotten dem Partner aus versehen mal an den Arsch grabschte, dann war das eine Sache, aber das hier? Das ging nicht. Mir wurde ganz heiß. Leon war jetzt so nah, dass sich unsere Nasenspitzen hauchzart berühren konnten. Seine Atmung ging flach und stoßartig. War das etwa echt? Einen Moment lang meinte ich ein Zögern zu spüren, als wüsste er selbst nicht, was der nächste Schritt sein, welche Entwicklung das hier mit uns nehmen würde. Dann zog er abrupt seinen Kopf zurück und grinste ganz schelmisch. „Damit würde ich dich gerne mal eincremen", verkündete er. Gedanklich verpasste ich mir eine Ohrfeige. Sein schallendes Lachen erfüllte das Bad. Ich überspielte meine Verwirrung und zwang mich, mit einzustimmen. „Hahah, lustig, was? Puh, so ein Idiot. Geht gar nicht, oder?" Bloß nichts anmerken lassen. Bloß nichts anmerken lassen. „Was, ähm .... was machst du denn hier?" Ein leiser Hauch von Panik stieg in mir auf. Er war in meinen Schutzraum eingedrungen. Das hier ist mein Zufluchtsort; hier hast du rein gar nichts zu suchen. Ich zog meinen Bademantel ein Stückchen fester zu und riskierte dann doch einen scheuen Blick nach unten. Leon hatte mich sofort ertappt. „Lage checken, Mia?", gab er amüsiert zurück. Autsch. Um seine Hüften hatte er ein dünnes Handtuch gewickelt. Mit feuerrotem Kopf stand ich vor ihm.

„Na, wer ist denn dieses hübsche Geschöpf Gottes? Willst du uns nicht mal vorstellen, Mia?", flötete Sydney, die wie aus dem Nichts neben mir aufgetaucht war und kokett ihren Arm um meine Schultern legte. Sie war im Jagdmodus. „Das ist ein L. Hast du keinen Otto gefunden?", sagte ich fast schon genervt. Verdammt. Ich wollte ihn umgehend vor ihr verstecken. Lass bloß deine Griffel von ihm! Hups, wo kam das denn jetzt her? Leon runzelte fragend die Stirn, sagte aber nichts. „Aber das macht doch nichts", schmiss sich Sydney in die Brust und reichte ihm ihre Hand. „Ich bin Sydney. Mias Freundin. Und du?" Sie klimperte mit den Wimpern. Wie in einer schlechten Choreographie ergriff der Depp dann auch noch tatsächlich ihre Finger und hauchte ganz Gentleman einen angedeuteten Kuss auf ihren Handrücken. Sein Blick traf den meinen; er zwinkerte mir zu. Dann schaute er wieder zu Sydney. „Ich bin Leon. Mias …" „Darf ich jetzt bitte kotzen?", unterbrach ich das bizarre Schauspiel. Ich konnte nicht anders. Ich musste kichern.

GÄSTE

Als ich spätabends erneut unsere Wohnung betrat, war es auffallend still. Entgegen meinen schlimmsten Befürchtungen war das Zusammentreffen von Sydney und Leon halbwegs glimpflich verlaufen. Wir hatten gemeinsam das Whirlpool belagert. Es hatte Sydney einiges an Überzeugungsarbeit gekostet, mich zu überreden, nicht gleich die Flucht zu ergreifen. „Aber wir sind nackt!", hatte ich ausgerufen. Jetzt störte es mich, so entblößt dazustehen. Vor Leon. Meine Güte, das war echt viel zu viel. Rote Linie und so. Sydney hatte nur gelacht, mich herzlich geknuddelt und mir, als wäre ich fünf, geduldig erklärt, dass dies eine Sauna sei und wir hier alle nackt seien. Ha, ha. Miese Ziege! Ich hatte mich schlussendlich zähneknirschend geschlagen gegeben, schon allein deshalb, weil ich vor Leon dann doch wieder nicht wie ein kompletter Vollidiot dastehen wollte. Hielt er mich nicht eh schon für vollkommen verklemmt? Er hatte sich amüsiert bereiterklärt, die Palmen und Orchideen, die das Becken umgaben, ausgiebig zu betrachten, bis ich gut geschützt in den Blubberblasen untergegangen war. Sydney hingegen schien es regelrecht zu genießen, unseren mehr oder minder willkommenen männlichen Gast ihre wohlgeformten Rundungen zu zeigen. Ich hatte mein aufflammendes Schamgefühl, und, ja, was, … Eifersucht unterdrückt und versucht, mich zu entspannen, so grotesk die Situation sich auch für mich dargestellt hatte. Leon hatte großmütig über Sydneys anzügliche Witze gelacht und alle Fragen, die allein dem Zweck gedient hatten, herauszufinden, in welchem Verhältnis Leon nun ganz genau zu mir stand, gekonnt umschifft. „Wir klettern zusammen." Ansonsten schwieg er sich aus. Sie spielten beide in der gleichen Liga. Ich nicht. Als ich das Becken verließ, um mich zu duschen, meinte ich Leons prüfenden Blick in meinem Rücken zu spüren. Schnell griff ich nach meinem Bademantel. Das ging jetzt wirklich zu weit. Aber hatte er in der Kräutersauna nicht eh schon alles gesehen? Ich würde die Sauna in Zukunft meiden.

„Torben? Bist du da?" Keine Antwort. Oh nein, nicht schon wieder. Eine Düsternis überzog mich. Schlagartig war sie wieder da. Ich fühlte die Kälte in mir aufsteigen; jede Bewegung schien starr, gewollt, erzwungen zu sein. Geh weiter. Geh einfach weiter. Bitte lass ihn jetzt nicht wieder betrunken irgendwo in einer Ecke liegen und über die Leiden der Welt sinnieren. Ich ertrage das nicht; tu mir das hier nicht an. Mein Bruder war krank. Ich doch auch? Meine angespannte Kiefermuskulatur ließ meine Gesichtszüge hart werden. Ich hängte meinen Schlüssel ans Schlüsselbrett. Ganz langsam. Als wollte ich Zeit schinden, um mich vor der Realität zu drücken. Der Realität, die mir jedes

Mal wieder eine blutige Nase schlug. Der Graf, der hatte nicht recht. Ich übersah irgendwas. Was würde passieren, wenn ich den Flur entlang ging? Ein kurzer Blick links, einer rechts. Was würde ich sehen, wenn ich unsere Wohnküche betrat? „Torben?" Meine Finger umschlossen den Türgriff; meine Knöchel traten weiß hervor. Ich drückte die Klinke nach unten. In Zeitlupe. Mein Atem war flach und schwer zugleich. Ich merkte, wie sich mein Nacken versteifte und in meinem Kopf begann es zu hämmern. Die Tür quitschte. „Pssssschhhhht", hörte ich es von drinnen. Ich stockte in meiner Bewegung. Hielt inne. „Komm ganz leise rein", gab mir das Raunen auf der anderen Seite Anweisung. Für einen kurzen Moment kam ich mir vor wie bei Herzblatt. Links der verschiebbaren Trennwand die Herzbuben, rechts die Dame, die den Traummann fürs Leben sucht. Drei Fragen, die über alles entscheiden. Und am Schluss fliegen sie mit dem Helikopter in den Sonnenuntergang. Alles nur eine Lüge. Dann holte ich einmal tief Luft und drückte die Türe ganz auf. Das Wummern in meinem Kopf verebbte.

„Schau mal", schallte es mir begeistert entgegen. Torben saß in Laufklamotten auf dem Boden, auf seinem Schoß eine getigerte Katze, ein Häufchen Elend, dreckig und total verfilzt. Er kraulte sie hingebungsvoll hinter den Ohren. Getrunken hatte er offensichtlich nicht. Zumindest konnte ich nichts dergleichen ausspähen, was darauf hindeuten hätte können. Der Rundum-Check lief ganz automatisch ab bei mir. „Ich habe mich echt anstrengen müssen, um sie an unserem Blockwart vorbeizuschmuggeln. Der alte Sack hängt ja ständig hinter seinem Spion." Er grinste breit. „Wem gehört die?", fragte ich unvermittelt, leicht angewidert vom Äußeren des augenscheinlich verlodderten Tieres. Nicht zu fassen, dass Torben ernsthaft dieses … Ding mit in die Wohnung gebracht hatte. Echt keine Berührungsängste, der Typ. In meinem Kopf infizierte er sich gerade mit allerlei Krankheiten, Toxoplasmose und Tollwut gleich mit eingeschlossen. Ganz zu schweigen von den Flöhen, die das Vieh bestimmt hatte. „Ich hab sie beim Laufen in einem kleinen Verschlag entdeckt. Die hat so fürchterlich gemaunzt, Mia. Die hatte richtig Angst. Ich konnte die doch nicht einfach da liegen lassen." Das Tier reckte ihm auffordernd den Hals entgegen. Torbens Finger arbeitete sich liebevoll durch sein abscheuliches Fell. Ein Schnurren ertönte, sonor und warm. Beruhigend, dachte ich. Und irgendwie schön. Nee, nicht schön. „Schau dir mal diese tollen Augen an, Mia. Die sind so tief, so unfassbar tief. Als würden sie dir direkt in die Seele blicken. Als würden sie mehr in uns sehen, als wir selbst fähig sind." Mein Bruder war hin und weg von dem Zottelgeflecht. Das war unmissverständlich erkennbar. „Sie kann auf keinen Fall bleiben", zerriss ich nun scharf die Idylle. Torben blickte mich naserümpfend an. „Jetzt zick hier mal nicht so rum, Schwesterlein. Meine Wohnung, meine Regeln." Spiel nicht diese Karte, sonst vergesse ich mich. Ich wohne auch hier. Und das nur wegen dir. Er kraulte den Tiger einfach unbeirrt weiter. Und jetzt grinste mein Bruder. Was sollte das närrische Grinsen nun plötzlich auf seinem Gesicht? Mit einem Satz war Torben aufgesprungen und ließ die Katze einfach in meine Arme gleiten. „Bäh! Weg von mir!" Ich wand meinen Kopf. Du stinkst, ihr stinkt beide. Das Vieh noch mehr als du. „Ich geh dann mal duschen", gab mein Bruder bekannt. „Also seid beide brav." Ich widerstand dem Impuls, Torben das Zottelvieh vor Abscheu gleich wieder entgegenzuschmeißen. Aber ich sorgte für eine gute Armlänge Abstand zwischen mir und dem Tier, das mich nur fragend anmaunzte. Mein Bruder schob sich bereits in unser Bad. Verzweifelt rief ich ihm hinterher: „Aber ich weiß gar nicht, was so ein Vieh frisst!" „Google ist dein Freund", kam es noch; dann hörte ich die Brause.

FRAUENGESPRÄCHE

Sydney und ich verließen den Hörsaal und bahnten uns unseren Weg in Richtung Mensa. Wir durchkreuzten den kleinen Park vor dem Gebäude. Die Äste der umstehenden Bäume bogen sich im Wind; ein Hauch von Frühling lag in der Luft. Krokusse und Schneeglöckchen trieben bereits aus und reckten ihr Köpfe in die Freiheit. Unter unseren Füßen knisterte das mit Reif überzogene Gras. In einer Woche würden die Semesterferien beginnen. Endlich. Ich zog meine Schultern noch weiter nach oben, sodass meine Ohren in meinem überdimensional großen Schal Schutz finden konnten. Das Katzen-Vieh wohnte nun bereits ein paar Wochen bei uns. Torben hatte versucht, über Tasso den ursprünglichen Besitzer ausfindig zu machen. Da das Tier aber weder gechipt noch tätowiert war, stellte sich das Ganze als scheinbar unlösbares Unterfangen heraus. Es wurde weitergesucht. Aber zumindest war das Fellknäuel nun entwurmt, geimpft und gewaschen. Und mein Bruder hatte den Kater kurzerhand Micky getauft. Irgendetwas hatte er beim Tierarzt ja angeben müssen. Für mich gehörte das Vieh immer noch zu den Feinden. Er war eine Beleidigung meiner ordnungsliebenden Seite, ein wahrer Unruhestifter. Garfield war der reinste Dreck dagegen. Es erstaunte mich, wie hingebungsvoll Torben sich kümmerte. Und nach eigener Aussage bekam er es wohl tausendfach zurück. Ein Teil in mir leistete weiterhin beharrlich Widerstand. Und der andere Teil? Nun, vielleicht, so dachte ich manchmal still, würde es schlussendlich doch noch etwas Gutes haben. Unser neuer Mitbewohner machte es sich gerne nach Dienstschluss auf Torbens Schoß bequem und schnurrte, während mein Bruder ihm ausgiebig den Bauch kraulte. Auch wenn ich es widerlich fand: Wenn es Torben half, zu entspannen, konnte ich doch auch ein bisschen Druck rausnehmen oder nicht? Zumindest ein bisschen.

Als Mensa-Essen stand heute Krautwickel mit Kartoffelsalat und Karottengemüse auf dem Programm. Ich zog mir den Teller auf mein Tablett und packte mir noch einen Früchtejoghurt aus dem Kühlregal dazu. Sydney entschied sich für einen kleinen Beilagensalat. „Ich muss auf meine Linie achten", verkündete sie und strich ihren Karo-Rock mit einer Hand glatt. Darüber trug sie ein weißes Blüschen. Ganz Schulmädchenreport heute. Jeans und Pulli waren dagegen meine Uniform. Mit ihrer anderen Hand balancierte meine Freundin währenddessen das Essen über ihrem Kopf. Wenn das nur mal gut ging. „Zieh nicht so ein Gesicht, Mia. Und wenn ich es fallen lasse, ist es doch auch nicht so schlimm. Was ist das denn bitteschön in Welt geschehen?" Sie schob sich an mir vorbei. „Komm, wir nehmen den Platz am Fenster dort." Ich stiefelte hinterher. Nachdem wir einen guten Zentner Salz und gehörig viel Pfeffer über die Speisen geschüttet hatten, waren sie tatsächlich zu verzehren. Beherzt fielen wir über unsere Teller her. Zwischen zwei Bissen Fleisch packte ich meinen Mut zusammen und fragte: „Sydney, findest du mich eigentlich …. unattraktiv, als Frau, meine ich?" Ihre Gabel stoppte auf der Hälfte des Weges zu ihrem bereits geöffneten Mund und blieb in der Luft hängen. Sie zog ihre Augen zu kleinen Spalten zusammen. „Wer hat das gesagt?" Das aufgespießte Krautblatt wanderte gefährlich nah an meine Nase heran. „Keiner. Ich mein nur, weiß nicht. So halt, einfach." Sydney schob ihr Kinn noch ein Stückchen weiter vor und blickte mich eindringlich an. „Egal wer es war, töte ihn. Ich helfe dir dabei. Wir vergraben die Leiche gemeinsam, gleich hier auf dem Campus. Und danach verwischen wir unsere Spuren." Ich musste lachen. „Nein. Ernsthaft. Lass dir doch nicht so eine Scheiße einreden. Egal von wem, auch nicht von dir selbst. Du bist bezaubernd. Ganz ehrlich." Sie steckte entschlossen ihre Gabel in den Mund und kaute ausgiebig. Nach einer kleinen Pause setzte sie nach: „Das findet Leon im Übrigen auch." Ich verschluckte mich an meinem Essen. „Hast du das nicht gemerkt, Mia, als wir in der Sauna waren? Da hätte er dich doch am Liebsten gleich besprungen, wäre ich nicht dazwischengegangen." Ja, hättest du es lieber mal nicht getan. Meine Wangen wurden rot. „Ich glaube, du verdrehst doch ein wenig die Tatsachen, meine Liebe. Wäre er nicht schon nackt gewesen, hättest du ihn mit deinen Blicken ausgezogen. Du hast ja schon gesabbert", stichelte ich im Versuch, gezielt von mir abzulenken. Vom Nachbartisch ernteten wir schockierte Blicke. „Warum erzählst du mir das?", fragte ich etwas leiser. „Weil ich finde, dass du ein bisschen Spaß haben solltest." „Das habe ich doch", gab ich abwehrend zurück. „Wann hattest du das letzte Mal Sex?" Der Junge schräg gegenüber hustete und schob seine Brille nervös zurecht. Das machte sie doch jetzt mit Absicht. „Ähm, müssen wir das hier diskutieren?", ging ich weiter in einem schon fast verzweifelten Versuch, die Situation zu verlassen. „Wie willst du denn deinen Schützlingen im Jugendzentrum ein Beispiel sein, wenn du wie eine keusche Nonne im Kloster lebst?" Das war jetzt zu viel. Ich knallte mein Besteck auf den Tisch und stand ruckartig auf. „Es muss ja nicht jeder so rumhuren wie du!", keifte ich Sydney an. Schlagartig herrschte Stille im Raum. Die Gespräche um uns herum waren verebbt. Augenpaare starrten uns abwartend an. Niemand wagte es, auch nur zu atmen. Ich fixierte meine Freundin. Sie war keine von diesen Weibern, die einem einfach so ein Messer zwischen die Rippen trieb. „So ist es gut. Lass es raus." Ich zuckte zusammen. Aus ihr sprach nichts anderes als ungeteilte Aufmerksamkeit. Sie packte meinen Arm und zog mich wieder auf meinen Stuhl. „Iss! Das ist ja nicht auszuhalten, wie reizbar du bist." Und zu unserem bebrillten Mithörer sagte sie spitz: „Mach deinen Mund wieder zu. Es zieht. Nicht einmal in deinen schönsten Fantasien würde ich mit dir im Bett landen. Also vergiss es." Sie konnte echt grausam sein. Ich atmete tief durch. Dann nahm ich mein Besteck wieder auf. Wo war das buchstäbliche Loch im Boden, in das man versinken konnte, wenn man es mal brauchte? „Hör auf, dich immer und immer wieder zu hinterfragen, Mia! Und hör bei der Gelegenheit auch bitte gleich damit auf, dir irgendwelche Vorwürfe zu machen, nur weil du aussprichst, was sich wahrscheinlich eh jeder denkt." Sydneys Hand lag inzwischen auf meinem Unterarm und streichelte ihn sanft. „Ich bin deine Freundin. Schon vergessen? Und Freunde sind ehrlich zueinander, auch wenn es mal wehtut. Und Freunde sind da füreinander, gerade wenn es mal wehtut. Hm." Sie nickte aufmunternd. Dann widmete sie sich wieder ihrem Essen. „Du weißt ganz genau, warum ich keine Abenteuer mag." Ich stocherte mit meiner Gabel auf meinem Teller herum. „Wegen Torben. Ich habe Verantwortung." Sie hob ihre Augenbraue und gab mir einen vielsagenden Blick.

Am Nachmittag zog mich Jason im Billard ab. Die anderen Jugendlichen waren im Multimediaraum des Jugendzentrums und zockten auf der PlayStation. Ich war so unfassbar schlecht im Billard, dass es schon wieder gut war, und freute mich jedes Mal, wenn eine meiner Kugeln sich doch noch in das richtige Loch verirrte. Das Spiel bot mir die Möglichkeit, mich voll und ganz zu fokussieren. Jeder Stoß war eine Herausforderung. Schon allein die Führung des Queues war für mich ein Buch mit sieben Siegeln; ein Spiel über die Bande war der reinste

Nervenkitzel. „Alles nur Physik", wusste Jason schlau. „Einfallswinkel gleich Ausfallswinkel." Schön, dass wenigstens er verstand, was er da tat. Ich grinste. Die nächste Kugel gehörte mir. Ich würde sie ganz sicher einlochen. Sie lag direkt vor mir. Eine einfache gerade Linie, weiße Kugel, meine Kugel, Loch. Ich konnte das. Meine Zunge wanderte zu meiner Nasenspitze. Und ich kroch an den Tisch heran, setzte meine gespreizten Finger behutsam auf das Grün. Langsam peilte ich mein Ziel an, rollte den Queue in meiner hinteren Hand. Eine Locke fiel mir nach vorne ins Sichtfeld. Jetzt nur nicht abrutschen. Einatmen, ausatmen. Ich spannte meine Schultern an. Einfach nicht nachdenken. Ruckartig stieß ich das Stück Holz nach vorn. Die Kugel rollte, klick, klack, ins Loch. Mein Jubelschrei durchschnitt die bislang gehaltene, angespannte Stille. „Jippiiiiieeeee! Getroffen!" Ich riss beide Hände nach oben. Jason flog mir lachend entgegen. Wir umarmten uns fest und sprangen wie zwei Irre ein paarmal ausgelassen, einen Freudentanz aufführend, auf der Stelle hoch und runter. Harald, der im Türrahmen lehnte, beäugte das Spektakel amüsiert. „Pass auf, Jason. Irgendwann schlägt sie dich noch, wenn du weiter so fleißig mit ihr übst." Er nahm einen großzügigen Schluck von seinem Kaffee. „In keinem Leben", lachte Jason. Ich verbeugte mich zweimal schwungvoll vor meinem Sensei, indem ich meine Arme nach vorne warf, um eine La-Ola-Welle zu mimen, und ihn somit zu ehren. Jason schüttelte belustigt und über beide Ohren strahlend den Kopf. In Momenten wie diesen wusste ich, warum ich das studierte, was ich studierte, und warum ich genau hier arbeitete. Das war mit keinem Geld der Welt zu bezahlen. Gemeinsam sammelten wir die restlichen Kugeln vom Tisch und stellten die Queues beiseite. Jason ließ sich auf unser Gruppensofa fallen und zog die Knie zum Körper. Ich fläzte mich mit einer Cola neben ihn. Ah, wie das zischte. Kleine

Tröpfchen klebrigen Nasses stoben mir ins Gesicht, als ich den Deckel aufdrehte. „Auch was?" Ich hielt Jason die Flaschenöffnung entgegen. Er lehnte dankend ab. „Dann nicht." Ich zuckte kurz mit den Schultern und ließ es mir schmecken. „Warum muss ungesundes Zeug nur so gut sein?", sagte ich eher zu mir selbst als zu ihm. „Mia?" „Hm?" Ich drehte meinen Kopf; die Flasche schon wieder halb in meinem Mund. Jason blickte unsicher zur Tür des Multimediaraums, als wolle er prüfen, dass diese auch wirklich geschlossen war. „Ich hab dir doch neulich von diesem Mädchen erzählt", flüsterte er. Ja, die mit dem komischen Namen einer Zitrusfrucht. Clementine. Warum straften Eltern ihre Kinder eigentlich mit solchen Namen? „Nun ja, also ich war bei ihr zu Hause, und, und ..." Meine Augen wurden größer. Nichts sagen, Mia, einfach die Klappe halten, lass ihn reden. Er schwieg. Ich wartete. Er schwieg immer noch. Zweifelsfrei kostete es ihn die größte Überwindung, das was ihm auf dem Herzen lag, herauszubringen. „Und?", fragte ich jetzt doch nach, in der Hoffnung, ihn dadurch zu ermutigen, über seinen Schatten zu springen. „Und es hat einfach nicht funktioniert." „Was hat nicht funktioniert?", hakte ich nach. „Na ... das hier!" Er deutete frustriert mit beiden Händen auf seinen Schritt. Okay. Das war nicht gut. Hilfe. Sexualgespräche, nicht so mein Ding. Mein Puls ging hoch. Ich merkte es. Wie sollte ich das hier nur anpacken? Der arme Kerl suchte Rat bei mir und ich war überfordert. Auf gar keinen Fall von seinem kleinen Freund sprechen, der sein Köpfchen hat hängen lassen. Das Eis war glatt. Es war schon schlimm genug, wenn ein Junge in diesem Alter die für ihn peinliche Erfahrung machen musste, dass er mal keine Erektion bekam oder zu früh kam, auch wenn das vollkommen normal war, hin und wieder vorkam und auch nicht weiter tragisch war, solange kein ernstzunehmendes medizinisches Problem vorlag. Meine Gedanken sausten wie wild springende Affen durch meinen Kopf. Aber jetzt saß er hier mit mir. Warum konnte er dieses Gespräch nicht einfach mit Harald führen, mit einem Mann? „Ja, hast du keinen hoch gekriegt?", flappte es aus mir heraus. Shit. Das war mal wirklich professionell jetzt. Das wollte Mann hören. Jason starrte mich mit offenem Mund und tellergroßen Augen entsetzt an. Mist. Da öffnete sich dieser sensible Junge schon mir gegenüber und ich verkackte es gleich. Versuch es zu retten. Versuch es zu retten. „Also ich meine, hattest du das schon öfter? Oder war das das erste Mal, dass das passiert ist, bei diesem Mädchen?" Ich stockte. „Was genau ist eigentlich passiert?" Das lief komplett in die verkehrte Richtung. Hätte ich nur einfach meinen Mund gehalten und nicht plump drauf los geplappert. Der arme Kerl war jetzt doch noch mehr verstört. Er wirkte so niedergeschlagen, so verletzlich. Und das lag an mir. Bitte antworte. Bitte. Ich hätte mich Ohrfeigen können. Jason atmete flach. „Ich weiß nicht, ich hatte halt einfach irgendwie keine Lust", brachte er nach einer Weile schließlich matt hervor. Ich seufzte, schlug meine Arme um seine schmalen Schultern und drückte ihn fest an mich. Er ließ es geschehen und ich war ihm dankbar dafür. „Das kommt vor, Jason. Mach dir mal keinen Kopf. Wenn sie dich wirklich gern hat, steht ihr beide da drüber." Ich war für so etwas vollkommen ungeeignet, konstatierte ich trocken. Ich brauchte dringend Nachhilfe.

MICHELLE

Diesmal hatte ich keine Lust auf Torten. Ich hatte sowieso keine Lust auf nichts. Mit auf den Gehweg festgenagelten Blick rauschte ich am Rosenglanz vorbei, egal ob er dort bereits mit einem breiten Grinsen und einem wirklich verführerisch aussehenden Päckchen auf mich wartete. Ich ging einfach weiter. Ich wollte nach Hause, in mein Bett und mich verstecken.

Ich hatte keine Lust mehr, mich Woche für Woche zum Narren zu machen. Was verstanden die Leute denn schon von mir? Was verstand Dr. Thalbach denn schon von mir? In seinen Internetbewertungen hatte ich gelesen, dass er wohl zu ungewöhnlichen Methoden neigte. Das machte ihn auf der einen Seite sympathisch, denn mit so einem verkopften Floskelklopfer könnte ich nicht; verkopft war ich selbst. Nein. Da musste für mich schon was Spritziges her; jemand, der mich aus meiner Komfortzone lockte oder vielmehr stieß. Aber als ich vorhin dem Grafen von meinem gestrigen Fehltritt mit Jason berichtete, musste er unwillkürlich lachen, ja, lachen. Ich war also nicht die einzig unprofessionelle Person auf dieser Welt. Das tat richtig weh. Du solltest mir helfen, Mann! Deswegen komme ich doch extra zu dir. Der Kuschelsessel, mein Lieblingsplatz in seinem Sprechzimmer, drohte mich augenblicklich zu verschlingen. Wie eine fleischfressende Pflanze, die ihren Kelch um mich schloss. Um mich, die Schmeißfliege, die in der Scheiße saß. Ich hatte versucht, Haltung zu bewahren, doch das hatte nicht geklappt. Meine Hände hatte ich unvermittelt nach oben gezogen. Ich spürte, wie mein Kinn langsam zu vibrieren begann. Wie ein bockiges Kind saß ich da. Meine Augen zu glühenden Kohlen verzerrt. Mit zittrig bebender Stimme presste ich heraus: „Glauben Sie, meine Probleme lösen Sie, indem sie mich … verletzen?" Dr. Thalbach sah mich direkt an, offen, erwartungsvoll. Er musterte mich. Es schien mir, als würde er jede Regung in mir studieren, sie ergründen. Eine Zeit lang saßen wir einfach so da, als hätte jemand auf Pause gedrückt. Das einzige Geräusch, das zu hören war, war das Ticken der Wanduhr und mein erstaunlich regelmäßiger Atem, der beständig wiederkehrend ein- und ausströmte, meinen Körper mit frischem Sauerstoff versorgte und Altes und Verbrauchtes mit nach draußen nahm. Klick. Dr. Thalbach zückte seinen Stift und machte sich ein paar Notizen.

Ich seufzte. Er blickte auf. „Und jetzt sprechen wir darüber, was genau Sie gerade als verletzend empfunden haben. Bitte." Blödmann. Mit einem verschwörerischen Blick in meine Richtung fügte er an: „Im Übrigen löse nicht ich Ihre Probleme, Frau Schneider, sondern Sie selbst." Sollte er doch andere Leute behelligen mit seinen kruden Theorien. Konnte man dem Mann nicht einfach seine Zulassung entziehen? Ich war einfach nicht zu therapieren. Mir war nicht zu helfen. Ich würde mich niemals ändern können. „Frau Schneider, kommen Sie runter vom Lamentierfeld und gehen Sie in Aktion", hatte er gesagt. Ja, klar. Als ob ich das nicht schon versucht hätte – in Aktion kommen. In Aktion kommen! Ich wäre nicht meine Emotionen, hatte er gesagt. Ich hätte Emotionen, ja, aber die dürften eben nicht die Oberhand bekommen und mein Leben bestimmen. Ha! Dass ich nicht lache. Dann war ich halt impulsiv, na und!

Eine Hand legte sich sanft auf meinen Unterarm. Mit einem Ruck drehte ich mich um und blickte in die fragenden Augen meines Torten-Boys. Er musst neben mir hergelaufen sein. Er hob mir das Päckchen vor die Nase. Ich starrte ihn an. Am liebsten hätte ich ihm das blöde Ding aus der Hand geschlagen und ihn angebrüllt, er solle mich in Ruhe lassen. Er sehe doch, dass ich anderweitig beschäftigt war, mit Leiden, um genau zu sein! Kann man nicht mal in Ruhe leiden? Dann griff er meine Hand, drehte sie um und legte das Torten-Päckchen wie einen wertvollen Schatz sanft auf meine Handfläche. Meine andere Hand führte er von oben beschützend darauf. Er zwang es mir auf. Dann ließ er mich los, drehte sich um und ging schnellen Schrittes zurück zum Rosenglanz.

Zu Hause legte ich das Torten-Päckchen in den Kühlschrank und war gerade dabei, mein Telefon zu checken, als es an der Türe klingelte. Auf dem Weg zurück in den Flur scrollte ich durch meine Benachrichtigungen. Drei Anrufe in Abwesenheit von Sydney, eine Textnachricht von Torben – ich solle mir keine Sorgen machen, es werde heute länger im Büro, aber ich solle doch bitte Micky füttern – und eine Werbemail, die mich aufforderte, die beste Version meiner selbst zu werden, und mich zu einem fünftägigen Seminar in einem ayurvedischen Ashram einlud. Na klar. Als ob ein bisschen Mantrensingen jetzt half; ich war doch nicht Mum. Es klingelte noch einmal und ich öffnete die Türe. Ungefragt drückte sich Sydney an mir vorbei in die Wohnung. „Das muss aufhören", sagte sie. „Und was genau?", fragte ich leicht verwirrt. Sie drehte sich im Kreis und wies mit ihren ausgebreiteten Armen um sich herum. „Das hier." Ich verstand nicht. „Moment. Ich hab was für dich." Sie begann, in ihrer überdimensionalen Ledertasche zu wühlen, bis sie schließlich ein Buch hervorbrachte, das sie mir in die Hand drückte. Ich starrte auf den Titel. „Ernsthaft? Ein Eheratgeber?" Sie nickte. „Dir ist schon klar, dass ich nicht verheiratet bin, oder?" Warum überfiel sie mich schon wieder wie aus dem Nichts mit einem für mich offensichtlich schwierigen Thema? „Naja, ehrlich gesagt benimmst du dich schon wie eine verkrampfte Ehefrau, wenn es um deinen Bruder geht. Du weißt, ich habe vollstes Verständnis für eure Situation. Aber das nimmt hier Ausmaße an, Mia, das ist nicht mehr normal, ihr zwei." Sie schüttelte den Kopf. „Wie zwei siamesische Zwillinge, die sich verzweifelt aneinanderklammern. Wie soll denn da jemals ein anderer Mann dazwischen passen? Geschweige dem eine andere Frau für Torben, so wie du ihn begluckst?" Sie ließ einfach nicht locker. Unweigerlich spürte ich, wie sich alles in mir sträubte. Heute wusste anscheinend mal wieder jeder besser als ich, was gut für mich war. „Willst du unsere Ehe damit retten?", spottete ich und hob das Buch leicht an. „Lies es", sagte sie knapp. Und schon war sie auch wieder aus unserer Wohnung abgerauscht, so schnell, wie sie gekommen war. Micky lugte in den Flur. „Hau ab!", schnauzte ich ihn an. Den konnte ich beim besten Willen jetzt nicht um mich gebrauchen. Aber er machte auch keine Anstalten, sich mir zu nähern. Besser für dich, Katze!

Zähneknirschend betrachtete ich das Buch in meiner Hand. Ich hatte schon immer ein inniges Verhältnis zu meinem Bruder gehabt. Was war daran so falsch? Und es war für mich auch gar keine Frage gewesen, dass ich nach dem Tod von Michelle vor gut eineinhalb Jahren kurzerhand die elterlichen vier Wände verlassen hatte, um vorübergehend bei Torben einzuziehen. Unter Geschwistern half man sich doch; man hielt doch zusammen. Ich wollte meinen Bruder nicht allein lassen. Nicht in dieser Situation. „Mei, Bub", hatte mein Vater auf der Beerdigung genuschelt, als er Torben etwas unbeholfen umarmte und auf den Rücken klopfte. Meine Mutter hatte geweint. Ich hatte wie versteinert neben meinem Bruder gestanden, seine Hand fest in meiner. Michelle war nach einem Mädelsabend bei einer Freundin mit dem Auto durch die Stauden nach Hause unterwegs gewesen, als sie die Kontrolle über ihr Auto verlor und geradewegs in einen der alten Bäume fuhr. Sie war sofort tot. Ermittlungen ergaben später, dass sie Alkohol im Blut hatte. Torben war am Boden zerstört. Er machte sich Vorwürfe darüber, dass er das Unglück nicht hatte verhindern können, warum er nicht da gewesen war für sie. Er hätte sie abholen müssen, hätte dafür sorgen müssen, dass sie sicher nach Hause kam, zu ihm. Warum verdammt nochmal war er an diesem Abend noch einmal ins Büro gefahren und hatte sich in Zahlen vergraben, anstatt ...? Er hätte sie beschützen müssen. Das wäre alles nicht passiert, wäre er da gewesen. Zumindest glaubte er das. Er wollte es glauben, wollte sich gegen seine eigene Hilflosigkeit auflehnen. Und während ich von da an eine beständige Abneigung gegen Alkohol entwickelte, begann mein Bruder, gerade damit seinen Schmerz zu ertränken. Jeder trauerte anders, redete ich mir anfangs noch ein. Es würde vorbeigehen; Torben braucht einfach Zeit. Aber mir sollte schnell deutlich werden, dass ich mir selbst etwas vormachte. In guter alter Tradition hatten wir am Wegesrand unter dem Baum an der Unfallstelle eine kleine Gedenkstätte errichtet. Wir hatten ein Foto mit angebracht, eines auf dem Michelle lachte, uns anstrahlte, als wolle sie sagen: „Weint nicht um mich, denn ich habe gelebt." Zu Beginn fuhr ich fast täglich vorbei, tauschte die Blumen aus und sorgte dafür, dass ihr Lebenslicht weiter brannte. Ich musste doch einfach irgendetwas tun. Torben tat nichts. Er sperrte sich ein und verschloss sich vor der grausamen Wahrheit. Michelle war tot. Sie würde nie mehr zu ihm zurückkehren. Es war endgültig; und mit ihr starb auch die Liebe in ihm. Ich kochte Suppe, stellte sie vor die Schlafzimmertüre und klopfte. Keine Reaktion. Ich klopfte noch einmal. „Torben, du musst etwas essen", sagte ich eher zu mir selbst als gegen die stumme Türe. „Bitte." Die Verzweiflung schwang mit. Auch ich hatte seine Freundin gerngehabt. Sie waren so lange schon ein Paar gewesen. Auch mich traf ihr Schicksal. Aber ich war jetzt nicht dran mit Trauern. Tage später ging abrupt die Tür zur Wohnküche auf, in der ich meine provisorische Schlafstätte errichtet hatte. Torben stand im Rahmen. Er sah fürchterlich aus. Sein Haar stand verfilzt zu allen Seiten ab, er war unrasiert und stank. Ich war erstaunt und erschrocken, ihn vor mir zu sehen, ihn so zu sehen. So verletzlich und hart zugleich. Ich war im Begriff, vom Sofa aufzuspringen, um ihn fest zu umarmen. Aber er hob nur abwehren eine Hand nach oben. Ich erstarrte in meiner Bewegung. Mit schneidendem Ton hob er an: „Wenn du hier wohnen willst, dann kümmer dich darum, dass Michelles Sachen hier verschwinden. Ich gehe ab morgen für eine Woche auf Dienstreise. Wir haben einen wichtigen Deal in Amsterdam. Mein Chef hätte mich gerne dabei." Ich öffnete meinen Mund nur, um ihn gleich darauf wieder zu schließen. Fast schon sachlich fuhr er jetzt fort. „Du kannst das Büro haben, wenn du willst. Ich nehme das Schlafzimmer. Die Wohnküche können wir als Gemeinschaftsraum nutzen. Gestalte alles so um, wie du magst. Mir ist es egal. Wenn ich wieder komme, soll mich nichts mehr an sie erinnern." Damit hatte er sich umgedreht, seine Jacke vom Haken genommen und die Wohnung verlassen. Als er spät abends noch nicht nach Hause gekommen war und ich voll Sorge durch den Flur auf und ab marschierte, jedes Mal versucht, die Polizei zu rufen, schnappte ich mir meinen Autoschlüssel und fuhr los. Ich wusste nicht, wohin ich fahren musste, ich wusste nicht, wie ich ihn finden sollte, doch ganz automatisch schlug ich die Route zu Michelles Gedenkstätte ein. Ich fühlte nichts. Ich war taub. Meine Fingerknöchel umschlossen das Steuerrad so fest, dass sie weiß wurden. Meine Zähne presste ich aufeinander. Beiß dich durch, Mia! Du wirst ihn finden. Ich verlangsamte meine Fahrt und rollte sanft auf die Randbegrünung. Doch ich stieg nicht aus. Ich konnte es nicht. Dort, im Scheinwerferlicht, saß Torben. Neben seinem Mountainbike, das er achtlos ins Gras geschmissen hatte. Tränen rannen ihm über seine Wangen, die er fahrig immer wieder versuchte, mit seiner flachen Hand aus dem Gesicht zu streichen. In seiner anderen Hand hielt er eine Flasche Wodka. Mit hastigen, großen Schlucken erstickte er sein Schluchzen. Immer wieder wies er mit der Flasche zu der Gedenkstätte, schüttelte unkontrolliert den Kopf hin und her, sagte etwas und setzte erneut an. Er ließ sich volllaufen. Ich fühlte seinen Schmerz, so viel Schmerz, so viel Frust, so viel Verzweiflung. Ich blieb sitzen und starrte ihn an. Er war so in seiner eigenen Welt gefangen, dass er nicht einmal wahrnahm, dass da zwei Autoscheinwerfer auf ihn gerichtet waren. Ich spürte einen unheilvollen Druck auf meiner Brust. Das reichte jetzt. Dann stieg ich aus. Als es auch weit nach Michelles Tod mit dem Trinken bei Torben nur schlimmer wurde statt besser und einfach nicht aufhören wollte, brachte ich nachts kein Auge mehr zu. Jeder Tag ohne Schlaf zehrte an mir. Aber ich musste doch stark sein, stark sein für ihn. Also begann ich damit, seine Alkoholverstecke in unserer Wohnung aufzustöbern. Jedes Mal, wenn ich allein zu Hause war, drehte ich systematisch jedes einzelne Kissen auf unserer Couch herum, verschob Möbel, riss Kleidungsstücke aus Schränken, öffnete alle Schubladen. Was mir entgegenquoll an Überresten seines Frustes, sortierte ich in den Müll, was als Depot für spätere Eskapaden auf Einsatz wartete, kippte ich resolut weg. Wir würden ja sehen, wer von uns beiden hier den längeren Atem behielt. Jedes einzelne meiner Fundstücke wog ich abschätzig in meiner Hand. Am liebsten hätte ich sie an seinen Kopf gedonnert. Und er stellte es immer raffinierter an. Es war ein Katz-und-Maus-Spiel zwischen uns geworden. Je mehr ich fand, desto kreativer wurde mein Bruder. Reden half nichts und endete nur immer gleich; mit verschlossenen Türen und noch mehr Alkohol. Ich aber hatte hier eine Mission zu erfüllen. Und ich würde auch bis zum Äußersten gehen; verdammt es war mein Bruder, der mir hier entglitt. Wie oft war er abends besoffen im Türstock gehangen? Ich hatte mit dem Zählen schon lange aufgehört.

In meinen Ohren begann es zu sausen, als ich mich mit Sydneys Buch in der Hand an die Wand hinter mir anlehnte, um nicht gleich das Bewusstsein zu verlieren, weil die Erinnerungen an die schrecklichen Tage mich in die Knie zu zwingen drohten. Ich ließ meinen Kopf nach hinten sacken und starrte die Glühbirne über mir an. Unser Flur wirkte auf einmal kalt und leer, ja, feindselig sogar. Vor meinen Augen tanzten kleine Fischchen von oben nach unten.

Mein Bruder war noch nie ein Kind von Traurigkeit gewesen, zugegebenermaßen war er schon als Jugendlicher öfters mal blau, vielleicht auch mehr als der Durchschnitt. Bei den meisten Partys war der Alkohol in Fülle geflossen; auch andere Drogen waren mit Begeisterung ausprobiert worden. Meine Eltern fanden das weniger toll, ihren ältesten Sprössling zusammmen mit seinen Freunden in unserem Garten wiederzufinden, wie er entzückt die Sterne bewunderte und sich über die bunten Muster freute, die plötzlich am Himmel entstanden; er hatte deshalb die zehnte Klasse gleich zweimal gemacht. Auffällig? Nein. Torben rebellierte halt rum. Einzig nach seinem Clinch mit Quentin auf dem Pausenhof damals war er seltsam gewesen, als er völlig vercheckt wirklich tagelang in seinem Zimmer abhing. Es stand viel auf dem Spiel für ihn und es war simpel gewesen, einfach die Realität zu verlassen, indem er sich selbst auf einen Film schickte oder, im Gegenteil, bewusst einen Filmriss provozierte. Steck den Kopf in den Sand, lass Unrat vorbeischwimmen; du musst das nur aussitzen. Nein, ich konnte das nicht glauben. Mein Bruder war doch nicht feige, der lief doch nicht weg! Er war immer mein Held. Wir beide, gegen den Rest der Welt. Torben hatte mein Teenagerdasein zur besten Zeit meines Lebens gemacht, und ich sah zu ihm auf. Ab meinem 14. Lebensjahr war ich ein fester Teil seiner Crew. Wer wollte denn nicht mit den Großen spielen? Unsere Eltern hätten das am liebsten anders gesehen, wünschten sie sich doch die solide Tochter im Kontrast zu ihrem Sohn. Aber mein Bruder bestand darauf und setzte sich durch. Wer könnte mich besser in diese sündige Welt einführen als er, war sein schlichtes Argument. Für ihn war es doch ein entspanntes Heimspiel. Es war sein Terrain und im Zweifelsfall würde er mich immer beschützen, auch wenn er hackedicht in einer Ecke lag. Auf seine kleine Schwester würde er nie etwas kommen lassen. Nie. Ich war Feuer und Flamme. Denn Torben und seine Freunde waren echt Granaten bei uns an der Schule, nach denen sich die Mädels meines Jahrgangs in ihren nächtlichen Träumen verzehrten. Wie oft hatte ich mitbekommen, dass Klassenkameradinnen verzückt hinter vorgehaltener Hand darüber tuschelten, wer nun wieder wen im Vorbeigehen angesehen hatte und was das alles nun zu bedeuten hätte. Ich lächelte nur; für meine Einblicke würden sie wohl Morde begehen, ging der jeweilige Schwarm doch täglich ein und aus bei mir zu Hause. Da wurden wenig erotisch auf der Couch fläzend Chips verdrückt, während man sich mehr oder minder gekonnt mit lautem Gegröle bei Counterstrike gegenseitig die Birne wegballerte. Es wurde gerülpst, gefurzt und mit Kissen nacheinander geschmissen. Eine Horde wilder Jungs waren sie alle, Torben und seine Gang, die die Schülerschar teilten, wie Moses das Meer, wenn sie die Aula im Gymi betraten. Ich war stolz auf ihn, stolz, seine Schwester zu sein. Und Torben hielt, was er versprach, auch unseren Eltern gegenüber. Ich war untouchable, safe; das stellte er sicher. So wie zu Silvester, als ich 16 war. Von der Seite hielt mir ein Kerl seine angelutschte Flasche direkt unter die Nase. Ich hatte schüchtern gelächelt und dankend abgewinkt. Aber der Typ ließ nicht locker. „Nee. Nee. Probier mal." Seine Bierfahne schlug mir mitten ins Gesicht und ich wurde nervös. Konnte diese schmierige Ekelbazille nicht einfach abhauen? Geh weg von mir und bedräng mich nicht so. „Nein danke. Ich möchte nicht." Doch er wollte nicht hören und legte seinen Arm schwer auf meine Schulter. Ich roch seinen Achselschweiß. Es war widerlich. „Magnus, lass das." Eine

Hand schob sich an mir vorbei und befreite mich aus Magnus' stinkenden Klauen. „Nimm deine dreckigen Griffel von meiner kleinen Schwester. Und zieh Leine. Na los." Torben hatte auch gut einen sitzen, doch die Botschaft war klar. Spät am Abend hielt er zart meinen Kopf, als ich völlig benebelt in die Kloschüssel kotzte, und strich mir mein klebriges Haar aus der Stirn. Mein Bruder war immer für mich gewesen. Sollte ich dann etwa nicht das Gleiche tun für ihn? Er brauchte mich doch; jetzt lag er am Boden. Mein Held war gefallen.

Mein ganzer Körper bebte. Stoßartige Wellen der Pein liefen durch mich hindurch. Ich spürte alles und nichts. Meine Finger krallten sich in Sydneys Buch. Und ich sank weinend, die Wand stützend im Rücken, nach unten auf den Boden. Die Stimme des Grafen klang in meinen Ohren. „Sobald jeder Verantwortung für sein eigenes Leben übernimmt, wird sich vieles lösen. Beginnen Sie damit, Ihre eigenen Entscheidungen zu treffen, und lassen Sie sich nicht durch die Sucht Ihres Bruders steuern", hatte er gesagt. „Geben Sie ihm die Chance, sich selbst zu helfen. Wenn Sie immer alles für ihn übernehmen, wo bleibt da der Platz zur Reflexion seines Verhaltens und der Spielraum, dieses zu verändern, nach seinen Vorstellungen und in seinem Tempo. Lösen Sie sich von der Vorstellung, alles kontrollieren zu können." Schwer ließ ich meinen Kopf nach vorne sinken und schluchzte. Meine Hände hingen schlaff nach unten. Das war doch bescheuert. Ihr seht alles falsch! Oder war doch nur ich die Geblendete hier? Trank mein Bruder jetzt wirklich nicht mehr? Hatte ich tatsächlich Torbens Entwicklung verpasst? Hatte er sich geändert und hing nur ich noch in einem ständig wiederkehrenden Alptraum fest, in einer Dauerschleife des Grauens? War mein Bruder der Situation entwachsen und ich stehengeblieben? Im Mai würde Torben 30 werden. Seit Michelle hatte er keine feste

Beziehung mehr gehabt. Und ich war mir ehrlich gesagt auch nicht sicher, ob er seit Michelle überhaupt noch eine Frau gehabt hatte. Er redete nie darüber. Aber welcher Mann sprach auch gerne über diese Art Dinge? Vor allem, wenn sie eben nicht stattfanden. Vielleicht stimmte es und Sydney hatte irgendwie recht. Das mit uns, das war nicht normal. Wir waren nicht normal. Sondern beide kaputt. Irgendwo surrte es. Langsam zog ich mich am Schuhschrank nach oben, wischte mir mit meinem Ärmel die letzten Tränen aus den Augen und zog mein Handy aus der Tasche. „Kommst du heute noch, oder was?" Verdammt! Ich hatte Leon total vergessen.

DRAMA, BABY, DRAMA

Mit gut einer Stunde Verspätung tauchte ich schließlich in der Halle auf. Die Stimmung zwischen Leon und mir war knatschig, denn mein Kletterpartner war entgegen seiner üblichen Gelassenheit richtig angefressen. „Warum schreibst du mir nicht, wenn es länger dauert bei dir?", nahm er mich kritisch ins Visier. „Sorry, ich, ähm, war... Ach, egal. Jetzt bin ich ja hier." Ich hätte ihm einfach absagen sollen, schoss es mir immer wieder durch den Kopf. Meine Entschuldigung hatte ihn nicht zufriedengestellt; seinen Fragen war ich ausgewichen. Klar, ich konnte ihm doch schlecht sagen, dass ich heulend im Flur gelegen hatte. Trotzdem traf es mich, dass er immerzu vor sich hin stänkerte, wenn ich einen Fehler an der Wand machte, und es frustrierte mich auch, dass ich nicht den kleinsten Hauch eines Knisterns mehr zwischen uns verspürte. „Das ist nur der Kopf bei dir. Lass dich einfach drauf ein", versuchte mich Leon erneut in die Route zu bringen. Du hast so leicht reden! Hast du meine Probleme? Ich atmete tief durch und hielt seinen Blick. „Warum bist du so zu mir? Ich hab mich doch schon bei dir entschuldigt. Was soll ich denn noch tun?" Ich konnte das so nicht; alles schien heute verkehrt. Leon blickte mich an, ganz kurz nur, und trat dann auf mich zu. Er schlang seine Arme um mich und drückte mich an sich. Okay, das kam jetzt plötzlich. Mein Herz rutschte weg. Ich hatte Mühe, stehen zu bleiben, versank ich doch am liebsten in seiner Umarmung. Das fühlt sich gut an, so gar nicht mehr schroff. Ganz automatisch drückte ich meinen Kopf fester an seine Schulter und vergrub meine Nase in seinem Hals. Ich könnte ewig so bleiben. Doch Leon machte sich los. Seine Stimme holte mich wieder zurück auf den harten Boden der Realität. „Schau mal, so schwer ist die Route doch gar nicht. Da hast du schon technisch Anspruchsvolleres geklettert. Außerdem bin ich sie dir ja eh schon vorgestiegen. Also, los jetzt. Mach dir nicht ins Hemd. Es ist doch nur toprope." Mit fachmännischem Blick checkte er noch einmal kurz den Sitz meines Sicherungsknotens und nickte. Ich durchbohrte selbigen mit starren Augen. Dass du mich auch immer mit einem Tuber sichern musst! Leon wusste ganz genau, dass ich den nicht mochte, dass ich Angst davor hatte, dass er mich aus versehen mal durchrutschen lassen und ich so abstürzen würde. Ich nehme doch auch einen Halbautomaten für dich. Egal, mach! Ich griff nach dem ersten Henkel. „Du musst mir schon ein bisschen vertrauen", hörte ich seine Stimme hinter mir. Ich zog mich hoch. Ausgewählt platzierte ich meine Füße, um die optimalen Winkel zu schaffen und krafteffizient nach oben zu kommen. Einatmen, ausatmen, Mia. Schritt für Schritt nach oben. „Komm, geh es hoch ohne Pause." Er war echt ein Sklaventreiber, wenn er es wollte. „Nee, nicht den. Nimm gleich den Griff schräg links und setz den Fuß um. Und pack die Hüfte mehr an die Wand." Nerv mich halt. Ich blickte nach oben. Noch gute fünf Meter. Der nächste Griff war viel zu weit weg für meinen Geschmack. Ich konnte fallen, wenn ich ihn nicht auf Anhieb erwischte. Ich zögerte. Meine Hände begannen zu schwitzen. Ich spürte einen kleinen Ruck am Seil nach oben. Leon hatte es gestrafft. „Du kannst das", hörte ich ihn rufen. „Ich hab dich. Ich zieh dich auch mit hoch, wenn du das willst." Na toll. Ich klammerte mich an die Wand, versuchte mich einzudrehen, sodass ich vielleicht mehr Länge bekam, wenn ich jetzt den Arm streckte. Nein. Das klappte nicht. „Das klappt schon." Leon, sei einfach still! Ich schloss meine Augen. Für einen kurzen Moment war ich wieder dort. In Portugal. Das Meer rauschte, mein Puls beschleunigte sich. Mein Mund wurde trocken. Ich spürte, wie langsam Panik in mir aufstieg. Ich kann das nicht. „Ich will runter", schrie ich nach unten, meine Augen noch immer fest zusammengekniffen. „Nein, zieh das jetzt durch, Mia. Du bist doch fast oben." Ein Zittern durchfuhr meinen Körper. Ich klammerte mich noch fester an meine Griffe. Meine Oberarme begannen zu schmerzen. „Lass die Arme lang. Und hoch jetzt." In meinem Kopf dröhnte es. If I fall, will you be there when I come to my senses? Ein bizarrer Lacher entwich meiner Kehle. If I fall will I fade away alone. Samu Haber gab unverkennbar den Soundtrack zu meinem Leben über die Hallenanlage. If I fall will the demons or the angels take me? Gute Frage. Irgendwann würde ich keine Kraft mehr haben. Das wusste ich. If I fall. Ich würde fallen. Leon zog das Seil noch ein Stückchen nach. Mein Klettergurt schnürte sich in meine Oberschenkel. „Lass mich runter", kreischte ich nach unten. Die Hysterie war deutlich spürbar. Ich fühlte, wie meine Augen zu brennen begannen und sich Tränen langsam ihren Weg nach draußen bahnten. Leon seufzte. „Okay. Hände ans Seil, Beine strecken. Ich lass dich ab."

Als ich am Abend zu Hause ankam lag Torben schon in seinem Bett und schlief. Er hatte sich zu einem Knäuel zusammengekuschelt und säuselte vor sich hin. Seine Brust hob und senkte sich im Rhythmus seiner Atmung. Ich schob meine Nase dicht vor seinen Mund. Kein Alkohol. Diese Ticks machten mich noch kirre. Aber einfach aufhören? Torben sah so friedlich aus; wie ruhig er doch schlief. Ich hob die Decke ein Stückchen an und kroch zu ihm. So wie ich war, ungeduscht und verschwitzt. Heute Nacht wollte ich nicht allein schlafen. Ich drückte meinen Bruder, als würde mein Leben davon abhängen. Ich hielt ihn fest. Oder hielt ich mich fest? „War's schön beim Klettern?", hörte ich Torben schläfrig fragen. „Ja", antwortete ich. Total gelogen. „Das ist gut", gab er zurück. Nach einer Weile fragte ich: „Torben?" „Mhm." „Hast du mich lieb?" Er zog meine Hand noch fester um sich. „Natürlich, Mia. Immer." Dann schlief ich ein.

ELTERN

Am nächsten Morgen krabbelte ich völlig zerzaust aus Torbens Zimmer. Ich wollte mir die Überreste des letzten Tages beschämt vom Körper waschen. Mein Bruder stand bereits im Flur und band sich gekonnt seine Krawatte vor dem Spiegel. Er hatte sich rasiert. Sein Aftershave hing in der Luft. In seinem weißen Hemd und der Anzughose sah er wirklich großartig aus. Ich schluckte. Ja, irgendwann würde es wieder eine Frau in Torbens Leben geben, eine andere als mich. Und wer war ich, ihm das zu missgönnen, ihm das vorenthalten zu wollen? Ich wollte ihn schützen, ihn vor weiteren Schmerzen bewahren. Aber stand mir das überhaupt zu? „Da bist du ja, Schlafmütze." Torben grinste breit, tat einen Schritt auf mich zu und drückte mir einen sanften Kuss auf die Stirn. „Große Sache heute?", fragte ich. „Jap. Wir starten in die letzte Verhandlungsrunde vor der Übernahme." Er zwinkerte mir zu. „Männlicher oder weiblicher Unterhändler?" Mein Bruder blickte mich gespielt strafend an. „Mia, was denkst du von mir? Als würde ich meinen Sexappeal dazu nutzen, die Konditionen zu unseren Gunsten zu beeinflussen." Er zeigte mit beiden Händen an sich hinab und schüttelte den Kopf. „Es ist eine Frau", konstatierte ich trocken. „Schwesterlein, ..." – er kniff mich neckend in die Seite – „... das geht dich rein gar nichts an. Das ist geschäftlich."

Torben war gerade durch die Türe und das Festnetz ging. Ich blickte auf die Nummer; das war Ausland. Nein, ich wollte nicht reden. Sollte ich einfach nicht rangehen? Und es schonungslos klingeln lassen. Vielleicht würde sie es ja dann einfach auf Torbens Handy probieren. Oder Schreck, auch auf meinem? Welche Ausrede konnte ich ersinnen? Dann doch lieber jetzt. Ich hob ab. „Dein Vater hat sich die Hüfte gebrochen, mein Schatz", hörte ich meine Mutter am anderen Ende der Leitung fröhlich vor sich hin schnattern. Scheiße! „Wie geht's ihm?" Ich sah meinen Vater bereits vor mir im Ganzkörpergips. „Alles halb so wild, Mia." Wohl kaum! Aber meine Mutter ratterte einfach weiter und beschrieb mir in den schillerndsten Farben, wie Papa beim Golfen gestützt und leider so unglücklich gefallen war, dass seine alten Knochen dem Aufprall halt nicht mehr hatten standhalten können. „Wir sind ja auch nicht mehr die Jüngsten." Ich brachte beim besten Willen ihre Worte nicht mit ihrem Energieniveau zusammen. „Ja und wollt ihr dann nicht heimkommen?", fragte ich leicht irritiert. Die flatterige Art meiner Mutter arbeitete beständig meine Nerven auf. „Nicht so negativ, Mia. Alles passiert schließlich mit tieferem Sinn." Ihr Standardspruch, um geflissentlich die Augen verschließen zu können. Dieses Eso-Geschwafel, wo lernte man das? Vielleicht sollte ich beim nächsten Examen einfach die Kepler-Karten fragen, wenn ich die Lösung nicht wusste. „Und hier gibt es auch Krankenhäuser. Deinem Vater geht es gut. Margeritha und Paolo kümmern sich um uns." Wusste Papa auch schon von seinem Glück? „Ihr habt doch Versicherungen. Warum lässt du ihn nicht ausfliegen?" Es ging mir nicht in den Schädel hinein. Jedes Jahr flogen meine Eltern nach Sagres, um die wilde Küste zu genießen und um Golf zu spielen. Dann suchten sie Unterschlupf in der familiär geführten Pension von Margeritha und Paolo. Das rüstige Ehepaar gehörte schon lang zu den engsten Freunden meiner Eltern. Aber Papa würde doch zu Hause trotzdem eine bessere medizinische Versorgung bekommen als dort. „Ach, Mia. Nicht so negativ." Da war es schon wieder. Ich verdrehte die Augen. „Was sagt Papa dazu?", kam es jetzt etwas schnippisch von mir. „Ach, dein Vater findet das auch eine super Idee." Nein. Der schwieg einfach wieder nur; und ertrug es, wie immer. „Naja, auf jeden Fall wollten dein Vater und ich euch deswegen einfach beide bitten, das Haus noch ein wenig länger zu versorgen. Geht das?" Ich war sprachlos. Die Pflanzen, ernsthaft, die waren jetzt das größte Problem? „Ich will Papa sprechen", probierte ich es jetzt noch einmal etwas konkreter. Aber meine Mutter schnaubte nur abfällig. „Mia, bitte, jetzt benimm dich nicht wie ein kleines Kind. Wir sind beide erwachsene Menschen. Ansonsten frage ich halt Erna, vom Nachbarhaus. Die hat auch einen Schlüssel." „Und wie oft sollen wir das Haus besuchen?" Bislang hatten Torben und ich geknobelt, wer von uns musste. Aber um ehrlich zu sein, das meiste hatte er übernommen, und ich hatte die schwere Vermutung, dass mich mein Bruder jedes Mal schlichtweg gewinnen ließ. „Ach, macht einfach im üblichen Rhythmus mal weiter", quiekste meine Mutter beseelt. Ich hörte ein Hupen. „Ich muss auflegen Mia; Paolo bringt mich zum Golfclub." Klack, weg war sie; und ich starrte den Hörer völlig fassungslos an. Vorsichtshalber schickte ich meinem Vater eine WhatsApp mit den Worten, wir kämen ihn holen, wenn er es denn wollte. Aber er textete mir nur kurz zurück, dass er morgen bereits auf den OP-Tisch kam und sich danach wieder bei mir melden würde. „Mach dir keine Sorgen, Mia. Es wird alles gut." Ich konnte es nicht mehr hören! Nichts war gut, und ob es gut würde, das würden wir ja sehen. Man kann sich doch nicht alles schönreden, verdammt! Nicht jedes Problem ließ sich zur Herausforderung umschreiben, nicht jede Krise war doch immer gleich ein Gewinn. Plattitüden, wohin das Auge nur reichte. Papa kam morgen unters Messer. Ich hatte keinen Bock auf NLP und positive vibes. Schiebt sie euch sonstwo hin! Wo war denn der tiefere Sinn gewesen, als Michelle starb, wenn Torben dann trank? Erklärt mir das mal. Und dass ich dann, ja, ich … Was ist dann mit mir? Warum seid ihr in Portugal? Ausgerechnet da fahrt ihr noch hin! Als wäre alles normal. Ich brach ab, denn für sie war es das ja. Micky schoss um die Ecke und knallte dabei beinahe gegen die Wand. Er schmiss sich zu Boden und fing mit den Pfoten mein Hosenbein. „Hör auf, lass das." Ich zog meinen Fuß weg und schob mich an ihm vorbei. Ich hatte noch nicht einmal Frühstück gehabt und alle Welt wollte schon etwas von mir. Micky setzte mir nach, beschleunigte sein Tempo und tanzte durch meine Beine hindurch. Er sprang auf die Diele und wieder herunter. Kein Peil von Nichts. Irgendwas hatte er wohl. Ich zückte mein Handy und googelte „Katze macht komische Sachen". Nicht zu fassen, dass ich mir das echt an die Hacken band jetzt. Der Kater war Torbens Projekt und nicht meines. „Dich hat der Spieltrieb gepackt. Dir ist langweilig." Jetzt machte sich Micky an unserem Sofa zu schaffen. Ich griff nach der Zeitschrift, die auf dem Esstisch lag und warf sie nach ihm. Das fand er wohl super. Beherzt fiel er über sie her. Ich klickte mich durch die Videos; ich musste was tun. Er würde uns sonst noch alles zerlegen.

Ich zog meine Schranktür auf und fahndete nach meiner Bastelkiste. Deckel auf, Sachen raus. Kartons, Geschenkpapierfetzen, Sticker und Moosgummis, kleine Muscheln, Holzperlen, verschiedene Pfeifenputzer, Klebestifte, Buntstifte; alles fiel mir entgegen. Ich hatte die Box über Jahre bestückt. Immer wieder schleppte ich sie ins Jugendzentrum, um die Kreativität meiner Schützlinge zu entfachen. Schön waren die Ergebnisse nie gewesen, im klassischen Sinne. Aber selten. Mit schnellen Fingern sondierte ich die Lage, gruschtelte mich durch die Utensilien und traf eine Auswahl. Die Fundstücke meiner Wahl legte ich in einem großen Kreis um mich herum; aus dem Wohnzimmer besorgte ich noch Schere und Paketband. Micky erlegte derweil eines unserer Kissen. Im Bad organisierte ich ein paar leere Klorollen. Jetzt machte es sich mal wieder bezahlt, dass Torben total nachlässig dabei war, die Dinger in die Papiertonne zu schmeißen. Sie stapelten sich wie der Turm zu Babel neben unserer Toilettenschüssel. Mit einem kleinen Holzstab, einer alten Chipstüte und ein paar Federn bastelte ich eine provisorische Katzenangel. Mit jedem Schnitt, den ich setzte, und jedem Klebestreifen, den ich an seinem vorbestimmten Ort platzierte, wurde ich ruhiger. Ich füllte Futter in die Klorollen und drückte die Enden zu; die verteilte ich als Erstes in der Wohnung. Das war wie Ostern für Micky. Und ich war der Hase. Zumindest ließ er jetzt von den Möbeln ab. Torben musste dringend einen Kratzbaum bestellen; das würde auf Dauer sonst nichts hier mit uns. Aus kleinen Murmeln und leeren Ü-Eiern bastelte ich ein paar Rasseln. Und den alten Schuhkarton füllte ich mit allerlei Knisterzeug. Ich stellte ihn ab und schon sprang Micky vergnügt in sein Raschelglück hinein. Ich musste lachen. Was bist du doch für ein witziges Kerlchen! „Tschüss, kleiner Matz!" Ich musste echt los, meine Aufwartung im Seminarraum machen; das letzte Mal in diesem Semester und eigentlich auch nur deshalb, weil unser Dozent unbedingt auf ein Abschlusstreffen pochte. Aber so wie es schien, konnte ich getrost verdampfen. Langweilig würde unserem Kater jetzt sicherlich nicht mehr werden. Unserem Kater? Ich war wirklich verrückt!

„Auf die Zukunft!" Professor Dr. Fuchs-Mandelbaum hob sein Glas.

„Auf die Zukunft!", kam es mit viel Gejubel von der Studentenschar, die sich in einem Kreis im Seminarraum um ihn versammelt hatte. „Nächstes Semester werden Sie alle Ihre Masterarbeiten schreiben und ich freue mich, dass auch ein Teil von Ihnen durch mich betreut werden möchte. Es ist mir immer eine große Ehre, Sie Ihrem Ziel ein Stückchen näher zu bringen." Wieder Gegröle, wie bei einem echten Pop-Star. Ich stellte mir unseren Dozenten auf einer Bühne vor, mit einer gigantischen Lichtorgel und einer LED-Wall im Hintergrund, auf der animierte Grafiken liefen, die seine neuesten Forschungsergebnisse zur Schau stellten. Danach Glitzerkanonen und Champagnerdusche. Professor Dr. Fuchs-Mandelbaum hatte vergangenes Jahr seinen langjährigen Freund geheiratet. Ich hatte die Bilder gesehen, beide im Anzug vor dem Standesbeamten. Beide strahlend und unendlich glücklich darüber, nun in den sicheren Hafen der Ehe eingefahren zu sein. Sein Mann war Kunsthistoriker. Man sollte meinen, dass sie recht verstaubt daherkamen. Aber das waren sie nicht; sie waren Kult. Und die gesamte Uni stalkte das Paar auf Instagram. Aber für mich waren die beiden heimlich der Inbegriff einer gelungenen Partnerschaft. Sie vermochten etwas, das ich nicht konnte. Sie waren durch und durch sie selbst. Auf dem Campus, aber auch in ihrer Freizeit. Besonders lieb gewonnen hatte ich ein Foto aus ihren Flitterwochen in Florida, auf dem sie in kurzen Shorts und Tennissocken auf Rollschuhen die Promenade entlangfuhren. Sie verstellten sich nicht, ließen sich nicht durch blöde Kommentare verunsichern, sondern waren gefestigt in dem, was sie ausmachte. Würde ich das auch jemals schaffen? Ich dachte an Leon. „Mann, wenn er die Meute weiter so anheizt, schmeißen sie noch ihre Schlüpfer", kicherte Sydney neben mir und zog ihre Cocktailkirsche vom Spieß. „Weißt du, dass kein anderer Kursleiter sich die Mühe macht, uns einen guten Ferienstart zu bereiten?" Ich prostete ihr zu. „Jap. Wir haben den coolsten." „Hast du dein Thema schon eingereicht?" Ich schüttelte den Kopf. Sydney würde sich durch unseren Star hier betreuen lassen; sie würde seiner aktuellen Forschung zuarbeiten. Ich wusste noch nicht einmal, was ich machen wollte. Mein Herz hing am Jugendzentrum; ich musste echt in die Gänge kommen. „Mein Vater wird morgen operiert", platzte es unvermittelt aus mir heraus. „Jesus, und da kommst du so mit ums Eck?" Meine Freundin wirkte ehrlich betroffen. Ich berichtete ihr von meinem absonderlichen Telefonat mit meiner Mutter. Sydney nickte mitfühlend, dann stellte sie ihr Glas auf den Beistelltisch und zog mich an meiner Hand vor die Tür. „Komm. Ich zeig dir was." Sie zerrte mich die Flure entlang, die Treppen nach unten und zum Uni-See. Aus dem Gebüsch fischte sie einen langen Ast; er war abgebrochen und sah verdächtig nach Schamanenstab aus. „Sieh da hinein." Sie deutete mit dem Stab auf die Wasseroberfläche. Ich zog eine Augenbraue hoch und trat einen Schritt näher. Dann linste ich nach unten. Ich sah mein Spiegelbild. „Sieh näher hin." Sie griff an meine Schulter und blickte mich mit großen Augen an, den irren Stab noch in ihrer Hand. Ich musste lachen. „Ernsthaft, Sydney? Gibst du jetzt den Rafiki aus König der Löwen?" „Warum nicht? Wenn es hilft." Und was sollte ich jetzt feststellen? Dass mein Vater in mir lebte? „Ich weiß, dass du dir wieder Sorgen machst; auch wenn du mir jedes Mal wieder erzählst, wie gruselig du deine Familie findest. Nein, falsche Wortwahl. Das Getue deiner Mum, das sitzt dir mächtig quer. Du denkst immer, dass sie über deinen Vater hinwegläuft. Lass mich raten. In deiner Fantasie passiert Folgendes: Morgen ruft deine Mutter an und gackert fröhlich ins Telefon, dass dein Vater während der OP einen Herzinfarkt erlitten hat oder meinetwegen drei Tage später eine Lungenembolie vom vielen Liegen bekommt und weil sie ihn nicht ordentlich mit Heparin vollgepumpt haben, so etwas. Er liegt auf der Intensivstation und ringt um sein Leben. Deine Mutter flötet: ‚Schätzchen, alles halb so wild. Die Geister unserer Urahnen wachen über ihn.' Und du möchtest sie instant erwürgen. Denn in deinem Kopf spielt sich Folgendes ab: ‚Ja, wärt ihr mal besser heimgeflogen! Aber du wolltest ja nicht, und jetzt bist du schuld, wenn er stirbt, Mum.' Nun, das weiß halt keiner. Und ich kann es dir auch nicht sagen." Sie deutete mit ihrem improvisierten Rafiki-Stab in Richtung Wasser. „Meine Glaskugel ist vielleicht kaputt. Aber was doch sicher ist, ist, dass du ihre Tochter bist. Und du trägst mehr von deinen Eltern in dir, als du dir eingestehen willst. Mufasa hatte schon recht, als er sagte, man solle nie vergessen, wer man ist. Ihr seid Familie, Mann. Euer Marionetten-Theater ist kaum auszuhalten. Roots, Mia!" Sie ballte eine Faust und fuchtelte mit ihr vor meiner Nase herum. „Das ist wichtig. Kriegt euren Scheiß endlich auf die Kette. Du willst mehr Kontakt zu deinem Vater, bitte. Kümmer dich drum. Du packst deine Mutter nicht? Gut, vielleicht packt sie dich ja auch nicht. Ihr redet ständig übereinander, aber doch bitte nicht miteinander. Du findest deine Mum erst seit Michelles Tod unausstehlich. Habt ihr euch ausgesprochen? Nein. Oh warte, so halb. Sie kennt nur Torbens Geschichte, aber deine dann nicht." Jetzt ging das schon wieder los. Sie wurde auch nicht müde, oder? „Du hast vergessen, wo du herkommst, Mia. Deswegen irrst du auch ziellos herum." Wow! Da wusch mir jemand aber gerade gewaltig den Kopf. Sydney hatte echt

Nerven. „Weißt du eigentlich, wie weh es tut, seine Vergangenheit zu verarbeiten?", gab ich patzig zurück. „Jeder hat sein Paket zu tragen. Und glaub nicht, dass deines allein das größte ist!" In ihren Augen blitzte es kurz auf, für einen ganz kleinen Moment. Etwas versöhnlicher setzte sie nach. „Was war das? Haha. Das Wetter. Äußerst seltsam, findest du nicht." Sie sah mich hoffnungsvoll an. Ich seufzte. „Ja. Der Wind wechselt wohl seine Richtung", zitierte ich weiter. Sydney griff sich gespielt an ihren nicht vorhandenen Kinnbart. „Ah. Wechsel ist gut." „Ja. Aber nicht so einfach." Sydney lachte. „Wenn du jetzt weitersprichst, dann muss ich dir mit dem hier auch einen verpassen." Sie hob den Stab mit beiden Händen leicht an. „Das würde ich zu gerne manchmal tun, wenn du wieder in deinem Oberstübchen herumspinnst." „Und dann würde ich mir die Birne reiben und ‚Au, hey, warum hast du das gemacht?' schreien. Und du würdest wie Rafiki irre lachen und quäken: ‚Ist doch egal. Es ist Vergangenheit.' Nicht wahr?" Ich zog sie an mich und drückte sie fest. „Die Vergangenheit tut manchmal weh, ja. Und man läuft entweder davon oder man lernt aus ihr."

DER JOYSTICK

Einen Tag später erhielt ich eine Benachrichtigung über unser Online-Campus-Portal, dass meine Prüfungsergebnisse für dieses Semester abrufbar seien. Ich loggte mich ein und navigierte mich zu der Gesamtübersicht. Ich hatte alles mit gut bis recht durchschnittlich bestanden. Und das reichte mir; war auch ein schwieriges Pflaster, mit all den Randkriegsschauplätzen im privaten Bereich. Sydney hatte die Einsen abgeräumt. Sie hatte mir einen Screenshot geschickt mit einem Streber-Smiley dabei. Ich gönnte es ihr; sie war ein Ass, wenn sie wollte. Mein

Vater hatte mir nach seiner OP auch gleich eine WhatsApp geschickt; es ging ihm tatsächlich gut. Zunächst hatte ich ein recht verwackeltes Selfie aus dem Krankenhausbett erhalten, quasi als Lebensbeweis. Wir hatten im Anschluss daran fleißig gechattet und ich merkte, wie gut es mir tat, irgendwie bei ihm zu sein. Torben hatte Mum an die Strippe geholt; er wollte ganz sicher gehen. Mir war es ein Rätsel, wie mein Bruder so ruhig mit ihr telefonieren konnte. Wahrscheinlich blendete er die unnütze Information einfach aus und konzentrierte sich nur auf die Wortpassagen, die relevant für ihn waren. So etwas lernte man doch im Top-Management, bei all den stundenlangen Sitzungen, in denen sich die ganzen Alpha-Tiere selbst beweihräucherten und nie zum Punkt kamen. Gerade nestelte ich mich auf die Couch im Jugendzentrum, als Papa erneut Bilder schickte; von seinem Bein, dem Essen, der Krankenschwester und dem TV-Programm, das er gerade sah. Ich drehte die Kamera an meinem Handy, formte ein Peace-Zeichen mit meinen Fingern und grinste breit. Ich wollte schon abdrücken, als eine Gestalt hinter mir ins Bild sprang. „Jason, du Knalltüte! Musst du das jetzt crashen!", kreischte ich auf. Aber ich lachte mehr, als dass ich es ihm ernsthaft böse nehmen konnte. „Dann komm her und wir machen eines zu zweit." Hinter Jason stand ein zierliches Persönchen mit Zahnspange und drei, vier Pickelchen im Gesicht. Ich hatte das Mädchen hier noch nie gesehen. Sie griff schüchtern nach seiner Hand. Aha, das musste dann wohl Clementine sein, in Jogging-Hose und Hello-Kitty-Shirt. Jason zögerte kurz, blickte links und rechts, ob ihn auch ja keiner sah, gab ihr ein Bussi auf den Mund und machte sich dann von ihr los. Nur um neben mir den Vollgas-Poser zu mimen, mit Zunge raus und schiefen Augen. Ich drückte meine Nase mit dem Zeigefinger nach oben und machte ein Schweinsgesicht. „Yolo", versuchte ich mein

Glück. Jason lachte. „Yolo sagt man nicht mehr, Mia." „Und was sagt man denn dann?" „Wohl am ehesten noch lol. Aber das trifft es nicht ganz." Ich drückte auf Senden und packte mein Handy weg. „Was kann ich für dich tun, Jason?" Ich klopfte neben mich, um ihm zu bedeuten, sich doch mit seiner Freundin zu mir mit auf die Sofaecke zu fläzen. Auf das Tischchen in der Mitte hatte ich eine große Schüssel Chips gestellt, daneben Gummibärchen und Marshmallows. Einmal die Woche machten wir im Jugendzentrum einen Bad-Food-Day. Auch wenn sich mir der Bildungsauftrag dahinter nicht ganz erschloss. Clementine setzte sich als Erste und griff sich ein Gummibärchen. Rot. Nicht meine Wahl. Ich mochte die grünen am liebsten. Sie lutschte etwas unschlüssig darauf herum und ich hatte den Eindruck, dass sie sich nur der Süßigkeiten bediente, um nicht mit mir sprechen zu müssen. „Mia, das ist Clementine." Jason strahlte. Er wandte sich an seine Freundin. „Clementine, das ist Mia." Irgendwie fand ich es rührig, dass er sie mir so formell vorstellte. Ich kam mir echt vor wie Mutti. Der Junge hatte in Sachen Manieren richtig nachgelegt. Und es war ihm anscheinend wichtig, auch ein wenig Eindruck zu schinden. Von mir bekam er eine glatte 10, auch in der B-Note. Ich streckte dem Mädchen meine Hand hin. „Freut mich. Und?" Ich wies einmal im Raum herum. „Wie gefällt dir unser Reich?" Sie ergriff meine Hand; ihre Finger waren ganz kalt. „Gut", kam es leise von ihr. Die Tür flog auf und Tarek trat herein, mit seiner JBL-Box unterm Arm und so einem Herrenhandtäschchen lässig über die Schulter gehangen, Käppi auf dem Kopf und dem obligatorische Goldkettchen um den Hals. Ich bekam jedes Mal Augenkrebs von diesem Look, der irgendwas zwischen 80er-Disco-Style und Ghetto-Hipster darstellen sollte. Jasons Freundin zuckte zusammen. Es folgte Yoshi, der sich lautstark über das arhythmische Gequäke hinweg mit

Chris unterhielt. Sie hatten es wohl über eine Frau. „Ey, voll die Speck-Barbie mit so Augenbrauen, wie so mit Textmarker draufgemalt." Yoshi machte eine entsprechende Geste, um es zu verdeutlichen. Tarek knallte sich neben Clementine, legte die Füße auf den Tisch und breitete seine Arme über die Lehne aus. Er markierte wieder mal den Macker. Wenn du dir jetzt noch die Eier kraulst, schmeiß ich dich raus. „Füße runter", zischte ich ihn an. „Aber zackig!" Keine Widerrede. Ich hab immer noch mehr Eier als du. Zumindest war das mein neues Mantra. „Chill mal." Tarek hob abwehrend die Hände und zog die Füße von der Platte. Die Macho-Pose allerdings blieb. Chris griff sich die Chips; er nahm gleich die ganze Schüssel. Wenn er so weiter machte, dann hatte die gegnerische Mannschaft bald gar keine Chance mehr, einen Ball ins Tor zu bringen; da bekam die Redewendung ‚das Runde muss in das Eckige' gleich eine ganz andere Bedeutung. „Chris, wie läuft dein Fußballtraining?", wollte ich wissen. Zwischen zwei Händen Hüftgold bekam ich schmatzend die Antwort. „Voll super, Mia. Wir steigen nächste Saison vielleicht sogar auf. Ich bin einfach ein Held." Na bitte. Gott, was war ich gehässig. Soviel Testosteron in einem Raum war auch schwer zu ertragen. „Deine Flamme?" Jetzt meldete sich Yoshi zu Wort. Er zwinkerte fies und machte dabei eine Geste mit seiner Hand, die mich stark an Flugsimulatoren und Joysticks erinnerte. Ich konnte Jason ansehen, dass er es soeben bereute, Clementine hier her gebracht zu haben. Seine Homies würden ihn gleich mächtig zerpflücken. Wahrscheinlich erzählten sie ihr auch noch, was für geile Stecher sie waren. Jason griff ihre Hand und zog sie mit sich nach oben. „Komm, wir gehen", sagte er, voll auf Flucht-Modus gepolt. Tarek nickte in Jasons Richtung. Sein Blick sagte mehr, als 1000 Worte es könnten. ‚Dein Ernst, Alter, die Drahtfresse hier soll es sein?' „No front, Diggah! Aber du bist total lost." Jason presste seine Kiefer gefährlich zusammen. „Halts Maul, du Spast!", zischte er. Okay, Deeskalation. Bitte ... jetzt. Das ging hier sonst schief. Der Schweigefuchs würde wohl nicht funktionieren. Ich kletterte auf die Sofagarnitur, bildete mit meinen Händen einen Trichter und brüllte los: „Nur noch Gucci, Bratan, ich trag nur noch Gucci, ja. Komm in deine Stadt mit Drilon, Miri und Hamudi." Ich hob meine Hände im Takt. „Wouh. Wouh." Machte ich mich hier halt zum Affen. Hauptsache, es hatte Effekt. „Diese Szene ist ne Kahba und ich bang die Pussy, bang die Pussy." Hoffentlich musste ich nicht weitersingen. Der Text würde nicht besser werden. „Mia, aufhören. Das ist grausam", kam es von Chris. Tarek starrte mich mit offenem Mund an. Er hatte selbst die JBL abgewürgt. „Ey, Capital Bra geht gar nicht, Bro", beendete Yoshi nun mein augenscheinliches Attentat auf ihren Hörnerv. Na für meine Ohren war da vieles Schund. Jason verkniff sich ein Grinsen. Ich setzte mich wieder und breitete meine Arme aus. „Gut. Können wir uns dann bitte wieder alle wie zivilisierte Menschen benehmen, ja? Danke." Tarek, Yoshi und Chris zuckten mit den Schultern und verspielten sich, einer nach dem anderen, mit ihren Handys. „Wir gehen dann mal", kam es leise von Jason. Ich hob meinen Daumen. Als er mit seiner Freundin schon fast durch die Tür war, drehte sich mein Schützling noch einmal kurz um und formte mit seinen Lippen ein tonloses Danke. Ich grinste zurück.

FLASHBACK

In meiner nächsten Therapiesitzung wollte es Dr. Thalbach mit mir wagen. „Frau Schneider, ich bin da. Sie können ganz sicher sein, dass ich Sie aus der Situation wieder heraushole." Er nickte mir aufmunternd zu. Auch wenn ich Stein und Bein schwörte, dass es nicht klappen würde und es demnach vergeudete Liebesmüh war, mit Hypnose zu arbeiten, so wollte er es dennoch mit mir probieren. Er wollte mit mir an das dicke Brett. Er wollte mich durch meinen Schmerz hindurch begleiten; atme durch, Mia! Du kannst das. Vertrau diesem Mann! Stell dich deinen Schatten. Irgendwann musst du es sowieso tun. Soll das hier gelingen, dann musst du da durch. Besser jetzt als später. Vielleicht bist du dann frei! Schließ deine Augen und gib die Kontrolle ab. Einatmen, ausatmen, durchatmen, weg.

Als ich meine Augen wieder öffne, ertränkt sich die blutrote Sonne gerade im grau-flimmernden Meer. Der Himmel ist von bunten Schlieren durchzogen. Ich lächle. Kein herzliches Lächeln, eher gequält, verkniffen und bitter. Vergrämt. Kaum zu glauben, dass ich zu solchen Gefühlen noch fähig bin. Die Luft ist kühl geworden. Ein Abend in Portugal. Ich rieche das Meer unter mir, fischig, und spüre die Gischt auf meinem Gesicht. Kleine Nadelstichlein, salzig und rau. Wenig einladend. Auch wenn ich wohl gut hundert Meter über ihm stehe, kann ich es fühlen, das Meer, seine Kraft, wie es an den Felsen zerbirst, mit welcher Wucht es in das Land einschlägt, es untergräbt und langsam abträgt. Es ist nur noch eine Frage der Zeit, bis der Felsvorsprung, auf dem ich stehe, Geschichte sein würde. Er würde wie ich tief in das Meer stürzen und zerschellen. Ich gehe noch einen Schritt weiter nach vorne. Der Boden unter meinen Füßen ist rostbraun, wie Blut. Er ist staubig und bröckelig. Kleine Klümpchen, wohin man auch sieht. Er riecht so intensiv nach ausgetrockneter Erde, dass mir fast schlecht wird. Dazu Thymian. Und Asche zu Staub. Ich sauge die Luft ein. Meine Nasenflügel vibrieren. Nichts. Ich bin leer, ausgehöhlt. Einfach taub, innen drinnen. Weder Schmerz noch Trauer kann ich noch spüren. Mein Glück hat schon lang seine Koffer gepackt; zurück bleibt ein Trümmerhaufen, mein eigenes Grab. Ich kann nicht mehr. Will nicht mehr. Das ist alles zu viel. Ich gehe noch einen Schritt weiter. Zielstrebig. Tu es, dann ist es endlich vorbei. Eine Böe greift sacht in mein Haar. Wie ein zärtliches Streicheln, zum Abschied, ein Kuss. Ich breite meine Arme aus und greif nach der Welt. Nur noch ein Schritt. Noch einer, ein letzter für mich. Alles fühlt jetzt leicht an. Gleich hast du's geschafft. Eine tiefe Ruhe und Stille durchströmt meinen Körper; mir ist wohlig und warm. Ich bin da, ich bin ich. All das Leid weicht zurück und ich fühle mich lebendig. Selbstbestimmt; was ich tue, entscheide nur ich. Mit jeder Faser meines Körpers ziehe ich das Leben um mich herum an mich, binde es, sauge es auf, verwebe mein Schicksal mit dem dieser Stadt. Alles dreht sich um mich. Ich bin frei, unendlich frei. Und glücklich. Dann hebe ich den Fuß.

Ein Schnippen riss mich aus meiner Trance. Ich blinzelte. Meine Wangen waren feucht, meine Augenlider brannten. Ich war erschöpft und müde. Mit zittrigen Fingern griff ich nach dem Wasserglas, das auf dem Beistelltischchen bereits auf mich wartete. Dr. Thalbach machte sich Notizen. Ich musste erst einmal wieder zu mir kommen, realisieren, was soeben geschehen war. Ich hatte die Handbremse losgelassen und war in meinen Abgrund gerauscht. Die Angst, es würde mich auffressen können, wenn ich es zulassen würde, war unbegründet gewesen. Ich hatte Angst davor gehabt, dass es mich wieder aus der Bahn schmeißen würde, stattdessen fühlte ich … nichts. Ich fühlte nichts. Warum fühlte ich nichts? Ich musste doch etwas fühlen! Schlagartig überkam mich Panik. Meine Kehle schnürte sich zu. Ich schnappte nach Luft. Etwas war schiefgelaufen! Ich fühlte mich nicht mehr. Das Glas klirrte, als es zu Boden fiel. Unkontrolliert versuchte ich, mich festzuhalten. An was? Etwas, ich musste mich doch an etwas festhalten können! Ich würde fallen, jetzt. Alles in mir bebte. Keiner würde mich finden. Ich konnte das nicht. Ich wollte das nicht. Ich … „Frau Schneider, es ist alles gut." Dr. Thalbach war von seinem Platz gerutscht und

kniete nun neben mir. „Atmen Sie tief durch, ja." Mit weit aufgerisse-
nen Augen versuchte ich meinen Halt in seinen Worten zu finden. „Einatmen, ausatmen. Genau so." Schritt für Schritt, weg von den Klippen.

Völlig benebelt verließ ich die Praxis. Dr. Thalbach hatte mir versi-
chert, dass dies heute ein großer Durchbruch gewesen war. Ich hoffte
inständig, dass er recht behielt. Ich fühlte mich noch immer wie ausge-
kotzt. Entgegen meiner üblichen Gewohnheit lief ich nicht am Rosenglanz vorbei, sondern nahm einen anderen Weg nach Hause. Mein
Handy piepste. Ich hatte eine Nachricht von Leon. Er schlug vor, dass
wir uns nachher statt zum Klettern doch auch einfach im Darwin's treffen könnten. Ohne länger darüber nachzudenken, antwortete ich ihm
mit einem Daumen-hoch.

Als ich eintrat, war Leon bereits da. Er stand auf und half mir aus
meiner Jacke. Sobald ich saß, stellte uns Trudie auch schon unsere Getränke hin. „Ich habe dir wieder Tee bestellt", informierte er mich.
„Okay." Er klatschte beschwingt in die Hände, als wollte er sich selbst
Mut zusprechen. Dann räusperte er sich. „Da du ja sonst beim Klettern
nicht so gesprächig bist, habe ich mir überlegt, ich ändere jetzt mal das
Setting." Ich blickte ihn einfach nur an; ich hatte heute keine Kraft
mehr, um Widerstand zu leisten. Er legte ein Kartenspiel auf den Tisch.
„Zieh eine Karte", forderte er mich auf. Ich reagierte nicht. Er sah mich
erwartungsvoll an. „Zieh eine Karte", bekräftigte er nochmals. Ich zog
eine Karte. „Jetzt lies vor." Ich drehte die Karte in meinen Händen um.
„Welche Comicfigur wärst du gerne?" Das war nicht sein Ernst! Ich runzelte die Stirn. Leon legte den Kopf schief und fasste sich nachdenklich
ans Kinn. Um seinen Mund herum bildeten sich kleine Grübchen. „Hm.
Mal überlegen." Seine Zunge schob er unter seine Oberlippe. „Ich
glaube ich wäre … Batman, oder nein. Moment. Ich glaube ich wäre der

Esel aus Shrek." Er strahlte zufrieden. Okay, das war weird. Jetzt musste ich lachen. „Warum bist du denn der Esel?" Seine Augen funkelten. „Naja, er ist schlau und lustig … und er trägt sein Herz am rechten Fleck." „So wie du, ja?" „Natürlich", gab er gespielt entrüstet zurück. Er griff nach dem Stapel und hob eine Karte an. Mein Herz begann schneller zu klopfen. „Oh. Das ist leicht." Ich versetzte mich ein wenig. „Das ist Tee", beantwortete er die Frage selbst. Er drehte die Karte um und hielt sie mir vor die Augen, sodass ich sie lesen konnte. „Was ist dein Lieblingsgetränk?" „Ich darf nochmal." Seine Lippen verzogen sich zu einem verschmitzten Grinsen. „Von mir aus", seufzte ich. Was war schon dabei? Ich blickte mich um. Es hing eine ausgelassene und entspannte Atmosphäre im Raum. Die anderen Gäste unterhielten sich angeregt, gestikulierten wild mit ihren Händen, lachten. Hie und da klapperte Geschirr. Trudie wirbelte mit ihrem Tablett zwischen den Stühlen hindurch. Im Hintergrund liefen alte Schlager. „Mit wem würdest du gerne einmal eine Nacht verbringen?" Ich fuhr herum. Mit dir. „Mit Johnny Depp", flappte es aus mir heraus. Leon lachte auf. Ich mochte sein Lachen. „Aber nur, wenn er den Jack Sperrow gibt, bitte." Beherzt griff ich nach der nächsten Karte. Das machte Spaß. „Welche Gewohnheit möchtest du in Zukunft ablegen?" Geile Frage! Gott sei Dank musste ich die nicht beantworten. Leon überlegte kurz. „Vielleicht könnte ich dich mal mit nem Click-Up absichern statt mit dem Tuber, wie wär's?" Er zwinkerte mir zu. „Das wäre schön." „So. Jetzt ich." Leon zog eine Karte. „Was war das schönste Kompliment, das du jemals bekommen hast?" Ich stöhnte auf. „Oh nein, kann ich nicht eine andere haben." Doch mein Gegenüber schüttelte nur vergnügt seinen Kopf. „Nope. So sind die Regeln. Du musst antworten, Mia. Du kommst nicht dran vorbei." Er grinste breit. „Keine Ahnung. Ich weiß nicht, keines war je richtig schön." „Mia, das gibt's nicht." Okay, jetzt wurde ich rot. „Also gut. Aber nicht lachen." Leon presste jetzt schon die Lippen zusammen. „Als ich in der 12. Klasse war, bin ich im Treppenhaus unserer Schule nach oben gelaufen und so ein kleiner Siebtklässler hat mich über den Haufen gerannt. Anstatt sich zu entschuldigen, meinte er patzig, ich solle doch bitte gefälligst meinen fetten Arsch aus dem Weg räumen." Ich sah meinen Kletterpartner scharf an und hob strafend meinen Zeigefinger. „Nicht lachen. Du hast es versprochen. Ein Klassenkamerad von mir, auf den ich zufällig stand, hatte das Spektakel natürlich beobachtet und kommentierte direkt: ‚Also ich mag deinen Hintern.' Ich fand das damals so peinlich, aber auch irgendwie nett." „Das kann ich besser", meinte Leon bestimmt. Sag mal, flirtet der gerade mit mir? Eine wohlige Wärme breitete sich in meinem Inneren aus. „Hm." Ich griff nach dem Stapel. „In welchem Punkt habe ich dein Denken verändert?", fragte ich langsam. Wo führte das hin? Leon atmete hörbar aus, die Luft impulsiv durch seine Lippen stoßend, und fuhr sich mit einer Hand etwas unentschlossen übers Gesicht. Er schien ernsthaft auf dieser Frage herumzukauen, nein, vielmehr schien es, als würde er innerlich verschiedene Antwortmöglichkeiten und sich daraus ergebende Konsequenzen abwägen. Vorsichtig sagte er: „Dass es immer Hoffnung gibt." Ich schluckte. Seine Worte trafen mich bis tief ins Mark. Das sah er in mir? Einen Hoffnungsschimmer? Unsere Blicke verhakten sich ineinander. Das Grün seiner Augen schien noch dunkler, noch tiefer zu sein. Ich spürte, wie sich in mir der drängende und unausgesprochene Wunsch, die Distanz zwischen uns zu überwinden, die ich verzweifelt versuchte aufrechtzuerhalten, nach oben kämpfte. Mein Mund wurde trocken. „Darf's bei euch noch was sein?", riss uns Trudie aus dem Moment. Leon räusperte sich und blickte mich fragend an. „Nein, danke, Trudie. Das passt schon", gab ich ihr freundlich zurück, nachdem ich mich wieder etwas gefangen hatte. Ich stand auf und wandte mich an Leon: „Würdest du mich kurz entschuldigen bitte?" Er nickte zögernd. Dann drehte ich mich um und rannte mit großen Schritten in Richtung WC. Mit meinen Händen auf das kleine Waschbecken abgestützt betrachtete ich mich im Spiegel. Ich sah abgekämpft aus. Für mich hatte es damals keine Hoffnung mehr gegeben. Unter meinen Augen zeichneten sich bereits dunkle Schatten ab. Was tat ich hier? Zu viel Aufregung an einem Tag war echt nicht gesund. Ich band meine wilden Locken zu einem Zopf zusammen und schöpfte mir mit beiden Händen kaltes Wasser ins Gesicht.

Als ich die Damentoilette verließ, stand Leon im Flur und versperrte mir den Weg. Im fahlen Licht der Deckenlampe umschloss er zielstrebig mit einer Hand meine Taille und zog mich an sich heran. Ich spürte seinen festen Griff, der einerseits keinen Widerspruch duldete und gleichzeitig doch unfassbar zärtlich war. „Warum läufst du vor mir weg?", fragte er leise. Seine Stimme klang heiser. Seine Lippen strichen sanft über mein Ohr. In meiner Brust begann es wie wild zu hämmern. „Das kann ich dir nicht sagen", kam es brüchig von mir. Meine Augen wurden feucht. Wenn ich jetzt über die rote Linie trat, konnte ich nie mehr zurück. Es war so falsch, Leon so nah an mich ran zu lassen. Er gehörte in die Halle, verdammt! Und nicht an meine Haut. Ein Zittern durchlief meinen Körper. Leon legte seine Wange behutsam an meine; sie fühlte sich sacht und weich an. Ich wollte ihn doch; warum konnte ich nicht? Eine Träne verließ meinen Augenwinkel und rann langsam nach unten. Sie traf uns beide, ihn genauso wie mich. „Was ist los, Mia?" Leon blickte mich erschrocken an. „Warum weinst du? Hab ich was Falsches gemacht?" „Nein." Hatte er nicht. Ich war das Problem.

Mein Kopf schien zerschlagen; jede Scherbe tat weh. Das war alles zu viel. Auf keinen Fall würde ich aus meiner Deckung kommen. Aber das war ich doch längst! Ich stand hier heulend vor ihm. Ich musste weg. Lass mich gehen; mir ist kalt. Meine Beine sackten. „Mia, hey, ..." Warum hältst du mich noch? Wo kommt das Dröhnen jetzt her? Meine Augen klappten nach oben. Dann wurde es schwarz. Ich hatte keine Ahnung, wie lange ich bewusstlos gewesen war. Da waren Klänge, ganz leise und gefühlvoll, nur unendlich weit weg; wie durch Watte gedämpft. Sie wurden lauter und deutlicher, bis ich jedes einzelne Wort verstand. „Sag mal, weinst du, oder ist das der Regen, der von deiner Nasenspitze tropft?" Es war Leon. Wir saßen auf dem Boden im Flur vor den Toiletten an die Wand gelehnt, ich zwischen seinen Beinen, den Rücken an seiner Brust. Seine Arme hatte er schützend um mich gelegt. Menschen stiegen über unsere Füße und warfen uns fragende Blicke zu. Ihn störte das nicht. Mit sanften Bewegungen wog er uns hin und her. Ich schniefte. Leon hielt inne und blickte mich besorgt von der Seite her an. Behutsam strich er mit seinem Daumen eine Träne von meiner Wange. „Sag mal, weinst du etwa, oder ist das der Regen, der von deiner Oberlippe perlt?" Vorsichtig hob er mit seinen Fingern mein Kinn ein Stückchen hoch und zwang mich somit, ihn anzusehen. „Komm her, ich küss den Tropfen weg." Er sagte es mit so viel Wärme, mit so viel Aufrichtigkeit. Ich schluckte. „Probier ihn, ob er salzig schmeckt", beendete ich mit belegter Stimme den Refrain für ihn. Seine Mundwinkel zogen sich nach oben; er schien sichtlich erleichtert. „Ich wusste gar nicht, dass ich so eine Wirkung auf Frauen habe." Ich musste unwillkürlich kichern. „Das finde ich ein bisschen beängstigend, wenn ich ehrlich bin", fügte er irritiert hinzu. „Und ich wusste nicht, dass du auf

Echt stehst." Er schlang seine Arme noch ein Stückchen fester um mich, vergrub sein Gesicht in meinen Haaren und ich wusste, dass er lächelte.

BOGENSCHIEßEN

Auf dem Heimweg bat ich Leon, mich am Schützenclub abzusetzen. Eigentlich hatte er mich mit dem Volvo bis vor meine Haustüre bringen wollen, um sicher zu gehen, dass ich nicht noch einmal zusammenklappte. Aber ich hatte hier noch etwas zu erledigen. Allein. Ich sah die Sorge in seinen Augen und das berührte mich sehr. „Es ist alles in Ordnung. Mir geht es echt wieder gut." Er schien nicht überzeugt. „Versprich mir, dass du dich nachher noch bei mir meldest, ja?" Leon ergriff sanft meine Hand. Ich drückte sie kurz; dann stieg ich aus. Er zögerte, ließ den Motor im Leerlauf weiter bullern. Ich steckte meinen Kopf in den Wagen zurück. „Du kannst wirklich fahren, Leon. Ich komm schon zurecht." Mein Kletterpartner biss unschlüssig auf seine Unterlippe. „Okay. Dann ..." Er räusperte sich. „Dann bis später." Ich schloss die Beifahrertür und stapfte zur Anlage. Ich wollte meinen Bruder suchen. Er hatte wieder mit dem Bogenschießen begonnen. Noch am selben Abend nach Papas OP war Torben in das Haus unserer Eltern gefahren, hatte nach dem Rechten gesehen und seine alte Ausrüstung aus dem Speicher geholt. Seitdem war er jeden Tag auf den Schießstand gegangen. Es brachte mich zum Nachdenken, hatte er doch zusammen mit Michelle diesen Sport angefangen und die Platzreife gemacht. Ich fand meinen Bruder in Reihe zwölf. Ich musste es einfach wissen. Ich konnte nicht länger warten. Gerade setzte er zum Schuss an. „Torben?" Seine Augen flackerten kurz. Er rührte sich nicht. „Mia, hi." Sein Bogen war gespannt; er hatte sein Ziel fixiert. Torben hielt die Position. Jede Faser seines Körpers fühlte den Pfeil, war der Pfeil. Ich konnte es sehen. Er war voll in seinem Element. „Wann hast du aufgehört zu trinken?", fiel ich mit der Tür ins Haus. Mein Bruder ließ den Pfeil los. Ich blickte ihn fragend an. „Ich meine, dir geht es doch gut aktuell, oder nicht?", schob ich zögerlich nach. Torben ließ den Bogen langsam sinken. Bis jetzt hatte er nachgehalten. Sein Pfeil hatte die Zielscheibe im Zentrum durchbohrt. „Bist du deshalb gekommen?", fragte er knapp. Ich nickte. „Warum willst du das wissen?" Ich spürte, wie er sich versteifte. Offensichtlich rechnete er bereits wieder mit einem meiner unkontrollierten Ausbrüche. „Es ist doch so. Du bist doch trocken." Irgendetwas an der Art, wie ich es gesagt hatte, sorgte dafür, dass er sich wieder ein wenig entspannte. Unumwunden blickte er mich an. „Ich habe aufgehört zu trinken, als du versucht hast, dich umzubringen." Er legte einen neuen Pfeil auf. „Warum?", brach es aus mir heraus. „Warum? Das fragst du ernsthaft!" Er schüttelte ungläubig den Kopf, seine Haare fielen ihm ins Gesicht. „Weil du meine kleine Schwester bist, weil ich dich lieb habe, weil ich dich nicht auch noch verlieren wollte, weil ich der Grund für all dein Leid war, weil ich mich nicht verantwortlich dafür fühlen wollte, wenn dir etwas zustoßen würde, weil ich es mir niemals verzeihen könnte, wenn du es noch einmal probieren würdest und es dann vielleicht tatsächlich durchziehst und ich wäre Schuld daran! Sind dir das ausreichend Antworten auf deine Frage?" Die Sehne schnalzte. Der nächste Pfeil steckte im Schwarzen. In meinem Kopf drehte sich alles. „Ich wusste nicht, dass ...", setzte ich an. „Dass, was? Dass du mir so viel bedeutest?" Er schnaubte. Wusch! Sein Pfeil verfehlte das Ziel. Torben fluchte. „Mia, ich weiß, was du alles für mich getan hast, was du aufgegeben hast und was es dich gekostet hat. Glaubst du etwa, das ist leicht für mich? Zu wissen, dass ich meine kleine Schwester fast auf dem Gewissen gehabt hättet, nur weil ich zu blind und zu sehr mit meinem eigenen Schmerz beschäftigt war?" Er zog den nächsten Pfeil aus seinem Köcher und wog ihn abschätzig in seiner Hand. Ich war die ganze Zeit auf dem Holzweg gewesen. „Fang endlich wieder an zu leben, Mia!" Er nagelte mich mit seinem Blick an die Wand. „Ich tu das doch auch." Mein Handy piepte. Ich blickte auf das Display: „Alles klar bei dir? Ich stehe noch vor der Tür." Ich musste grinsen und tippte an Leon, dass er nicht zu warten brauchte. Als Antwort bekam ich ein Peace-Zeichen mit einem fahrenden Auto. „Er tut dir gut", hörte ich die Stimme meines Bruders sagen. Mit leicht geröteten Wangen sah ich ihn an. „Ich weiß nicht", gab ich schüchtern zurück. Er wartete einen Moment und sah mich prüfend an. Dann legte er den Kopf schief und wackelte vielsagend mit seinen Augenbrauen: „Je mehr wir uns zu etwas überwinden müssen, desto eindeutiger ist der Liebesbeweis." Ich verzog mein Gesicht. „Du hast Chapman gelesen?", fragte ich entgeistert. Mein Bruder zuckte betont unschuldig mit seinen Schultern, legte den Pfeil auf und spannte die Sehne. „Er lag auf deinem Nachtkästchen." Sydneys Eheratgeber, verflucht! Was stöberte er auch in meinen Sachen herum! „Wann ist es denn soweit?" Seine Augen funkelten amüsiert. „Was?", entfuhr es mir grob. Wusch! Zufrieden blickte Torben auf die getroffene Scheibe. Er versetzte seinen Fuß und steckte lässig seinen Bogen in den Köcher zurück. „Na, die Hochzeit?" Mit einem entwaffnenden Grinsen, das sich über beide Ohren zog, strahlte er mich an. „Du, Idiot!", lachte ich und stützte mich auf meinen Bruder, mit einer Hand wild auf ihn eindreschend. Er wich mir gekonnt aus und quietschte vergnügt: „Ich verarsch dich doch bloß!" Nur um sich dann gleich wieder ins geschwisterliche Gerangel zu schmeißen. „Gnade!" Ich hob beide Arme im Versuch, ihn abzuwehren. Torben packte mich spielerisch in den Schwitzkasten und durchwuschelte mit seiner freien Hand mein Haar. „Lass mich los", keuchte ich, noch immer nach Luft schnappend und mir meinen vom Lachen jetzt bereits schmerzenden Bauch haltend. „Ich kann nicht mehr."

VINCENT

Dr. Thalbach wollte es noch einmal versuchen. „Hetzen Sie nicht immer so über die unbequemen Punkte Ihrer Biographie hinweg", hatte er mich deutlich in die Schranken gewiesen, als ich das Thema Portugal geflissentlich abhaken wollte. Jedes Mal wenn ich weiterskippte, so, als würde nervige Werbung im Fernsehen laufen, drückte er mein Gesicht noch tiefer in die offenen Wunden. „Wenn Sie sich keine Chance geben, die Ereignisse zu verarbeiten, dann nehmen Sie die mit in Ihre Zukunft. Lassen Sie die Gefühle dort, wo Sie auch stattgefunden haben. Auch wenn Sie es intellektuell begriffen haben, was geschehen ist, geben Sie ihrem Körper doch die Chance, das, was sich in Ihnen festgefressen hat, rauszulassen. Sie können nicht alles mit Ihrem Verstand regeln." Ich nahm einen tiefen Atemzug; es hatte schon einmal funktioniert. Ich hatte mich schon einmal darauf einlassen können. Also gut, dann nochmal. Ich schloss meine Augen und versuchte, mich zu entspannen. Ich konzentrierte mich auf die warme und angenehme Stimme meines Therapeuten; eine sanfte Melodie, die mich immer mehr wegdriften ließ.

„Tell me, are you completely stupid now?!", durchbricht eine donnernde Männerstimme meinen Rauschzustand. Ich blinzele. Ein Dröhnen, ein Hämmern, als würde mein Kopf im nächsten Moment zerspringen. „Who exactly are you doing that shit for?" Ein Ruck durchfährt meinen Körper. „Go back, ten steps, right now, and sit down! Come on!", kommt es im Befehlston. Mit großen Augen blicke ich nach unten, wie aus einer Trance erwacht. Eine Welle zerschellt mit lautem Getose am Felsen. Panik überkommt mich. Ein Zittern

überfällt meinen Körper; lässt mich wanken. Nicht fallen, jetzt nicht fallen. Kalter Schweiß bricht auf meiner Stirn aus. Ich zwinge mich nach hinten. Langsam gehe ich, einen Schritt nach dem anderen, wie ferngesteuert, zehn Schritte zurück. Und breche dort, wo ich stehe, mitten auf dem Vorsprung, im Schein der untergehenden Sonne, einfach weinend zusammen. Alles in mir bebt. Tränen laufen über mein von Krämpfen verzerrtes Gesicht. Ich schluchze und schreie, kralle meine Hände in die rote Erde. Die Verzweiflung über meine missliche Lage, die scheinbare Aussichtslosigkeit meiner Situation und der Schmerz, ja, es ist Schmerz, ein Schmerz, den ich nicht glaubte, aushalten zu können – all das bahnt sich seinen Weg unbarmherzig, ungehemmt, unaufhaltsam, in mir nach oben, in mein Bewusstsein, schafft sich Raum, erobert die Festung meiner Selbsttäuschung. Ein Trugbild, mein Selbstverrat, den ich so eifersüchtig in mir verteidigt hatte. Wie hatte ich es nur so weit kommen lassen können? War ich mir denn gar nichts wert? Was hatte ich mir antun wollen? Ich spüre jemanden eine Jacke um meine Schulter legen, mich schützend einwickeln und langsam wiegen. Zwei nackte Füße und eine zerschlissene Kakihose sind das Erste, was ich von Vincent wahrnehme. „You scared me, honey." Mit seiner Hand wischt er mir die Tränen aus dem Gesicht. „It is good that you are crying. It's better than jumping down there." Er deutet vage aufs Meer. Hätte ein Fremder uns von Weitem gesehen, er hätte uns für ein schönes Pärchen gehalten, das zusammen den letzten Urlaubstag genießt. Eng umschlugen und innig. „What's your name?", fragt der Typ neben mir. Ich räuspere mich. „Mia", bringe ich krächzend hervor. „Good, Mia from?" „Germany." „And where exactly are you from?" „Nürnberg. Christkindelmarkt, you know." Er nickt. „Look, I'm Vincent from New Castle." Meine Zähne klappern; ich habe das Gefühl zu erfrieren. Meine Hände fühlen sich kalt an, meine Füße steif. „We can't sit here forever." Er klopft sich auf die Oberschenkel und drückt sich hoch. Ich bleibe wie angewurzelt sitzen. Vincent legt seinen Kopf schief und

sieht mich fragend an. Als ich nicht reagiere, greift er vorsichtig nach meinen
Armen und zieht mich langsam zu sich hoch; ich folge ihm widerstandslos. In
meinem Kopf schein alles wie leergefegt. Alles dumpf, alles hohl. Ohne diesen
jungen Engländer wäre ich vermutlich jetzt Matsch. Meine Nackenhaare stel-
len sich auf bei dem Gedanken daran. „Are you here alone? Where is your
family?", will Vincent nun wissen. „At home." „Do you want me to call
them?" Was? „No", kreische ich hysterisch auf. „But you need help, babe." Ja,
das ist mittlerweile auch schon zu mir durchgerungen. „Where are you stay-
ing?" „At Margeritha and Paolo's." „Shall I take you there?" Ich schüttle den
Kopf. „No, we'll leave them out of it." In diesem Zustand kann ich unmöglich
bei ihnen aufschlagen; sie würden augenblicklich meine Eltern informieren.
Das will ich unter allen Umständen vermeiden. Wie soll ich ihnen das hier
bitte erklären, ohne alles aufzurollen, ohne Torben vor den Kopf zu stoßen?
„Good. Then I'll take you to a hospital now. I can't be sure you won't try it
again." Er will schon weiter, aber ich bleibe einfach stehen, kraftlos, erschöpft
und unfassbar müde. Ich gähne und halte mir verstohlen die Hand vor den
Mund. „I just want to sleep", bringe ich matt hervor. Vincent zieht seine Au-
genbrauen hoch. „Would you sleep on my couch then?"

 Ich installiere mich auf einem kleinen Klappsofa in Vincents Bungalow,
nicht weit vom Hafen entfernt. An der Wand hängen Bilder von Wellen und
Strand, in der Ecke lehnt ein Surfbrett. Vincent setzt uns Tee auf. Vorsichtig
streiche ich mit meinen Fingern über seine Gitarre, die auf der Couch abgelegt
ist. Es ist ein schönes Holz, weich und warm. Ein wundervolles Instrument.
Dann ziehe ich die Beine dicht an mich und vergrabe mein Gesicht in meinen
Knien, um für einen Moment alles um mich herum zu vergessen. Hier bin ich
sicher, auch vor mir selbst. „Now tell me why you wanted to kill yourself,
honey." Vincent lässt sich neben mich auf die Couch fallen. Links und rechts
in seinen Händen zwei gigantische Becher. „Because I am no longer able to

endure this shit", ist meine Antwort. Was sollte ich auch um den heißen Brei herumreden? Ich greife nach dem dampfenden Gebräu. „I'm a good listener." Vincent lächelt mich aufmunternd an. Und auch wenn die Schwerkraft unerbittlich an meinen Lidern zieht, will ich doch mein Herz lüften. Ich kann es einfach nicht mehr ertragen zu sehen, wie Torben sich zu Tode soff. Ich hatte niemanden mit ins Vertrauen genommen. Das war eine Sache zwischen mir und meinem Bruder; es ging keinen sonst etwas an. Doch ich war nicht mehr fähig, diese Last alleine zu tragen; das beharrliche Schweigen brachte mich um den Verstand. Es hatte mich hier her gebracht, vor allen den Schein zu wahren. Aber was half mir auch eine Mutter, die das Universum anrief und Bäume umtanzte, anstatt selbst die Zügel in die Hand zu nehmen, und ein Vater, der schwieg, auch wenn ich manchmal den Eindruck hatte, dass er sehr wohl wusste, was bei Torben lief? Ich wollte meinen Eltern den Kummer und mir den zusätzlichen Stress ersparen. Stand ein gesellschaftliches Ereignis an, riss sich mein Bruder sichtlich zusammen. Nur um sich im Anschluss zuhause die Kante zu geben. Auch auf der Arbeit hatte er sich wohl irgendwie im Griff. Er hatte eine steile Karriere hingelegt in seiner Firma, trotz seiner Sucht. Ich bezweifelte, dass seine Kollegen etwas merkten, auch wenn er mit ihnen durch die Grachten streifte. Das war ja genau das Problem mit dem Alk; er war gesellschaftlich anerkannt. Keiner störte sich daran. Wie gerne hätte ich manchmal Sydneys Rat eingeholt oder mich einfach an ihrer Schulter ausheulen wollen. Aber ich konnte es nicht, ich durfte es nicht, meinem Bruder zuliebe. Und jetzt? Zum ersten Mal teile ich meinen Albtraum mit einem fremden Menschen, mit Vincent. Und er hört einfach nur zu. Lässt mich reden, stocken, zu Atem kommen, ist da für mich. „Have you already had planned this?" Ich schlucke. Ich hatte eine Auszeit gebraucht, Zeit zum Nachdenken. Deshalb war ich nach Sagres geflogen. Es war ein Last-Minute-Ticket gewesen; und es war günstig hier. In der Pension gab es immer einen Platz für mich. Es schien mir so am einfachsten zu sein, um mal raus zu kommen. „Grüß Margeritha und Paolo ganz herzlich von uns", hatte meine Mutter beschwingt ausgerufen, wild mit ihren bereiften Armen gewedelt und mich kräftig an ihre Batik-umhüllte Brust gedrückt. Am liebsten wäre sie gleich selbst mitgeflogen. Mein Vater hatte mir ein wenig unbeholfen die Schulter getätschelt. Kuscheln war nicht so sein Ding. Meine Eltern gingen beide davon aus, dass ich einfach eine Runde mein Studentenleben genoss. Als ich mich bei der Sicherheitskontrolle noch einmal zu ihnen umgedreht hatte, hatte ich ihre Gesichter andächtig in mich aufgenommen, denn zurückkehren wollte ich eigentlich nicht mehr. Nicht in dieses beschissene Leben. Was ich darunter aber konkret verstand, entzog sich mir noch meiner Vorstellungskraft. Auch wenn er sich komisch angefühlt hatte, dieser Abschied. „Yes or no?", fragt Vincent jetzt etwas eindringlicher. „No. Not really. It just came over me suddenly. I couldn't find a way out of my dilemma. So, I went for a walk. And then I stood there. And it was just too tempting." Vincent atmet hörbar aus. „Good." Was war da jetzt bitte gut dran? „You'd best go to sleep now."

„Wie geht es Ihnen jetzt, Frau Schneider?" wollte Dr. Thalbach wissen. „Ich bin erschrocken darüber, dass ich das wirklich habe machen wollen." Es war eine Kurzschlussreaktion gewesen und mir war immer noch flau davon. „Aber ich habe es ja nicht getan", brachte ich tapfer heraus. Jetzt musste ich mir erst einmal selbst verzeihen. Vincent hatte noch am gleichen Abend mein Handy entsperrt; wie er das geschafft hatte, würde mir auf ewig ein Rätsel bleiben. Als ich am nächsten Morgen in meinen Marmeladentoast biss, hatte Torben plötzlich neben Vincent im Flur gestanden. „I think your brother is a good guy. And someone has to take care of you, babe. He is currently your best option", hatte er nur schlicht die Lage kommentiert. Ich wollte wütend, verärgert, empört sein. Ich wollte ihn anschreien, er solle sich um seine eigenen Angelegenheiten kümmern. Was ging es ihn an? Vincent hatte meine Privatsphäre verletzt und mein Vertrauen missbraucht. Erst flüchtete ich vor meinem Bruder und jetzt stand er vor mir, mein Peiniger. Aber das Einzige, was passierte, war, dass mich Torben weinend an sich zog, seine kräftigen Arme um mich schloss und mich nicht wieder losließ. Und ich weinte mit ihm.

SCHMOLLEN

Nach der heutigen Sitzung hatte ich mir wirklich meinen Nachtisch verdient. Etwas in mir hatte sich verändert. Ich konnte es ganz deutlich spüren. Ich fühlte mich leichter, als wäre ich aus einem Kokon gestiegen. Und ich freute mich, meinen Torten-Boy wieder zu sehen, nachdem ich ihn das letzte Mal so schändlich versetzt hatte. Ich nahm mir vor, mich bei ihm angemessen zu entschuldigen. Und ich nahm mir auch vor, ihn nach seinem Namen zu fragen. Ich hatte mir meine Worte schon zurechtgelegt, als ich um die Ecke bog. Wie versteinert blieb ich stehen. Mein Torten-Boy war nirgends zu sehen. Ein kleiner Stich durchbohrte mein Herz. Wies er mich jetzt zurück? Ich senkte beschämt meinen Blick und fixierte die Kieselsteine zu meinen Füßen. Oh, Gott! So hatte er sich vielleicht auch gefühlt, letzte Woche, als ich einfach nicht aufgetaucht war. Auge um Auge, Zahn um Zahn? Nein, das glaubte ich nicht. Mein Torten-Boy war bislang nie zu spät gewesen. Nie. Drei Spatzen flogen heran und beäugten mich prüfend. „Ich … ich … hab nichts für …" Meine Stimme brach ab. Wo war er, verdammt? Das durfte nicht sein. Er glänzte durch Abwesenheit an unserem vereinbarten Ort zu unserer vereinbarten Zeit. Automatisch ballte ich meine Fäuste, nur um sie im nächsten Moment wieder peinlich berührt fallen zu lassen. Wer war ich denn bitteschön? Er hatte keine Verpflichtungen mir gegenüber. Aber enttäuscht war ich trotzdem. Wir hatten doch ein Date. Okay, Planänderung. Ich geh da jetzt rein. Schmollen hilft nicht. Er war schlichtweg nicht da und mein Magen knurrte.

Langsam schob ich mich nach vorne zum Haupteingang. Ich drückte die Klinke herunter und öffnete die schwere, metallbeschlagene Tür. Aus der Vitrine lachten mich die reinsten Köstlichkeiten an. Eine Kalorienbombe nach der anderen; ich wählte ein Eclair. Es war zweistöckig und mit viel Sahne gestopft. Genau das Richtige jetzt. Und warum sollte ich nicht einmal Latte Machiatto bestellen statt Tee? Zusammen mit meinen Schätzen suchte ich mir einen gut einsichtigen Platz, sodass ich das Café und die ankommenden Gäste gut beobachten konnte. Auch ich wäre nicht zu übersehen, sollte der Torten-Boy noch im Innenraum auftauchen. Ich saß ja quasi auf dem Präsentierteller. Vielleicht hatte er auch einfach nur frei; und ich machte mir hier Gedanken um nichts. Ich checkte mein Handy und lächelte. Leon hatte mir eine WhatsApp geschrieben. „Soll ich dich später bei dir zu Hause aufgabeln oder fährst du selbst?" Irgendwie süß. Ich überlegte kurz, dann tippte ich mutig. „Abholen ist super." Und drückte auf „Senden". Vom Glück beseelt biss ich genüsslich in mein Teiggebäck. Einmal Food-Porn für Papa: Ich schickte ein Bild von mir mit Eclair. Zurück kam prompt ein lappriges Toastbrot. Vielleicht sollte ich öfters ins Rosenglanz gehen? Um mich herum saßen ältere Tantchen und quatschten vergnügt. Am Nachbartisch wurde Schach gespielt. Es war ein Ehepaar; ich schätzte beide auf 70. Sie waren ganz vertieft in ihre Partie; mit gekrümmten Rücken krochen sie schon fast in ihr Spielbrett hinein. Gerade nahm die Frau mit spitzen Fingern ein Pferd auf, um dieses zu versetzen. Ihr Mann stöhnte gequält. Er hatte seinen Läufer verloren. In der Ecke vor dem Fenster saß eine schlanke Gestalt mit ausladendem

Schal um den Hals und einem viel zu großem Jacket am Leib. Der Typ las die Times, ein Bein übers andere geschlagen. Als er von seinem Heißgetränk nippte, streckte er elegant den kleinen Finger ab. Ich zog vergnügt an meinem Strohhalm. Mein Blick fiel auf das Bücherregal in der Ecke; es war eine Tauschbörse. Jeder konnte ein Buch hineinstellen und dafür ein anderes mit nach Hause nehmen. Oder man las sie einfach hier. Ich fand das Konzept klasse; genutzt hatte ich es allerdings noch nie. Ich stand auf und schob mich durch die Tische zu den Schmökern. Mit meinem Finger strich ich behutsam über die Buchrücken, jede Planke entlang. Ich suchte nichts Bestimmtes; ich ließ mich überraschen. Das richtige Buch würde mich schon finden. An einem Einband aus Leinen blieb ich unmerklich hängen. Ich zog das Buch heraus und betrachtete den Titel. Sunzi, Die Kunst des Krieges. Wohl eher Torbens Lektüre. Ich wusste, dass das Werk gern im Management benutzt wurde, um den Nachwuchs zu schulen. Wirtschaft war auch nur ein Schlachtfeld, so lautete das Credo. Ich stellte das Buch wieder zurück ins Regal. Eine junge Bedienung mit Pferdeschwanz und schwarzer Schürze kam schwungvoll an mir vorbeigerauscht, das Tablett in der einen Hand, ein Geschirrtuch in der anderen. Sie lächelte fröhlich und zwinkerte mir zu. „Ich würde das lesen, das Pinke, mit dem Pflaster vorne drauf." Okay, nein danke, ich würde hier nicht die Feuchtgebiete lesen. Charlotte Roche in Ehren, aber nicht in der Öffentlichkeit. Nicht mit meinen hinterhältigen Wangen, die ihr eigenes Spielchen trieben. Ich steckte meine Nase noch tiefer hinein ins Regal. Für mich musste dort doch noch etwas zu finden sein. Ich schob meinen Arm über die Bücher, in die zweiter Reihe, und zog ein schlichtes Heftlein hervor. Die schönsten Gedichte von Rainer-Maria Rilke. Das passte. Manchmal konnte man mich auch für Lyrik begeistern. Nicht immer, aber heute, da war so ein Moment. Ich kuschelte mich an meinem Platz gemütlich ein und versank in den Versen, den Reimen und Rhythmen. Manches berührte mich, manches verstand ich nicht. Und nach dem dritten Machiatto und meinem zweiten Eclair war ich nicht nur pappsatt, sondern auch geistig genährt. So viele Gedichte hatte ich zuletzt in meiner Schulzeit gelesen. Und da war es Pflicht gewesen; und deshalb öde und doof. Ich hatte es gehasst, vor der Klasse vorzutragen. Was brachte es auch? Ein Gedicht aber würde ich niemals vergessen. Es war der Zauberlehrling von Goethe. Jede Zeile erfasste mich, traf mich und ließ mich mitleben. Denn erging es uns nicht allen so, mit den Geistern, die wir riefen? Mit dem Blick auf die Uhr rechnete ich ab und packte meine Sachen zusammen. Leon würde bald vor meiner Tür stehen. Den Rilke schob ich wieder zurück an seinen angestammten Platz; aber ich nahm mir vor, meine Bücher zu Hause gehörig unter die Lupe zu nehmen. Da gab es sicherlich etwas, das ins Rosenglanz passte. Und im Stillen bedankte ich mich bei meinem Torten-Boy, dass er mich heute hatte sitzen lassen. Ich hätte das hier sonst nie im Leben gemacht.

SPION

Es war nicht auszuhalten; die Halle war gerammelt voll. Als hätte jemand einen Sack Menschen vor dem Eingang ausgeleert. Ich würde mich da doch jetzt keine 20 Minuten anstellen, allein um einchecken zu können, geschweige denn, an jeder Route zu warten, bis wir an der Reihe sein würden. „Nee, echt nicht, Leon. Das kann nicht dein Ernst sein", wies ich entnervt auf die Menschenmenge vor mir. „Das ist ein Albtraum. Können die nicht wann anders zum Bouldern gehen?" Ich ließ frustriert meine Hände fallen. „Gefällt es der Prinzessin nicht, wenn das niedere Volk ihre Stallungen beschmutzt?", triezte er mich.

Ich grummelte, um meinem Unmut noch mehr Ausdruck zu verleihen. Zwei schwere Hände landeten auf meinen Schultern und begannen, behände meinen Nacken zu massieren. Herrlich. Wäre ich Micky gewesen, wäre ich jetzt auf der Stelle in Duldungsstarre verfallen und hätte zu schnurren begonnen. Ich legte meinen Kopf leicht schief; meine Augen hingen auf Halbmast. „So ist es gut." Leons Atem kitzelte an meinem Ohr. Ich schauderte. „Wir werden uns die Wartezeit schon angenehm zu vertreiben wissen", murmelte er mit diesem rauen Unterton. Ich blickte verstohlen zur Seite. Mann, was konnte der anzüglich gucken! Ich spürte die Röte auf meinen Wangen. Leon grinste. „Ach, hör doch auf!" Ich schubste ihn weg, aber lachen musste ich trotzdem dabei. Fast hätte er mich gehabt. Durchtriebener Kerl! Ich wurde einfach nicht schlau aus ihm. Was war echt, was war Spiel? Manchmal war ich mir so sicher, dass Leon nur feixte; es war ein riesengroßer Rummelplatz für ihn, das alles hier und ich inklusive. Er verhielt sich kollegial und freundschaftlich, so wie ein guter Kumpel das eben tat. Und gleichzeitig war da diese Nähe, diese Vertrautheit, Momente, die mich hoffen ließen, dass da doch mehr sein musste zwischen uns, so wie im Darwin's oder bei jeder Nachricht, die er mir schrieb. Aber vielleicht wollte ich das auch nur glauben, weil ich ihn … weil ich in ihn … weil er …

„Wir haben leider keine Schränke mehr in den getrennten Umkleiden zur Verfügung." Der Junge am Einlass war eindeutig im Stress; Schuhe ausgeben, Karten durchziehen, Geld wechseln, Kaffeebestellungen weiterreichen. Er lief auf Hochtouren. „Nur noch Sammelumkleide." Meine Gesichtszüge entglitten mir; ich hatte meine Augen dezent weit aufgerissen. „Das ist super. Danke dir", lächelte Leon ihn gutmütig an und schob mich sanft weiter, bevor ich protestieren konnte. Er nahm unseren Schlüssel vom Tresen. Der Junge atmete erleichtert aus und wappnete sich dann bereits wieder für die nächsten Eskalationen bei den uns Nachfolgenden in der Reihe. „Ich werde mich in die Damenumkleide quetschen, koste es, was es wolle. Und zur Not falte ich mich halt ins Klo. Dann ziehe ich mich eben auf der Schüssel um", frotzelte ich, während Leon mich durch die Masse zu den Spinden navigierte. Der zuckte nur gleichgültig mit den Schultern, als würde es ihn nicht die Bohne interessieren, dass wir hier gleich zwischen all diesen Menschen und vor allem voreinander blankziehen würden. „Bist heute ganz schön auf Krawall gebürstet, was?", gab er launig zurück; seine Augen schillerten vor Belustigung. „Ha. Ha." Wir standen vor der 42. Ich zog meinen Mund zu einem Pfännchen. Leon schüttelte amüsiert den Kopf, drehte sich um und knüpfte kommentarlos seine Hose auf. Ein, zwei Handgriffe, schwups, über den Po gezogen, Hosenhäufchen auf dem Boden und er war rausgestiegen. „Wolltest du nicht gehen?" Mein Trainingspartner blickte mich an seinen Beinen vorbei im Hochgehen an. Ich schluckte. „Oder nimmst du die Herausforderung an? Es ist ja nicht so, dass wir nicht schon einmal nackt zusammen in einem Pool gesessen hätten." Ich stöhnte auf. Erinnere mich bloß nicht daran. Aber okay, du willst es doch nicht anders! Mein Kampfgeist war geweckt. Ich zog meine Augen zu kleinen Schlitzen zusammen. „Gut, kannst du kriegen." Zielsicher führte ich meine Arme über Kreuz, zog mir mein T-Shirt über den Kopf, öffnete meinen Reißverschluss, ratsch, Hose runter. Stand ich halt in BH und Slip vor ihm. „Was?", fragte ich bissig. „Du bist echt süß, wenn du wütend bist. Und wenn du versuchst, die harte Lady zu spielen." Leon legte seine Sporttasche bereits in den Spind. „Hier." Der Schlüssel baumelte zwischen seinen Fingern. „Sperrst du zu, wenn du fertig bist?" Er ließ ihn in meine offene Hand fallen. „Und nicht bei den Nachbarn Kirschen pflücken, ja." Er zwinkerte. Ich starrte ihn fassungslos an.

Unsere favorisierte Route war endlich frei. Nicht, dass sie für Leon besonders anspruchsvoll gewesen wäre. Er tanzte wie ein kleines, quirliges Äffchen durch die Passagen hindurch, voll in seinem Element. Angeber! Für mich aber war diese Route eine Challenge. Sie war mein Projekt: Große Sloper und ein paar Leisten zwischendrin. An den schwierigeren Abschnitten mussten die Wandelemente mit integriert werden, sonst kam man nicht weiter. Reibungsklettern war nicht so mein Ding. Ich musste dringend an meiner Technik arbeiten. Leon machte es mir vor; ich turnte hinterher. Wir hatten die Route zu diesem Zweck extra aufgeteilt und waren die einzelnen Teilstücke separat angegangen. Ich hatte die Bewegungsabfolgen stoisch eingeübt. Hier drehen, da ankern, hier umgreifen. Aber die Übergänge waren immer noch knifflig. Sie klappten nicht. Ich rutschte einfach zu oft ab. Gerade versuchte ich mich erneut quer zwischen die Elemente einzuspannen. „Nein, mach das nicht. Ich hab's doch auch anders gemacht. Das kostet so viel zu viel Kraft", dirigierte er mich herum. „Du musst bei dem Sloper die Hand anders aufsetzen. Ja. So. Besser, Mia." Ich gab echt mein Bestes, aber es war nicht genug. Kommende Woche würden sie hier wieder umschrauben; ich hatte also nur noch diese eine Chance, die Route wenigstens ein einziges Mal durchzuklettern. Schon wieder war ich im Begriff, den sprichwörtlichen Boden unter den Füßen zu verlieren – flapp, und runter von der Wand. Inklusive Schürfwunde an Ellenbogen und Knie. „Verdammte Scheiße nochmal!", fluchte ich frustriert und betrachtete den Schaden. „Lass mal sehen." Leon übernahm, meinen Arm zunächst fachmännisch zwischen seinen Händen hin und her drehend. Dann begutachtete er das Knie. „Das überlebst du." Sehr witzig. „Ich mag nicht mehr." Trotzig faltete ich die Arme vor meiner Brust zusammen. Ich saß auf der Matte und schmollte. Ein Typ in Dreadlocks neigte sich zu uns herunter, seinen Daumen in Richtung Wand zeigend. „Seid ihr noch dran oder kann ich jetzt?", fragte er freundlich. „Ja. Mach." Ich fuchtelte entnervt einen imaginären Schwarm Fliegen vor mir weg. „Nein. Wir sind noch an der Route. Meine Fr… Trainingspartnerin hier braucht nur einen Moment. Du kannst gerne kurz dazwischen, wenn du sie zügig durchsteigst. Danach sind wir wieder dran. Wir haben hier noch eine Rechnung offen", machte Leon seinen Standpunkt klar. Der Typ zuckte kurz mit den Schultern. „Sicher!" Setzte an und – natürlich – stieg sie sauber und elegant durch. Gott, was konntet ihr auch alle ätzend sein! „So. Jetzt du. Nochmal. Und nicht rumheulen. Weniger nachdenken, mehr fühlen. Hopp!" „Ja, ja. Sklaventreiber", stichelte ich zurück. Der Rasta grinste. „Was sich liebt, Mann!" Für einen kurzen Moment sah ich es in Leons Augen aufflackern, eine Mischung aus Verblüffung und ja, was eigentlich? Er schüttelte mehr für sich selbst als für die Außenwelt bestimmt mit einem für mich nicht klar zuordenbaren Schmunzeln um die Lippen seinen Kopf. Fühlte er sich ertappt? Oder schämte der sich gerade vor dem Rasta, weil die Idee so absurd war, dass jemand wie er mit jemandem wie mir zusammen sein konnte? Dann straffte er seinen Rücken, als müsse er sich zurechtrufen, und blickte mich anschließend resolut an. „Wir haben hier ein Monster zu bezwingen!" Voller Tatendrang zog er mich hoch, schob mich in Richtung Wand und wies auf den Einstieg. „Verkack es nicht wieder!" Aber ich verkackte es doch. Und zwar jede einzelne Passage, jeden Übergang und auch jeden weiteren Versuch. Mit jedem Anlauf wurde ich schlechter, brach früher ab oder fiel in die Matte. Leon stöhnte entnervt und fuhr sich grob durch sein blondes Haar. Sein

Geduldsfaden war sichtlich überstrapaziert. Ich würde ihn niemals zufriedenstellen können. Ich war einfach nicht seine Klasse, hier nicht und auch nicht im realen Leben. Aber musste ich nicht in aller erster Linie einmal mich selbst zufriedenstellen? Musste ich nicht erst einmal für mich selbst passen? „Frau Schneider, Sie sind der wichtigste Mensch in ihrem Leben. Sie können ohne jeden anderen Menschen leben, außer ohne sich selbst", hatte Dr. Thalbach gesagt. „Das hat mit Egoismus nichts zu tun. Das ist Selfcare." Und Punkt. Also, was tat ich hier noch? Ich trainierte doch nicht auf einen Wettkampf hin und Leon war auch nicht mein Coach. Ich war hier, um Spaß zu haben, zusammen mit ihm. Keiner von uns beiden hatte aktuell Spaß; wir hatten Stress und sonst nichts. „Konzentrier dich, Mia. Sonst geht's gleich wieder schief", hörte ich Leons Stimme merklich gespannt. Ich ließ von der Wand ab und drehte mich um. „Warum willst du so dringend, dass ich diese Route hier schaffe?" Mir reichte es jetzt und ich sah ihn herausfordernd an. „Worum geht's eigentlich? Ist das so ein Männer-Ding, das ich nicht verstehe?" Leon stockte kurz; er schien irritiert. „Ich, äh, ..." „Willst du damit irgendwem was beweisen? Indem du mich in eine Route schickst, die ich offensichtlich nicht kann?" Zwei, drei Augenpaare nahmen uns interessiert auf. Mir war es egal. Sollten sie mich doch für eine Zicke halten. „Aber du kannst sie doch … Eigentlich", brachte Leon abwehrend heraus. „Es scheitert doch nur an den Übergängen. Wo ist da jetzt das Problem? Zieh's halt einfach durch." „Ich seh's, Mann!", unterbrach der Rasta unsere Kabbelei, indem er beherzt auf Leons Schulter klopfte und mit seinem Zeige- und Mittelfinger zum V geformt mehrfach zwischen uns und seinen Augen hin und her wies. Dann gab er sich selbst einen Schubs und drehte sich auf einem Bein weg, zum Gehen. Ich starrte ihm nach. Das war doch grotesk. „Was hat der denn geraucht?" fragte ich, dann doch eher belustigt als angenervt. Auch Leon schien aus der angespannten Stimmung zwischen uns befreit. Er atmete gelöst aus und trat einen Schritt näher an mich heran. Mit seinen Fingern strich er zart an meinen Armen nach unten und ergriff beide Hände. Im Hintergrund schallte John Cruz durch die Halle. Really, what I'm trying to say is I need you. And every little bit of love you give me too. Für einen Moment hielten wir uns in unseren Blicken gefangen; für einen Moment stand die Welt um uns herum still. And all I need is a happy home, some place I wouldn't have to be alone. Es gab nur noch Leon und mich. Und die Musik. It'll be nice to have some candle light. Light the fire in your heart at night. Wir mussten nichts sagen; wir wussten es auch so. Wir standen einfach nur da, Hand in Hand, uns gegenüber und sahen uns an. Es brauchte nichts anderes; wir waren uns beide genug. Nach einer Weile nickte Leon in Richtung Wand. „Na komm." In seinen Augen lag so viel Wärme. „Hol dir, was du willst, und besieg dein Monster, Mia."

Wir saßen im Auto; ich hatte meine Hand in Leons gelegt und unsere Finger hatten sich wie selbstverständlich ineinander geflochten. Sie hatten ganz automatisch ihren Weg gefunden. Ich hatte mein Monster erlegt und war die Route tatsächlich noch durchgestiegen. Ich war stolz wie Bolle. Leons Daumen streichelte sanft über meinen Handrücken. Ein wohliges Kribbeln erfüllte meinen Bauchraum. Die Intensität unserer Blicke nahm mit jeder seiner Berührungen zu. Ich neigte meinen Kopf leicht nach vorne. Und auch ihn schien es magisch an meine Lippen zu ziehen. Würde er, er würde doch nicht, jetzt, hier? Mein Herz machte einen Sprung. Ich öffnete ganz leicht meinen Mund, Leon tat es mir gleich und … Für den Bruchteil einer Sekunde verließen seine Augen kurz unseren Bann; etwas außerhalb meines Sichtfeldes hatte seine Aufmerksamkeit erregt. Der Moment war vorbei. „Vorsicht, nicht umdrehen", flüsterte er und rutschte noch ein Stück näher an mich heran. Reflexartig setzte ich zur Drehung an, aber Leon war schneller und hielt mich an meiner Schulter zurück. „Wir werden beobachtet." Er nickte kurz an mir vorbei. Ein amüsiertes Grinsen umspielte seine Lippen. Seine Hand glitt ganz langsam meine Nacken entlang bis auf meine Wange und bescherte mir eine ordentliche Gänsehaut. Hm, das war schön. Ich schlug meine Augen nieder und genoss diese zärtliche Liebkosung. Seine Finger hinterließen glühende Spuren auf meinem Gesicht, als er sie wieder ganz dezent von mir wegzog. Ich folgte ihm in der Bewegung, wollte nicht, dass unsere Verbindung ein jähes Ende fand. „Von wem?", flüsterte ich verkniffen, meine Augen immer noch geschlossen. Sein Daumen umspielte meinen Mund. Der hatte echt Nerven! „Erdgeschoss. Fenster links. Hat grad die Gardinen fallen lassen." Platsch! Ein Kübel eiskaltes Wasser ergoss sich schwungvoll über meinem Körper. Ich war augenblicklich kuriert. „Was spioniert der alte Sack schon wieder rum?" Leon lachte auf. Unsere heimelige Zweisamkeit hatte sich soeben in Luft aufgelöst. „Vielleicht ist er einfach nur einsam", brachte Leon mitfühlend an. „Ha. Das glaubst du doch selbst nicht. Der geht uns allen tierisch auf den Zylinder, das kann ich dir sagen. Ständig finden wir irgendwelche hanebüchenen Zettel in unseren Briefkästen." Leon überlegte. „Vielleicht ist das sein einziger Weg, noch am Leben um ihn herum teilzunehmen, mit diesen Briefen, durch dieses Fenster", sagte er schließlich. Kein Spott, nichts, nicht der Hauch von Ironie war in seiner Stimme zu vernehmen. Er meinte das wirklich so. Ich wollte schon eine raumgreifende, verbale Offensive starte, denn er hatte ja leicht reden, musste der den alten Braun nicht täglich ertragen, aber doch war da dieses leise Unbehagen, das sich in meiner Brust breitmachte. Hatte er vielleicht recht? War unser Blockwart einfach nur … einsam? Wurde man zwangsläufig verbittert, wenn sich keiner mehr für einen im Alter interessierte? Ich schluckte. Würde jemand für mich da sein, wenn ich alt, gebrechlich und vielleicht krank sein würde? Seit ein paar Wochen kam dienstags immer eine Dame vom mobilen Pflegedienst ins Erdgeschoss. Soweit ich es wusste, hatte Herr Braun tatsächlich keine Familie, die in unmittelbarer Nähe wohnte. Es gab wohl einen Sohn, doch der saß in Frankfurt. Von dieser Seite betrachtet wollte man den kauzigen, alten Mann ja schon fast liebhaben. Aber war das jetzt mein Problem, meine Verantwortung? Ich hob abwehrend die Hände. Wirklich nicht. Laut sagte ich: „Okay, Gedankenexperiment geglückt." Leon kreiste in wilden Schwüngen mit seinem Zeigefinger vor meiner Nase herum, seine Augen zu kleinen Schlitzen zusammengepresst. „Tz, tz, tz. An deinem Pokerface musst du echt noch arbeiten." Er plagte mich. Und ich war zweifelsohne Hals über Kopf in diesen verrückten Typen verschossen!

HORMONGEFLASHED

Für den Abend verabredete ich mich mit Sydney. Ich teilte mit ihr meine Faszination für Jugendsprache; aber eigentlich war Jason der Grund. Seine Entwicklung zu beobachten und auch die damit einhergehende sprachliche Veränderung zu sehen, fand ich überragend. Er lernte von mir und ich lernte von ihm. Vielleicht würde daraus ja auch noch ein Schuh werden für meine Masterarbeit. Ich machte es mir mit meiner Freundin auf der Couch bequem und wir breiteten unsere Aufzeichnungen um uns herum aus. Sie hatte fleißig kopiert und genauso wie ich beständig gesammelt. Überall über den Fußboden lagen vereinzelt Zeitschriften, Fachartikel, Ausdrucke und Bücher in einer nur für uns ersichtlichen Ordnung verteilt. Ab und an krabbelte einer nach unten, um ein Papier noch einmal zu studieren oder um etwas anzumarkern. Micky lief ein paarmal quer durch die Blätter; ansonsten fand er uns langweilig. Torben hatte sich an die Küchenzeile verdrückt und schnibbelte meisterlich vor sich hin. Es gab Lammfilet an Schmorgemüse. Da legte sich einer aber richtig ins Zeug.

„Syndey, du hast in jedem Fall swag", lachte ich. „Ja, läuft bei mir, Bro." Sie strahlte. „Moment, sagt man das auch bei Frauen? Gibt es für Bro überhaupt ein weibliches Pendant?" Ich durchforstete meine Aufzeichnungen. „Hm. Ich glaube da gibt's nichts." Ich runzelte die Stirn und blätterte weiter. „Ich bin mir nicht sicher. Ich bezweifle aber, dass die dann Sis sagen." „Wie bei Bro'Sis, der Band?" Meine Freundin schmiss sich schallend weg vor Lachen und klatschte vergnügt. Torben wischte seine Hände an der Jeans ab und schnappte sich die Fettpfanne, um das Gemüse in den Backofen zu stopfen. „Ist es vielleicht Chick?", fragte er. Ich zückte mein Handy und öffnete den Browser. Nach ein paar Fehlversuchen fand ich einen vielversprechenden Forumsbeitrag. „Hier steht, das ist unisex anwendbar. Also die Mädels benutzen unter sich genau die gleiche Bezeichnung." Meine Freundin legte theatralisch eine Hand auf ihr Herz. „Da geht sie hin, unsere hart erkämpfte Emanzipation." „Was bin ich beruhigt, dass wir das jetzt geklärt haben. Die Welt wäre soviel ärmer ohne diese Erkenntnis." Torben rollte mit den Augen. „Ey, nich meine Freundin dissen, du Lauch!", pöbelte Sydney. „Okay, Ratespiel." Ich hob meine Karteikarten nach oben, um wieder zum Thema zurückzukehren.

„Was ist cornern?" „Gemeinschaftliches Trinken und Abhängen in einer Straßenecke." „Was sagt man, wenn man eine Zustimmung geben will?" „Geht fit. Ist eine Möglichkeit." „Was ist ein alternatives Wort für

Gammeln?" „Fermentieren." „Ein Ausdruck für Fremdscham?" „Ähm, Moment, ich hab's gleich … Cringe."

Mein Bruder blickte uns fassungslos an. „Wollt ihr mir ernsthaft erzählen, dass ihr diesen Assi-Slang echt lernt wie andere Leute Englischvokabeln?" Sydney lachte. „Ja, Diggah, voll safe, Diggah." „Das ist Jugendsprache, kein Assi-Slang", versuchte ich unsere Sache entrüstet ins rechte Licht zu stellen. „In jedem Fall ist es ein Soziolekt", konterte Torben. Klugscheißer! „Ach geh doch auf deine Gammelfleischparties und behellige andere Menschen mit deinem Wissensschatz!", maulte ich. Manchmal konnte er echt nerven. Sydney tippte mir mit spitzem Zeigefinger mehrfach auf die Schulter. „Das geht nicht; das kann er erst nach seinem Geburtstag." Ich kicherte. Torben stöhnte gequält. „Und das soll uns später mal regieren!" Er zog den Kühlschrank auf und nahm das Lammfleisch heraus. „Das sind alles Ehrenmänner!", verteidigte ich meine Schützlinge. „Genauso oft sind das alles Ehrenmänner, wie du den Teilzeittarzan gibst, Mia", kam Sydney ihm zur Hilfe. „Meinst du das jetzt figürlich oder buchstäblich?", fragte ich kess. „Ich denke, beides ergibt Sinn." „Ach hör doch auf!" lachte ich. Wir schnatterten noch fröhlich weiter und versuchten, an unserer Aussprache zu feilen. Mehr nuscheln, sonorer, verschliffen und als wären unsere Stimmlippen mit Kaugummi verklebt. Ab und an ernteten wir von Torben einen abfälligen Blick, ein Raunen oder einen verzweifelten Seufzer. Der Raum erfüllte sich mit köstlichem Essensgeruch, der uns beiden das Wasser im Mund zusammenlaufen lies und uns an den Tisch lockte. Die Eieruhr klingelte. „Napflixen is nice", verkündete ich betont lässig. „Sheeeesh!", rief Sydney ungläubig aus. „Ehrlich Leute, das klingt echt so bescheuert aus eurem Mund", kommentierte mein Bruder und stellte die dampfenden Teller vor uns ab. „Das nimmt euch doch kein

Mensch ab." „Wir wissen, dass du der Babo bist, Torben." Sydney kicherte und nahm ihr Besteck auf. „Ja. I bims", gab er sarkastisch zurück. Okay, jetzt waren wir baff. „Was? Ihr labert doch von nichts anderem die letzten eineinhalb Stunden. Das muss ja zwangsläufig abfärben." Dann setzte er sich. Ich spießte mit meiner Gabel ein Stückchen vom Lammfilet auf. Es zerfiel auf der Zunge. „Womit haben wir dieses Schmankerl hier eigentlich verdient?" Torben kaute genüsslich auf seinem Fleisch. „Zum einen feiern wir hier einen gelungenen Geschäftsabschluss." Torben grinste breit. „Wow! Super. Gratulation." Ich prostete ihm zu. Sydney schloss sich an. „Und zum anderen?", wollte meine Freundin jetzt wissen. „Naja, da wäre dann noch die Bestechung." „Und wen willst du bestechen?", fragte ich munter. Er zögerte kurz, sah erst Sydney, dann mich an. „Ich würde gerne mal deinen Freund kennenlernen." Ich verschluckte mich beinahe am Essen. „Leon ist nicht mein Freund. Wir klettern zusammen." „Na klar, erzähl mir Geschichten", lachte mein Bruder. „Aber es ist wahr!", gab ich patzig zurück. Wir hatten uns ja noch nicht mal geküsst. Aber das musste ich ihm doch nicht unter die Nase reiben. „Was soll das dann sein, etwa Freundschaft? Vergiss es!" Er schnappte sich ein Stück vom Baguette und biss herzhaft hinein. „Der macht dich doch wuschig." Ich klappte den Mund auf. Was traute er sich? Sydney hob beschwichtigend die Hände. „Ho, ho. Ruhig, Brauner", wies sie Torben zurecht. „Ich glaube, was dein Bruder eigentlich sagen will ist … Aua!" Ich trat meiner Freundin unter dem Tisch in ihr Schienbein. „Wage es nicht, ihn in Schutz zu nehmen. Du bist meine Freundin, nicht seine." Torben lachte. „Ich mein's doch nicht bös." Aber er hatte recht. Ab wann war man denn eigentlich richtig zusammen? Erster Kuss? Erstes Mal? Wir hatten es doch beide gespürt, in der Halle, im Auto, dieses spezielle Gefühl. Das war doch eindeutig gewesen. Oder nicht?

M I C K Y

Micky machte mir heute einen äußerst schlechten Eindruck. Das war mir schon aufgefallen, als ich nach dem Aufstehen seinen Fressnapf kontrolliert hatte. Er hatte sein Futter nicht angerührt. Keinen einzigen Happen hatte er verdrückt. Nichts. Einfach nichts. Jetzt lag er apathisch im Eck und mimte das Leiden Christi. Ich ging vor ihm auf die Knie und strich besorgt über sein Köpfchen. „Kleiner Mann, was ist denn los mit dir?" Er jammerte und es klang fürchterlich; das tat selbst mir körperlich weh. Micky würde mir hier noch krepieren, wenn ich nichts unternahm. Hastig wählte ich die Nummer des Tierarztes; mein Bruder hatte sie für alle Fälle an den Kühlschrank geklebt. „Jetzt hebt da mal einer ab, bitte!", zischte ich unter Strom, während ich mit meiner freien Hand beständig versuchte, Micky zum Aufstehen zu überreden. Es tutete weiter in der Leitung. „Bitte." Das darf doch nicht wahr sein! „Tierarztpraxis Dr. Larisch. Sie sprechen mit Cornelia Poppe. Was kann ich für Sie tun?", kam es endlich durch den Hörer. „Hier ist Mia Schneider. Meine Katze ist krank." „Waren Sie denn schon einmal bei uns?", fragte die Stimme freundlich. Sie lächelte meine Panik wohl einfach weg. „Ja. Mein Bruder war schon einmal bei Ihnen. Mit der Katze." „Wie ist denn der Name bitte?" Ich hörte es auf der Tastatur klappern. „Torben. Torben Schneider. Unser Kater heißt Micky." „Ja. Da sind Sie. Ich habe Sie gefunden. Was ist denn mit Ihrem Tier?" Ich ratterte los und schilderte der Dame am anderen Ende der Leitung die Sachlage möglichst ausführlich. Noch nie in meinem Leben war ich bei einem Tierarzt gewesen. Wieso auch? „Bitte kommen Sie umgehend in unsere Praxis. Wissen Sie, wie Sie uns finden?" Okay, das klang nicht gut, gar nicht gut. Ich bestätige kurz die Adresse und legte auf. Überstürzt sammelte ich meine Sachen zusammen, nahm Micky samt Katzenbettchen auf den Arm und verfrachtete uns in den Fiat. Unterwegs rief ich Torben an; aber er hob nicht ab. Nach dem dritten Versuch bequatschte ich seine Mailbox mit der Bitte, mich umgehend zurückzurufen. Was, wenn der Tierarzt Micky nicht helfen konnte? Was, wenn ich darüber entscheiden müsste, ihn einschläfern zu lassen, um ihn von seinem Leiden zu erlösen? Oh Gott, nur nicht daran denken. Konzentrier dich auf die Straße, Mia. Ein Unfall bringt keinem von euch beiden was. Ich spürte das Adrenalin durch meinen Körper rauschen. „Durchhalten, Micky. Nicht schlapp machen, ja?" Doch die Zweifel nagten an mir.

„Auf den Tisch mit ihm. Hier", kam die Anweisung des Arztes. Ich tat wie mir geheißen und legte den armen Micky auf die Schlachtbank. Der Arzt zog sich den Kater behände in die für ihn richtige Position, leuchtete kurz in Mickys Augen, öffnete seinen Fang. „Hat er was Falsches gegessen? Verdorbenes, Kinderspielzeug, Plastikfolie?" Ich blickte den Mann im weißen Kittel entgeistert an. „Nein. Ich meine, nicht dass ich wüsste." Sorgenvoll kraulte ich Micky hinter den Ohren. Erst Papa mit seiner Hüfte, jetzt Micky mit was auch immer, ihr macht mich alle noch krank! Könnt ihr nicht einfach gesund bleiben, wäre das möglich? Wäre doch gleich viel weniger Stress! Dr. Larisch tastete den Bauch unseres Katers ab. Der Leidende reagierte nur noch schwach. Nervös trat ich von einem Bein aufs andere. „Was hat er denn?", fragte ich gequält. Es ging mir wirklich an die Nieren, dieses ganze Drücken hier, Ziehen da. Jetzt nahm er Micky Blut ab und griff zum Ultraschallgerät. Über die Sprachanlage gab er einer Helferin Bescheid. Die schob mich mit verkniffenen Lippen bestimmt zur Seite und hielt meine Katze fest.

„Verdacht auf Pankreatitis." Okay, irgendeine Entzündung wohl. Soviel verstand ich noch. Und den Gesichtern nach zu urteilen war es eng. „Ich spritze ihm jetzt etwas. Und die Nacht über bleibt er zur Beobachtung hier. Wir machen noch ein paar Laboruntersuchungen und informieren Sie morgen über die Ergebnisse. Bitte richten Sie sich darauf ein, dass die Behandlung langwieriger ausfallen könnte." Und das soll heißen? Ich brachte immer noch kein Wort heraus. Vor mir lag Micky und schien nach allem, was ich von Dr. Larisch gehört hatte, auf Messers Schneide zu laufen. Der arme Fratz, den ich nie haben wollte, den wir nur hatten, weil Torben so ein Sturkopf sein konnte und ihn mir quasi aufgezwungen hatte, war mir so sehr ans Herz gewachsen – allein begriff ich das erst jetzt. Was du nicht hast, kannst du nicht verlieren, schoss es mir durch den Kopf. Soeben wurde Micky mit allerlei Schläuchen verkabelt; eine Infusionsflasche wurde angehängt. Die Helferin wandte sich an mich. „Ich begleite Sie nach draußen." Sie legte ihre Hand an meine Schulter und dirigierte mich aus dem Zimmer. Ich hinterließ noch meine Handynummer, zusätzlich zu den Daten, die sie eh schon von Torben hatten. Wie benebelt verließ ich die Praxis. Torben! Den musste ich sofort informieren. Er hatte sich bislang nicht gemeldet. „Hallo? Mia?" Und ich heulte gleich los. Ich war so erleichtert, seine Stimme zu hören, erleichtert, dass ich diese Situation nicht mehr allein aushalten musste. Verzweifelt und in Wortfetzen schluchzte ich für meinen Bruder vermutlich unverständliches Kauderwelsch in mein Handy. „Jetzt beruhige dich doch mal. Noch ist er nicht tot", versuchte Torben mich zu erden. „Und weder du noch ich tragen hier irgendeine Schuld. Also hör auf, dir so einen Müll einzureden. Du kannst doch nichts dafür, wenn ein Tier erkrankt. Wir haben alles Erdenkliche getan, um ihm ein gutes Zuhause zu geben. Und Mia, er ist jetzt bei Dr.

Larisch. Er ist in fähigen Händen. Du hast genau richtig reagiert." Es knackte in der Leitung. „Bist du noch dran? Die Verbindung ist ganz schlecht, Mia. Sorry. Jetzt setz dich erstmal irgendwo hin, bevor du ins Auto steigst. Okay. Tief durchatmen; das wird alles wieder. Und wenn du nicht fahren kannst, dann ruf dir bitte ein Taxi." Ich nickte stumm. " „Ich bin in fünf Stunden wieder von der Arbeit daheim. Dann nehme ich dich in den Arm. Versprochen. Ganz feste." Ich schniefte. Aber es tröstete mich, wie fürsorglich mein Bruder doch war.

Am nächsten Morgen erhielt ich einen Anruf von der Tierarztpraxis. Der Verdacht auf Pankreatitis hatte sich erhärtet. Micky sei aktuell zwar wieder stabiler, müsse aber weiter behandelt werden. Sie würden den Kater deshalb an die Tierklink in Nürnberg überweisen. „Sollen wir das dann veranlassen, Frau Schneider?" Ich hatte keine Ahnung, in welche astronomischen Höhen die Behandlung finanziell steigen würde, aber verdammt nochmal, es ging hier um Micky! Der ursprüngliche Besitzer hatte bis jetzt immer noch nicht ausfindig gemacht werden können und die Wahrscheinlichkeit, dass wir ihn überhaupt jemals finden würden war doch sehr gering. Und ganz ehrlich, würden wir Micky dann hergeben wollen? Nein. Er gehörte zu uns. „Ja. Bitte. Tun sie alles, was in Ihrer Macht steht, um unserem Kater zu helfen. Wir kommen dafür auf." Ich sagte es, einfach so; mein Bruder würde sicher damit einverstanden sein. Ich traf kurz nach Micky in der Klinik ein. Er war bereits auf die Station gebracht worden. Gesehen hatte ich ihn seit meinem ersten Erscheinen bei Dr. Larisch nicht mehr. Und auch jetzt wurde ich nicht zu ihm gebracht, sondern befand mich in einem hellen Besprechungszimmer. Eine drahtige Mittfünfzigerin hatte unseren Kater angenommen und klärte mit mir nun die weiteren Behandlungsschritte. Eine Woche stationäre Behandlung; danach würde er für circa einen Monat auf eine spezielle Diät bei uns umgestellt werden müssen – mager, aber protein-reich. Zusätzlich sollten wir ihm weitere Medikamente verabreichen und regelmäßig zur Blutkontrolle kommen. „Hier unten rechts bitte unter-schreiben. Und auf der Rückseite bitte noch die Datenschutzerklärung abzeichnen." Der Betrag, den ich auf dem Kostenvoranschlag las, war vierstellig. Ich zeichnete die Papiere ab und legte den Stift vorsichtig zur Seite. „Kommt er durch?", fragte ich kleinlaut. „Das können wir Ihnen zum jetzigen Zeitpunkt nicht beantworten. Eine Pankreatitis ist eine ernst zu nehmende Erkrankung." „Kann, kann ich ihn denn besu-chen kommen?" Die Dame schüttelte den Kopf. „Nein. Das wäre weder für Sie noch für Ihr Tier förderlich. Es ist besser, wenn die Tiere sepa-riert bleiben und nur mit unserem Personal in Kontakt stehen. Ihr Tier würde es nicht verstehen, warum Sie es nicht mitnehmen, wenn Sie doch hier sind. Sie ersparen Ihrem Kater dadurch unnötiges Leid. Aber Sie können jederzeit mit unseren Ärzten telefonieren, wenn Sie sich nach Ihrem Tier erkundigen möchten." Ich schluckte. Das war es also fürs Erste. Und ich hatte mich noch nicht einmal richtig von Micky ver-abschieden können.

WALD

Leon griff meine Hand und zog mich weiter. Äste knackten unter mei-nen Füßen; es roch nach Nadelholz und nassem Moos. Ich hatte ihn vorhin angerufen und ihm von Micky erzählt. Mein Kletterpartner hatte spontan entschieden, für meine Ablenkung zu sorgen, und ich musste zugeben, bislang ging sein Konzept auf. „Vorsicht, ist glatt hier." Langsam, Schritt für Schritt überquerten wir einen kleinen Bach über die aus alten Holzlatten provisorisch zurechtgezimmerte Brücke. Ein Eichelhäher flog dicht an uns vorbei und landete im nächsten

Baum. Leon trug sein Crash Pad auf dem Rücken. In meiner Tasche hatte ich unsere restliche Boulderausrüstung verstaut, zusammen mit etwas Wasser und Knabbereien. Um uns herum fielen leise Tautropfen aus den hohen Tannen zu Boden. An einigen Stellen lag noch vereinzelt Schnee. Schon bald würde auch er gänzlich verschwunden sein. „Bist du sicher, dass wir uns nicht verlaufen haben?", fragte ich kritisch. Leon lachte. „Ganz sicher." An einer abgelegenen Stelle hier im Wald gab es einen großen Findling, der über das Dickicht hinausragte, und den wollten wir erobern. Ich nahm die Umgebung in mich auf, das dunkle Grün, das mich einhüllte, das matte Braun, hie und da ein bisschen Lila und Weiß. Ich atmete tief durch. Alles an mir war entspannt – erstaunlich, ich war entspannt. Aber ich war auch bei Leon. Mein Herz machte einen kleinen Satz. Nach all den Aufregungen der letzten 36 Stunden schaffte es dieser Typ doch, mich runterzubringen. Heimlich nannte ich es den Leon-Effekt. Er vernebelte mir einfach das Hirn und schuf Platz für andere Gedanken, für andere Gefühle. Ja, ich war hier, an diesem magischen Ort, in diesem Zauberwald, zusammen mit Leon. Verstohlen schielte ich zu ihm hinüber. Gerade schob er entschlossen ein paar Zweige zur Seite und bahnte sich zielstrebig seinen Weg durchs Gebüsch. Mein Blick blieb auf seinem Hintern hängen. Ein Seufzen entfuhr mir. In diese kleinen, knackigen, wohlgeformten Pobacken, in die würde ich zu gerne hineinzwicken und … „Shit!", hörte ich es vor mir laut fluchen. Ich blickte verschreckt auf. „Der lag hier letzte Woche noch nicht." Meine Augen folgten seinem Finger. Ein aus seinen Angeln gerissener, umgefallener Baum von gigantischem Ausmaß versperrte unseren Pfad. Sein Stamm war so breit, dass er mir bis zum Kinn reichte. Seine Wurzeln standen wild und mit erdigen Klumpen verklebt wie zu Angst erstarrte Zeugen eines grausamen Mordes zu allen Seiten ab. Ich fuhr mit meinen Fingern über die knorrige Rinde, als suchte ich nach seinem Puls, als suchte ich noch das Leben in ihm. Alles war endlich. Alles. „Also, daran vorbei kommen wir nicht", sagte Leon prüfend. „Wir müssen drüber." Er schwang sich das Crash Pad von den Schultern und schmiss es kurzer Hand über den Baum. Krach! „So, jetzt du" – seine Hände bereits zur Räuberleiter geformt, kam es auffordernd in meine Richtung. Er lehnte sich mit dem Rücken zum Stamm. Ich atmete zweifelnd aus. Wenn ich da jetzt einstieg, dann würde Leons Mund, vielmehr sein ganzes Gesicht, an meinem Bauch entlang, in meinen Schritt … Mir wurde heiß. Mein Bruder hatte recht. Leon brachte Empfindungen in mir nach oben, die ich konsequent gedeckelt hatte. „Ich kann das nicht", flappte es aus mir heraus. Mein Kletterpartner hob amüsiert eine Augenbraue. „Umso besser, dann kannst du es jetzt üben." Wenn du wüsstest! „Okay", sprach ich mir selber Mut zu. Wie schwer kann es sein? Auch ich schmiss meine Tasche über den Baum. Krach! Dann trat ich auf Leon zu. Eine Strähne hing ihm verspielt ins Gesicht. Zarter Schweiß stand auf seiner Stirn. Schweiß. Männerschweiß. Schwitzende Körper. Unsere Körper, die sich rieben und bebten. Sich vor Lust augenblicklich wie ein Feuerwerk entluden … Ich war doch bescheuert; vor zwei Tagen noch wollte ich ihn unschuldig küssen und jetzt dachte ich an Sex. „Kommst du noch?" Ja. Ganz bestimmt. Leon grinste mich interessiert an. Mit knallrotem Kopf stand ich vor ihm. Scheiße! Ich fühlte mich ertappt. Schnell steckte ich meinen Fuß in seine Hände und drückte mich hoch. Kurze Zeit später kam auch er mit einem beherzten Satz neben mir zum Stehen. „Gut. Es ist gar nicht mehr so weit", verkündete er schließlich, klopfte sich die Hände an seiner Hose ab und griff sich das Crash Pad.

Die Sonne hatte ihren Weg durch die Schatten des Blätterdachs gefunden und lachte mir ins Gesicht. Nachdem ich einige mehr oder minder geglückte Versuche am Felsen hatte, war Leon nun an der Reihe. Er zog seinen Hoodie über den Kopf. Sein T-Shirt spannte genau an den richtigen Stellen. Es war die reinste Folter für mich. Er ließ sich auf das Crash Pad fallen, tauchte seine Hände ins Chalk und klopfte sie zweimal kurz aneinander ab. Dann rutschte er mit seinem Po noch ein Stückchen weiter unter den Fels, stellte seine Füße an die Wand und griff breit in die Leisten am Einstieg der Route. Seine Hüfte drückte er gekonnt nach oben. Und mein Kopfkino ging schon wieder los. Wie würde es sein, wie würde er sich anfühlen, wenn er sein Becken, wenn er sich so an mich drücken würde, voller Energie? Ein leichtes Schaudern durchlief meinen Körper. Verflucht! Micky lag in der Klinik, rang da vielleicht mit dem Leben, und ich war hier notgeil, nur weil Leon ... Ja, nennen wir das Kind doch einfach beim Namen! Wenigstens dir gegenüber kannst du ehrlich sein. Was war denn bloß los mit mir? Ich sollte mich schämen. Mit sicherem Griff arbeitete sich Leon konzentriert nach oben. Jede seiner Bewegungen war ein Gedicht, geschmeidig, souverän, wie er drehte, seinen Fuß umsetzte, die Arme übergriff, sich in die Wand einspannte, kurz Schwung holte und den letzten Meter kraftvoll überbrückte. Er zog sich aufs Top. Sichtlich zufrieden mit sich und der Welt strahlte er mich an. Pure Lebenslust. Diese Augen, voller Kühnheit, kindlicher Freude und liebevoll zugleich. Er genoss es, das mit mir hier; durfte ich dann nicht auch ein bisschen genießen? Leon ging in die Hocke, verlagerte sein Gewicht und schon war er wieder neben mir. Seine Schulter puffte neckend gegen die meine. „Jetzt du." Ich verdrehte lachend die Augen. „In keinem Leben komme ich da hoch." Er zog seine Nase kraus. „Hm." Offensichtlich war er nicht überzeugt. Ich packte seine Hand, rückte seinen Ärmel noch etwas nach oben und umschloss totseriös mit beiden Händen seinen Bizeps. „Siehst du das?" „Ja. Das ist mein Arm", antwortete er sachlich. Ich strafte ihn mit meinem Blick ab. Dann griff ich mit einer Hand an meinen Oberarm. „Und siehst du das?" Er senkte seinen Kopf und inspizierte das Gezeigte fachmännisch. „Ja. Ich sehe es ganz deutlich." Seine Augen funkelten. Mit einem Finger p255kste er prüfend in meinen nicht vorhandenen Bizeps. „Das hier, das ist dein Arm." Blödmann! Ich strahlte ihn an. „Ja. Und genau das ist das Problem. Ich krieg die Kraft doch gar nicht her so wie du." Leon umschloss meinen Arm und wirbelte mich schwungvoll herum. Mit einem Ruck zog er mich dichter an sich heran; ich prallte ungebremst gegen seinen Körper. Überrascht starrte ich ihn an; wurde mir doch schlagartig bewusst, dass sich auch bei ihm etwas angestaut hatte. „Technik, alles nur Technik", presste er hervor. Mein Atem stockte. Seine Hand glitt langsam an meinem Rücken nach unten. Das Blut begann mir wie wild durch die Adern zu rasen. „Und manchmal …", flüsterte er, kehlig und rau, während er die andere Hand in meinen Nacken schob, „manchmal muss man einfach auch etwas riskieren." Seine Lippen trafen die meinen, so unvermittelt und plötzlich. Da war ein Ziehen und Stupsen, erst fragend und suchend. Dann mutiger und ungestüm. Meine Knie knickten ein. Die Schranke ging hoch und meine Hemmungen fielen. Ich will dich schmecken, dich spüren. Fester, eindringlicher, feucht und hart. Wir hatten genug gebalzt; jetzt war Schluss mit den Spielchen. Ich griff nach ihm, mehr von ihm, krallte mich in seinen Haaren fest. Seine Zunge forderte mich, flehte um Einlass, war ausgehungert. Ich will alles von dir. Mit einem lauten Klatschen landeten wir auf dem Crash Pad. Weg, alles muss weg! Ich zog an seinem Shirt, zerrte daran, meine Lippen an seinem Ohr, seine Nase in meinem Hals vergraben. Seine Hand lag besitzergreifend auf meinem Po; mein Bein war um seine Lenden geschlungen. Ein Drücken, ein Knurren. Ich schnappte nach Luft. Seine Finger gingen wie gleißende Blitze auf meine nackte Haut nieder, schoben sich unter mein Top, griffen an meine Brust und in meinen Schritt. Keine Zeit mehr zu verlieren, komm in mich, ich will dich. Ich riss an seiner Jeans. Knöpfe auf, runter bis zu den Knien. Strampel es weg! Erst Knabbern, dann Beißen und seine Härte, die leidenschaftlich gegen mich andrang. Ich drückte mich hoch, ihm lustvoll entgegen. Na mach schon! Mit einer Hand fuhr ich ruckartig in seine Shorts und berührte sein Glied. Ein heiserer Laut entfuhr Leons Kehle. Sein Atem ging unrhythmisch, stoßhaft und laut. „Ich will dich", raunte er mir verzweifelt ins Ohr. „Kondome?" „Kondome." Er rollte sich weg und griff hastig nach seinem Hoodie. Für einen Moment lag ich einfach nur da, keuchend, zu Atem kommend, mitten im Wald, auf einem Crash Pad, im Begriff, mit dem Jungen zu schlafen, der mein Herz gestohlen hatte. Mein ganzer Leib vibrierte. Ratsch, auf! Tüte drauf. „Alles gut bei dir, Mia?", fragte Leon nun sanft. Und ich nickte. Er musste sich sichtlich beherrschen. In seinen Augen loderte heißes Verlangen, Verlangen nach mir. Ein Blick bis ins Mark. Mein Herz pochte, nein, hämmerte. Du hältst dich zurück, aber das musst du doch gar nicht. Mit seiner Hand, meiner Hand, gemeinsam, weg mit dem letzten Stück Stoff, das uns störte. Zügellos, fassungslos. Weg mit dem Slip! Einfach runter. Und rein. Ein Schwall von Erleichterung durchlief meinen Körper, als er endlich in mir war. Noch tiefer, noch fester. Rein, raus, rein, raus. Leon schloss seine Augen; sein Haar lag verklebt auf der Stirn. Meine Finger gruben sich in seine Haut, umklammerten seine Schultern. Rein, raus, rein, raus. Bis wir unseren Rhythmus fanden. Wir peitschten uns auf, mal langsam, mal schnell. Entfesselt, entschlossen. Ganz gierig und ruppig. Ein Gleiten, ein Stoßen. Erfüll mich, erlös mich. Seine Lippen, die meine Finger vernaschten. Gefangen, getrieben. Und mehr, und mehr. Verschwimmende Grenzen. In mir, in dir. „Ich kann's nicht mehr halten." Ein Funken, ein Beben. Erschütterung, Entladung, Erstarrung, Entspannung. „Sorry", hauchte Leon noch leise. Dann schliefen wir ein.

In der Ferne fiel ein Schuss, ein Hund bellte. „Wir sollten jetzt besser gehen." Leon lächelte mich einfühlsam an; und, um ehrlich zu sein, auch ein bisschen entrückt. Ich lag eng an ihn gekuschelt in seiner Achselhöhle versteckt. Geschützt und geliebt. Halb nackt, halb angezogen, verschwitzt und verträumt. „Na komm." Er gab mir einen sanften Kuss auf meine Nasenspitze. Sinnlich, hauchzart, als hätte er Angst, diese Berührung könnte mich zerbrechen. Etwas widerwillig löste ich mich mit einem Grummeln aus seiner Umarmung, von ihm, und sammelte, was von mir geflogen war, hastig zusammen. „Warum hast du dir eigentlich einen Drachen tätowieren lassen?" Leon streifte sich soeben seinen Hoodie wieder über. „Weil er mich an etwas erinnern soll." Zack, Kapuze auf den Kopf. „Und an was?", setzte ich neugierig nach. Leon blickte mich eindringlich und lange schweigend an. Ich spürte, wie er seine Worte abwog und sorgfältig auswählte. Dann sagte er ernst: „Es gibt immer zwei Seiten einer Medaille. Welche man sieht, kommt auf die Perspektive an, aus der man sie betrachtet." Ich runzelte die Stirn. Er seufzte. „In der westlichen Kultur ist der Drache etwas Bedrohliches, etwas Schlechtes. Er bringt Leid und Not über die Menschen." Seine Hände begannen seinen Worten Gestalt zu geben. „In anderen Teilen der Welt wird er mit Reichtum verbunden. Er ist gütig und schlau. Aber vor allem symbolisiert er das Glück." Leons Augen glänzten. Er legte soviel Passion in das, was er sagte. Es schien ihm wichtig zu sein, dass ich verstand – dass ich ihn verstand. Ich nickte. Dann zog er mich hoch und wir stahlen uns leise davon.

TESTLAUF

Die kommenden Tage schwebte ich auf Wolke sieben. Die Welt war herrlich, bunt und frei. Leon ließ mich einfach alles vergessen, auch das Drama um Micky. Alles schien mir jetzt möglich zu sein. Alles strahlte. Ich strahlte, von innen heraus, kräftig und hell. Keine Sekunde, die wir nicht gemeinsam verbrachten. Jede Nachricht war ein Versprechen und jeder Blick von ihm untermauerte seine Gefühle für mich. Meistens fuhren wir mit dem Volvo einfach wieder zum Wald und genossen es, dort zusammen zu sein. Es war alles so frisch; keiner von uns beiden hatte Bedarf an zusätzlicher Gesellschaft. Wir wollten vereint sein und für uns allein. Nur das zählte jetzt. Sydney piesackte mich. Wenn es nach ihr ginge, würde ich sie mit all den kleinen schmutzigen Details behelligen, ich würde nichts weglassen, verschleifen oder aufhübschen. Sie verhielt sich wie ein Cockerspaniel vor dem Würstchenstand. Denn ich schwieg mich genüsslich aus. „Ach Mia, lass mich doch nicht dumm sterben!", hatte sie gebettelt. Tropf, tropf! Zunge raus, Hotdog ins Brötchen, Ketchup drauf. Und jeder ihrer weiteren Versuche, etwas aus mir herauszuquetschen, mich aus der Reserve zu locken, bekräftigte mich in meiner Entscheidung. Ich schwieg. Das, was zwischen Leon und mir war, das, was wir teilten, was uns verband, was wir fühlten, für einander empfanden, das ging nun wirklich keinen was an. Das gehörte nur mir, mir ganz allein. „Falls du aus deinem Watteschloss noch zu den gewöhnlich Sterblichen unter uns hinabzusteigen vermagst, wäre das herzallerliebst, Schwesterlein", warf mir mein Bruder entgegen, als ich entrückt grinsend wieder einmal tief in meine rosigen Gedanken versunken war. „Mir ist das wirklich wichtig. Ich will das heute ausprobieren. Und dabei brauche ich deine Hilfe", setzt er etwas dringlicher nach. „Bitte." Ich blinzelte meinen Tagtraum weg. Es war das erste Mal, dass Torben wieder eine Kneipe aufsuchen wollte. Denn entgegen meinen düsteren Fantasien hatte er auch das seit meinem Selbstmordversuch nicht mehr getan. Auch nicht auf Dienstreisen; da hatte er sich schmallippig jedes Mal bei seinen Kollegen entschuldigt und vorgegeben, er müsse noch an seinen Zahlen arbeiten. In Wahrheit wollte er sich nicht in Versuchung bringen lassen, fiel es doch in Gesellschaft schwerer, einfach Nein zu sagen. Aber heute, heute wollte er sich dem stellen und zusammen mit mir ins Darwin's gehen. Nicht, um zu trinken, sondern einfach nur, um da zu sein, um zu sehen, ob er es konnte, ob er widerstehen konnte. Ich legte meine Hand ermutigend auf seine Schulter. „Natürlich komm ich mit. Das habe ich dir doch versprochen." Dr. Thalbach hatte es ebenfalls für eine hervorragende Idee gehalten, dass wir das gemeinsam angehen würden. Auch, um zu sehen, ob wir als Geschwister wieder halbwegs normal miteinander umgehen konnten in dieser speziellen Situation. Es war für uns beide eine Herausforderung. Und das wussten wir. Torben hatte sich extra für diesen Anlass richtig schick gemacht. Er trug eine hellgraue Jeans und ein schwarzes, langärmliges Hemd. Die obersten drei Knöpfe hatte er offen gelassen. Und er trug seine Anzugschuhe. Man hätte ihn in diesem Outfit locker für Vampire Diaries casten können. „Wir gehen ins Darwin's, das ist dir schon klar", lachte ich. „Nicht auf eine Gala." Er nahm die Hausschlüssel von der Kommode und griff nach seiner Jacke. „Du kannst ja in dem Lumpen gehen, den du anhast," stichelte er. „Hey, nichts gegen mein neues Sackkleid. Das ist jetzt modern." „Wenn du das sagst, Schwesterlein." Und schon waren wir beide durch die Tür. Als wir das Erdgeschoss passierten, winkte ich freudig nach dem Türspion, wohl wissend, dass der alte Braun dahinter stand und wieder lurte. „Was machst du da?", zischte mein Bruder mir irritiert ins Ohr. „Ich betreibe

Nachbarschaftspflege." Schaden konnte es doch nicht? Und um ehrlich zu sein, gingen mir Leons Worte tatsächlich nicht mehr aus dem Kopf. Was, wenn der Alte gar nicht so übel war, wie er immer tat? Da gab es nur eins: Versuch und Irrtum.

„Torben, mein Jung. Schön, dass du dich auch mal wieder bei uns blicken lässt." Trudie gab ihm einen kräftigen Knuff. „Lass dich anse-hen!" Sie umschloss mit beiden Händen sein Gesicht und drehte den Kopf prüfend nach links und nach rechts. Sydney, die gerade mit einem Tablett benutztem Geschirr vorbeikam, biss sich lachend auf die Unter-lippe. Ich unterdrückte ein Kichern. Torben trug es mit Fassung. Jetzt tätschelte Trudie meinem Bruder die Wange, so wie es nur Omas ma-chen dürfen. „Gut siehst du aus, mein Jung." Er zog sie an sich und herzte sie innig. „Lass dich umarmen. Ja, es ist lange her." Sie lachte rauchig und hustete kurz. Ihre Lunge hatte auch schon mal bessere Tage gesehen. „Deine Schwester trinkt Tee, nehme ich an?" Ich nickte knapp. „Und was trinkst du, mein Jung? Wieder Wodka mit Eis?" Mein Magen zog sich ruckartig zusammen; ich hielt den Atem an. Torben versteifte sich kurz und schüttelte dann aber schließlich den Kopf. „Nein danke, lieber nicht. Eine Cola wäre toll." Erleichtert ließ ich die Luft aus meinen Wangen entweichen. Die erste Hürde hatte er genom-men. Trudie zuckte nicht einmal mit der Wimper. Sie wandte sich an Sydney und gab unsere Bestellung auf. „Die beiden Herrschaften hier gehen heute aufs Haus", pfiff sie. Dann verschwand sie in der kleinen Küche im hinteren Teil des Darwin's. Torben setzte sich an die Bar. Meine Freundin stellte uns unsere Getränke hin und noch eine Schüssel Erdnüsse gleich mit dazu. Die Dinger waren echt gefährlich. Ich wusste es, wir würden hier eiskalt versumpfen. Ich nahm meinen Bruder in Augenschein, wie er langsam prüfend an seiner Cola nippte. Er durchstreifte den Raum mit seinem Blick, auf der Suche nach alten Bekannten vielleicht. Auch wenn er den Einstieg in diesen Abend scheinbar spielerisch geschafft hatte, so saß im doch mit jeder Minute, die wir länger hier waren, die Anspannung zunehmend im Nacken. Jedes Mal, wenn die Eingangstüre aufgedrückt wurde, zuckte er leicht zusammen. Unmerklich für andere, offensichtlich für mich. Sprechen wollte mein Bruder nicht und auch ich hielt mich mit meinen Worten zurück. Sydney füllte kommentarlos Torbens Glas nach, wenn er dessen Boden erneut erreicht hatte. Ich war dankbar dafür, meine Freundin heute Abend an unserer Seite zu wissen. Nach meinem Zusammenbruch hatte Torben mit unseren Eltern reinen Tisch gemacht, zumindest was ihn betraf. Mich und meinen Versuch, mich umzubringen hatte er schön außen vor gelassen. Etwas, dass uns Sydney ja immer wieder bei Gelegenheit vorschmiss. Dass sie Bescheid wusste, war allerdings auch Torbens Verdienst. Er hatte sie angerufen und einbestellt. Ich solle zumindest meine beste Freundin mit einweihen, hatte er noch auf dem Flugfeld in Portugal zu mir gesagt, als wir zusammen auf die Startbahn rollten; dann war ich mit meinem Schmerz nicht mehr gar so allein. Ich sollte mit ihr über alles reden, über ihn, aber auch ganz besonders über mich. Als Sydney damals sichtlich geschockt bei uns zu Hause eintraf, verließ Torben das Haus. Meine Freundin war es dann auch gewesen, die mich postwendend zu einem Psychiater geschleift und dafür gesorgt hatte, dass ich mir im Anschluss daran weiterhin therapeutische Hilfe suchte. Gerade lief Supertramp über die Anlage. „Dreamer, you stupid little dreamer." Torben zischte das nächste Glas Cola weg. „So now, you put your head in your hands, oh no." Mann, der Kerl hatte echt einen Zug drauf! „I said, ‚far out, what a day, a year, a life this is'. You know, well, you know you had it comin' to you. Now there's not a lot I can do." Mein

Bruder atmete hörbar aus. Sydney legte eine Hand auf seinen Arm. „Geht's ein bisschen?", fragte sie sorgenvoll. Torben nickte stumm und blickte zu Boden. „Sollen wir gehen?" Ich zog ihn behutsam an mich heran. Aber er schüttelte nur seinen Kopf. „Es ist nur, es strengt mich einfach an. Was, wenn jemand kommt, der mich erkennt und mit mir reden will, mir einen Drink ausgeben will? Was erzähl ich dem dann?" „Dass du Cola trinkst." Mein Bruder drehte die Augen hilfesuchend nach oben. „So läuft das nicht, Mia. Du weißt selbst, wie es läuft. Blöde Fragen und Gestichel. ‚Bist jetzt ein Weichei geworden, Torben?' Und all dieser Scheiß. Im Geschäft ist das anders. Aber hier, ich meine, die Leute, die wissen doch, dass ich es mir auch hab gut gehen lassen, hier, genau auf diesem Platz." Er deutete mit seinem Zeigefinger vor sich nach unten. „Die haben dich aber nie zu Hause erlebt." Es purzelte einfach so aus mir heraus; noch bevor ich es wusste, hatte ich es schon gesagt. Ich schlug meine Hände vor meinen Mund. Ich konnte es unmöglich wieder zurücknehmen. Verflucht! Ich war selbst erschrocken darüber. Sydney strafte mich ab. „Sehr hilfreich, Mia. Das hilft ihm bestimmt. Sieh nur, er ist jetzt schon richtig entspannt." Torben lächelte verkniffen und schlang einen Arm um mich. „Ist nicht schlimm, Schwesterlein. Du hast recht. Es tut mir leid." Ich schluckte den Brocken in meiner Kehle herunter. Sydney stützte sich mit beiden Händen vor uns auf dem Tresen ab. „Kannst du tanzen, Torben?", fragte sie meinen Bruder offen ins Gesicht. Der stutzte, nickte dann aber zögerlich. „Gut." Meine Freundin wischte sich ihre Hände an ihrer Schürze ab und verdrückte sich in die Küche. Torben und ich blickten uns verständnislos an. Kurze Zeit später kam Sydney wieder zurück, mit Trudie in ihrem Kielsog. Die beiden Frauen umgab eine geheimnisvolle Aura. Oh, Gott! Sie hatten irgendetwas ausgeheckt. „Bitte nichts

Peinliches", flehte ich meine Freundin an. Die lachte nur und winkte ab. Trudie klatschte zweimal laut in die Hände. Die Gespräche im Saal erstarben augenblicklich. Sie war wahrlich eine Königin. „Ich möchte euch bitten, euch von euren Stühlen zu erheben und die Tische ein wenig zur Seite zu rücken." Mein Bruder kniff ängstlich in meine Hand. Ich hatte keine Ahnung, was passieren würde. Es quietschte und polterte und jeder der umstehenden Gäste packte mit an; in Nullkommanichts war in der Mitte des Pubs eine kleine Fläche freigeräumt worden. „Auf Wunsch eines besonderen Gastes und weil ich weiß, dass ihr alle vom alten Eisen seid und noch das Tanzbein schwingen könnt, wie es sich gehört, machen wir jetzt eine Runde Damenwahl." Sie strahlte und rückte ihr Brillen-Diadem zurecht, bereits Ausschau haltend nach einem bestimmten Gast. Und ja, da hinten, da saß er, der Seebär mit seinem Herrengedeck. Sydney wechselte die Platte. Die ersten Klänge ertönten. The warden threw a party in the county jail. The prison band was there, and they began to wail. Einige jauchzten fröhlich; einige sanken erschrocken in ihre Stühle zurück. Sie hatte Elvis ausgewählt. Eine zierliche Brünette zog ihren stämmigen Freund zu sich heran; sie bildeten die Vorhut. Andere folgten. The band was jumpin', and the joint began to swing. You should've heard them knocked out jailbirds sing. Immer mehr bunt gemischte Tanzpaare formierten sich. Sydney nickte ermutigend in Torbens Richtung. Der schien gefesselt von all dem quirligen Treiben um ihn herum; keiner interessierte sich für ihn. Er war einfach nur einer unter vielen. Let's rock. Everybody, let's rock. Everybody in the whole cell block was dancin' to the Jailhouse Rock. Nicht ein Einziger hatte hinterfragt, was hier gerade passierte, wer der ominöse Gast war, der gerne tanzen wollte. Oder vielmehr durch Sydney dazu genötigt wurde. Sie hatten einfach nur Spaß. Ich warf ihr eine

Kusshand zu und führte meinen Bruder auf die improvisierte Tanzfläche, zwischen all den Truhen, Stühlen und anderen Beinen. Und ich wurde mir wieder einmal bewusst, was für ein überaus begnadeter Tänzer mein Bruder war. Auch wenn ich nichts wusste, keine einzige Schrittfolge, er schob mich schon in die richtige Figur hinein. Es ging wie von allein. Kein Wunder, dass die Mädels ihn im Tanzkurs am liebsten gleich immer ihren Müttern vorgestellt hätten. Es war wirklich sexy, wenn jemand gut führen konnte. Ob Leon wohl tanzen konnte? Ich bezweifelte es. Es war nicht mehr wirklich modern. Aber wer weiß? Vielleicht hatte ich ja Glück und in meinem Freund steckte ein verkappter Romantiker nach altem Stil. Zumindest stand er auf Kuschel-Rock. Ich lachte bei dem Gedanken, ihn in einem Smoking zu sehen. Mein Bruder holte mich zur Drehung an sich heran, schwungvoll und doch elegant. „Warum lachst du?", fragte er dicht an meinem Ohr. Und schon war ich wieder weg. Der Refrain trieb uns an. Let's rock. Arm nach oben, unten durchgeschoben, Fuß nach vorne und wieder zurück. Everybody, let's rock. Torben fing mich in meiner Taille. Neigte mich nach unten; ich ließ mich nach hinten fallen, ein Bein nach oben gestreckt. Everybody in the whole cell block … Und wieder Grundschritt. Kick, Tapp, Kick. Nächste Drehung. Rücken an Rücken. Kick, Tapp, Kick. Hüfte drehen, tief gehen. … was dancin' to the Jailhouse Rock. Torben schwang sein Bein über meinen Kopf, griff meine Arme und zog mich nach vorne. Ich schlidderte; er versetzte mich gut einen halben Meter. Ein kleiner Ruck, dann landete ich sicher rücklings in seinen Armen. Ich schaffte es gerade noch, mein Bein im Takt zu strecken. „Du bist gut", strahlte ich ihn nach oben hin an. Er blickte sich um. „Der Beste im Saal."

Sydney war schlichtweg verzückt, als wir völlig durchgeschwitzt zurück zum Tresen kamen. Torben hob seine Arme und prüfte seine

Achseln. Unter beiden waren weiße Ränder zu sehen. „Das kann man wieder waschen", rief Sydney ihm freudestrahlend zu. Mein Bruder warf ihr einen gequälten Blick zu. „Die Sache war's wert. Ich bin ganz dahingeschmolzen", gluckste sie fröhlich. Ich musste lachen. Das war Sydney, wie sie leibt und lebt. „Freut mich, wenn du deinen Spaß hattest", antwortete mein Bruder kühn und pflanzte sich auf seinen Barhocker. „Ach komm schon, Torben. Gib's zu, du hast das doch auch gerade genossen", ließ meine Freundin nicht locker. „Ich fand es in jedem Fall spitze!", rief ich glücklich aus. Mein Bruder wuschelte mir ausgelassen durch mein lockiges Haar. „Hat dein Traumprinz dich denn schon zum Tanz ausgeführt? Wie lange willst du mir den eigentlich noch vorenthalten?", kam er unverhofft aus der Ecke. „Sydney hier hat ihn ja offensichtlich schon mal gesehen." Torben wies anklagend auf meine Freundin, die gerade eine neue Bestellung aufnahm. Der Raum sortierte sich. Die alte Ordnung wurde wiederhergestellt. Sydney grinste meinen Bruder nur mitleidig an. Lenk nur schön ab von dir, du alter Halunke! Ich schob mir eine Handvoll Erdnüsse in meinen Mund. „Wenn du so weiter machst, nie!", entgegnete ich spottend, noch während ich kaute. Torben fasste sich gespielt gekränkt an die Brust. Sydney feierte es! Ich konnte es an ihren funkelnden Augen erkennen. Ihr Plan war aufgegangen und mein Bruder war nun deutlich entspannter. Jetzt zog er ein Pfännchen und schenkte mir seinen schönsten Hundeblick. „Also, was ist jetzt?", setzte er noch einmal nach. Die schlichte Wahrheit war: Ich hatte Angst davor, meinen Freund jetzt schon meinem Bruder vorzustellen. Es war unfair Torben gegenüber; das wusste ich auch. Aber es würde das alles noch so viel realer machen. Die beiden Welten, die ich versucht hatte, getrennt voneinander zu halten, und das ja auch noch irgendwie tat, würden sich dann vollständig miteinander verzahnen. Das war mir zu früh. „Bald", wich ich erneut Torbens Frage aus. Und ich hatte das Gefühl, das missfiel meinem Bruder. „Was macht er denn eigentlich so, dein Freund?", fragte er weiter. Ich griff nach den Erdnüssen, um Zeit zu gewinnen. „Leon arbeitet in einer Autowerkstatt." Torben drehte sein Glas zwischen den Händen und atmete aus. „Was?", fragte ich irritiert. Es konnte ja nicht jeder im Management sitzen! Fand er Leon etwa nicht gut genug für mich? „Ein Schrauberling also." „Ja. Und?" Was geht's dich an? Ich ließ meine Hand mit den Erdnüssen sinken. Mein Bruder lachte kurz in sich hinein. Dann grinste er verwegen; seine Augenbrauen tanzten auf seiner Stirn. „Mit geschickten Händen." „Du Idiot!" Eine volle Ladung Schrotgeschoss traf Torben am Körper, der abwehrend beide Arme vor sein Gesicht hielt. „Hey! Spinnt ihr!", kreischte Sydney auf und zog die Schale mit Erdnüssen verärgert von mir weg. „Hört auf mit dem Scheiß! Ich muss das alles noch putzen!" „Entschuldigung", lachte Torben und begann bereits damit, die Überreste unseres Gefechts aufzusammeln. „War nicht unsere Absicht." Sie schnaubte verächtlich. Er bückte sich, reckte sich und warf seine Schätze in den Müll. „Ich geh dann mal schnell eine Stange Wasser wegbringen", verkündete er prompt, nahm noch den letzten Schluck von seiner Cola und bahnte sich seinen Weg durch die anderen Gäste, die geschäftig quasselten, wild gestikulierten, schmatzten und tratschten.

Meine Freundin, wieder ganz im professionellen Modus versunken, nahm noch eine Bestellung auf und zapfte gekonnt zwei Helle. „Hier. Lasst es euch schmecken." Die Gläser wanderten über den Tresen; Geld wechselte seinen Besitzer. Ein kurzes Nicken noch und schon war der Typ in Jeansjacke und Lederstiefeln wieder verschwunden. Als die Luft rein war, legte Sydney ein mir bekanntes Stück Papier zwischen uns und grinste breit. „Also, das O kann ich abstreichen." Sydney zückte einen Stift und zog eine Linie durch den Buchstaben auf ihrer Liste. „Ist es ein Otto geworden?", fragte ich interessiert. Wie konnte ich gleichzeitig fasziniert und peinlich berührt sein? Hoffentlich packte sie die Liste wieder weg, bevor Torben vom Klo kam. Die Blamage wollte ich mir echt ersparen. Glotzten die da drüben nicht eh schon skeptisch zu uns herüber? „Es war ein Oliver. Nein, korrekter wäre Olivier." Sie notierte den Namen und strich auch gleich das P mit durch. „Moment mal, das ist auch schon weg?", fragte ich jetzt doch ehrlich entsetzt. Sie nickte belustigt. „Jap. Und er war herrlich im Bett. So ausgefallen und experimentell." „Lalala! Lalala!" Ich stopfte mir beide Zeigefinger in die Ohren. „Ich will es gar nicht höööööören!" Sydney lachte. Ich ließ meine Arme wieder sinken. „Was? Heute keine Nachhilfestunden in Bondage und Natursekt? Wer weiß, vielleicht steht dein Leon ja drauf." „Hör auf! Das ist gruselig!" Hoffentlich verschwand dieses Bild wieder aus meinem Kopf. Das war echt verstörend. „Paul. Findet man auf Tinder. Falls du doch noch ..." Sie klimperte eifrig mit ihren Wimpern. „Ihhhh! Nein!" „Kaum zu fassen, dass bei den Männern so eine Schlange ist." Mein Bruder spannte seine Arme weit auf. Sydney gefror augenblicklich in ihrer Bewegung, nicht mehr im Stande, irgendetwas zu tun. Auch ich erstarrte vor Schreck auf meinem Barhocker. Wir hatten ihn nicht kommen sehen. „Ich habe mir echt schon überlegt, ob ich draußen das Beet düngen gehe." Torbens Blick fiel auf die Liste. Scheiße! „Was ist das?" Mein Bruder streckte sich schräg über den Tresen und drehte das Stück Papier so, dass er es lesen konnte. Meine Augen wurden größer, die von Sydney auch. Nach einem kurzen Check fragte er: „Die Namen deiner zukünftigen Kinder?" Torbens Augen funkelten meine Freundin amüsiert an. Mit einem Ruck pflanzte er sich wieder auf seinen Platz. „Eher die Liste potenzieller Väter zufällig gezeugter Kinder", kommentierte ich ernüchtert und vollkommen überfordert mit der Situation. „Ihr seid doch blöd." Sydney, wieder wachgerüttelt, griff bestimmt nach der Liste, um sie unter Torbens Fingern wegzuziehen. Aber mein Bruder war schneller. Mit seiner freien Hand fing er ihre Bewegung ab. Es sah aus wie bei diesem Kinderspiel. Ganz unten lag die Liste, dann kam Torbens Hand, dann die von Sydney und ganz oben wieder Torbens Hand. Ein Hände-Sandwich quasi, dessen Teller das Objekt der Schande war. Unbeirrt hielt mein Bruder seine Beute fest. „Was genau hat es damit auf sich?" Seine eisblauen Augen betrachteten meine Freundin eindringlich. Mir wurde kalt. „Ich will es wissen." Sydney stieß hörbar Luft aus. „Dein Ernst?", fragte sie entnervt. „Du kennst doch auch mein Geheimnis." Das war jetzt fies. Mein Bruder grinste und zwinkerte ihr zu. „Mein voller Ernst. Du bekommst sie erst wieder, wenn ich alles darüber weiß." „Mann, Torben, lass sie", versuchte ich meiner Freundin beizuspringen und sie zu retten. „Schon okay, Mia." Sydney wirkte zerknirscht. „Du musst ihm das doch nicht erzählen!", insistierte ich weiter. Torbens intensiver Blick schien für Sydney fast unerträglich zu sein. Sie wand sich sichtlich. „Vielleicht will sie es mir ja auch erzählen." Kaum zu glauben, arroganter Fatzke, echt! Torben, lass sie doch einfach zufrieden. Sydney zog langsam ihre Finger aus Torbens Händen, die die ihren immer noch fest umschlossen hielten. „Darauf stehen alle Männer, mit denen ich seit meiner Abschlussklasse geschlafen habe." Sie hatte sich aufgerichtet und man merkte an allem, an ihrer Körperhaltung, ihrer Ausstrahlung, an dem, wie sie es gesagt hatte, dass sie sich bereits für einen abfälligen Kommentar wappnete. Torben pfiff anerkennend durch seine Zähne. Einen

Moment lang lag Stille zwischen uns. Mein Bruder räusperte sich. „Gibt es hierfür irgendwelche Regeln?", fragte er in einem sachlichen Ton, als würde er es über den neuesten Geschäftsbericht seiner Firma haben. Ich suchte den Blick meiner Freundin. Sie hatte eine tragische Metamorphose durchlaufen, denn sie starrte meinen Bruder einfach nur fassungslos an. „Warum musst du sie damit jetzt quälen?", fragte ich verärgert, im Begriff, in den Kampf zu ziehen. Mein Bruder sah erst mich, dann Sydney ernst an. „Ist das zu privat? Oder zu schmerzhaft für dich?" Seine Stimme klang ehrlich besorgt, ja, aufrichtig. Die Augen meiner Freundin waren jetzt tellergroß. Dann schüttelte sie ungläubig den Kopf, eher für sich selbst als für uns. „Ja. Es gibt Regeln", brachte sie hervor. „Und welche?" Torben musterte sie aufmerksam. „Es geht immer der Reihe nach." Sydney nahm ihr Geschirrhandtuch auf und begann, die Gläser zu polieren. „Gut. Du bist jetzt bei einem P; das heißt der nächste Kandidat muss ein Q sein, richtig?" „Richtig." „Keine Ausnahmen?" „Keine Ausnahmen", gab sie entschieden zurück. Es glich einem Ping-Pong-Spiel und ich saß auf der Tribüne. „Irgendetwas anderes, das man beachten muss? Vorlieben zum Beispiel?" „Nein. Bei Würgepraktiken bin ich raus." „Mhm." Torben verzog keine Miene. Okay? Ich war verklemmt, aber mein Bruder wohl nicht. Lieber hart und schmutzig als, als zart und putzig. Blümchen-Sex war out und ich ein Relikt, stand ich doch eher auf die Klassiker. Und Leon wusste genau, welche Knöpfe er drücken musste, damit ich ... „Ich nehme an, dass das alles One-Night-Stands sind mit bedeutungslosem Sex?" „Das ist richtig", bekräftigte Sydney seine Vermutung. Torben nahm die Liste sorgfältig in Augenschein, schlug ein Bein übers andere und vertiefte sich in die Namen. „Wer heißt denn Elwin?", fragte er platt, scannte den Tresen, fand, was er suchte, und stopfte sich genüsslich ein paar Erdnüsse in den Schlund. Sydney kicherte. Gutes Zeichen, sehr gutes Zeichen. Ein Zeichen dafür, dass auch ich mich wieder ein wenig entspannen konnte. Torben studierte weiter die Liste; noch eine Handvoll Erdnüsse. „Ich bin mir sicher, Laurin und Maxim waren ganz bezaubernd im Bett?" Er warf Sydney einen neugierigen Blick zu. „Nicht so wirklich." Sie zuckte mit den Schultern. Torben legte die Liste flach auf den Tresen und strich sie mehrfach glatt. Dann wurde er wieder sachlich. „Was passiert, wenn du dich in einen deiner Buchstaben verliebst?" „Wird nicht passieren." „Das kannst du doch gar nicht wissen", gab mein Bruder zurück. „Doch. Das weiß ich. Ich suche sie mir entsprechend aus." Jetzt war es wirklich an Torben, Sydney verblüfft anzustarren. Und ja, ich musste zugeben, auch ich war schockiert. So tiefe Einblicke in ihr strategisches Vorgehen und die Kandidatenauswahl hatte sie mir bislang nicht gewährt. Aber ich wollte es auch nie konkret wissen. „Okay, anders gefragt: Was passiert, wenn du jemanden kennenlernen würdest, in den du dich verliebst, der aber unglücklicherweise bereits ein abgestrichener Buchstabe ist oder ein bisschen später im Alphabet kommt, als der Buchstabe, der gerade dran ist? Was passiert dann? Ist der eine dann gleich aus dem Rennen und der andere muss warten?", bohrte Torben schonungslos nach. Mein Puls ging wieder hoch. Wie konnte mein Bruder nur so abgebrüht und schamlos sein? Aber es war klar, dass er damit Sydneys wunden Punkt getroffen hatte. Mit einem lauten Knall donnerte sie das soeben so sorgfältig polierte Glas ins Regal. Schrubb, schrubb, nächstes Glas. Sie malträtierte es, schlang ihr Tuch so fest darum, als würde sie es im nächsten Moment erwürgen wollen. Rumps! Ins Regal. Schrubb, schrubb, nächstes Glas, nächstes Opfer. Torben seufzte. „Es tut mir leid. Ich wollte dir nicht zu nahe treten." Behutsam faltete er die Liste zusammen und schob sie Sydney vorsichtig über den Tresen zu. „Frieden?" Mein Bruder blickte sie ehrlich geknickt und gleichzeitig hoffnungsvoll an. Sydney klatschte das Geschirrtuch in die Spüle und griff nach der Liste. „Ja. Frieden." Sie klang nicht wirklich überzeugend. Ich zog meinen Bruder vom Barhocker. „Sag mal, musste das jetzt sein?", fauchte ich ihn an. „Hättest du dir nicht einfach die Zunge abbeißen können?" „Nein, Mia. Hätte ich nicht. Was, wenn der Richtige vor ihr stehen würde? Sie würde es ja noch nicht einmal merken", gab Torben pampig zurück. „Und? Ist das jetzt dein Problem?", fragte ich sarkastisch. Mein Bruder sagte nichts. „Siehst du. Nein! Dann lass sie doch einfach zufrieden." Ich setzte mich wieder auf meinen Barhocker und zog mir die Schale mit den Erdnüssen ran. Torben blieb noch einen Moment schweigend stehen. Er blickte meine Freundin nachdenklich an. Dann setzte auch er sich wieder zurück an seinen Platz.

ALLEIN

„Wie geht es Micky? Mhm. Ja." Torben lief in der Wohnung auf und ab und presste sein Telefon ans Ohr. Ich fühlte mich mies. Mein Bruder hatte seit der Einlieferung unseres Katers zur Klinik Kontakt gehalten, während ich nur noch Augen für meinen Freund gehabt hatte. Was war ich nur für eine lausige Katzenmutter? „Das klingt gut." Torbens Blick hellte sich auf. „Gleich heute? Um fünf, ja?" Ich hob fragend die Hände. Er streckte den Daumen nach oben und strahlte dabei. Micky war also durch. Erst jetzt merkte ich, dass ich die ganze Zeit über innerlich die Luft angehalten hatte. Ich war also doch nicht nur vollkommen verstrahlt. Meine Sorgen und Ängste, es könne unserem Kater tatsächlich an den Kragen gehen, hatte Leon einfach erstickt. Aber weg waren sie nie ganz gewesen. Sie waren nur verblasst und als Grundrauschen irgendwie mitgelaufen. Schön zu merken, dass es mich kümmerte. Gut zu wissen, dass der eigene Wertekompass dann doch noch in Takt war, trotz Verliebtheit und Höhenflug. Torben beendete sein Telefonat. „Ich hole Micky nachher ab." Auch bei ihm war die latente Anspannung aus dem Körper gewichen; er atmete erleichtert aus. „Und dann werde ich ihn vermutlich erst einmal gehörig niederkuscheln." Mein Bruder grinste breit. Das war Vorfreude in seinem Gesicht. Er hatte ihn vermisst, unseren getigerten Freund. Ich blickte mich in unserer Wohnung um. Der kleine Stinker war mir echt abgegangen; und sehr wahrscheinlich würde nicht nur mein Bruder heute mit ihm schmusen, sondern auch ich.

Nach meiner Therapiesitzung und den ausschweifenden Erzählungen über die positiven Wendungen in meinem Leben, steuerte ich zielsicher das Rosenglanz an. Heute, ja heute, stand doch alles unter einem ganz anderen Stern. Heute konnte ich auch, was den Torten-Boy anging, meine aktuelle Glückssträhne wieder aufnehmen. Das war zumindest meine Vorstellung, nenne es Fantasie oder Erwartungshaltung, als ich um die Ecke bog und … niemanden sah. Das hier war doch kein Zufall? Nicht zweimal hintereinander. Klare Sache: Er würde nicht kommen. Mein Kopf sank ganz automatisch nach unten. Wie ein begossener Pudel stand ich da und versuchte die in mir abfeuernden Gefühle zu ordnen. Man kann nicht alles haben; was für ein bescheuerter Spruch. Worauf zielte der ab? Höhen und Tiefen, die liegen nah beieinander. Genauso beknackt, wenn ich es ehrlich besah. Das hier war keine Tiefe, sondern gekränkter Stolz. Das war doch kindisch. Hinterherlaufen würde ich dir sicherlich nicht. Ich zögerte einen Moment. Etwas war seltsam. Da stimmte was nicht. Wo waren die Kippenstummel, die hier sonst immer lagen? Mein Torten-Boy rauchte und hier hinten gab es keinen

Ascher. Ich trat ein Stück näher ans Rosenglanz heran und blickte mich um. Er schnippte sie immer vor sich auf den Boden. War der letzte Woche auch schon so sauber gewesen? Ich hörte das Schloss in der Hintertür knacken. Augenblicklich kam Leben in meinen Körper. Ich sah erwartungsvoll auf; vielleicht täuschte ich mich nur. Doch mein Lächeln erstarb, als die zierliche Blondine, die mir die Feuchtgebiete empfohlen hatte, ihren Kopf nach draußen steckte. Dicht gefolgt kam ihr Körper mit zwei gigantischen Müllbeuteln hinterher, die sie über die Treppe nach unten schleppte. Ich räusperte mich. „Hey, wo ist eigentlich …" Name? Nicht mal den Namen konnte ich nennen. Ich gestikulierte vage vor mir herum. Sie öffnete die schwarze Tonne und wuchtete den ersten Sack hinein. „Meinst du Wulf?", brachte sie schwer atmend hervor und wischte sich mit dem Handrücken über die Stirn. Wulf also, vielleicht dann doch eher ein Wolfgang. „Ja. Den mein ich. Arbeitet der nicht mehr für euch?" Gleich mal rein in die totale Apokalypse. Die Blondine schüttelte den Kopf. „Nein, der hat seine Ausbildung abgebrochen. Keine Ahnung warum, aber der ist nicht mehr hier." Mehlstauballergie, schoss es mir als Erstes durch den Kopf. Oder doch dann gekündigt, wegen mir? Hoffentlich nicht. Ich spürte, wie mein Magen sich zu verkrampfen begann. „Weißt du, wo er jetzt ist?" fragte ich betroffen. Ich zerfaserte von innen heraus und mein Kartenhaus fiel in sich zusammen. Gleich würde ich anfangen zu heulen. Die Blondine verzog das Gesicht. „Stalkst du ihn etwa?" Dir erzähl ich doch nix, komischer Freak, der du bist! Fand dich das letzte Mal schon sonderbar mit deinem Rilke. Es war deutlich in ihren Augen zu lesen, dass sie nichts von mir hielt. Sie packte den zweiten Sack in den Müll und stieg flink die Stufen zurück zum Rosenglanz hinauf. Ohne mich auch nur eines weiteren Blickes zu würdigen schloss sie hinter sich die Tür und ich war wieder allein.

Ratlos stand ich auf dem leeren Platz, mit einem Kopf voller Fragen und meinen Augen voller Tränen. Wie konnte man einfach so vom Erdboden verschwinden? In jedem Fall war mir jetzt klar, wie gern ich den Torten-Boy eigentlich hatte. Nicht so wie Leon; es war anders bei ihm. Oder war ich einfach nur den süßen Speisen verfallen und genoss es, damit belohnt zu werden? So wie ein Hündchen, das Sitz macht und dafür ein Leckerli bekommt. Denn wenn ich ehrlich war, belohnte er mich doch nach jeder Sitzung, in der ich mein Seelenleben tapfer beackerte. Nein, Wulf war mehr als das. Das war sonst viel zu platt: Er stand für Genuss, für das launige Leben, in dem auch ich mich ab und an doch treiben lassen durfte. Scheiß auf Kalorien, die Zeit, die verstreicht und Termine. Beiß in die Torte und pflücke den Tag. Ich konnte es nicht entschlüsseln, was genau mir gerade fehlte. Aber es war deutlich zu spüren, das Gefühl von Verlust. Und da war noch etwas, eine Frage, die ich innerlich zerkaute. Er hatte seine Ausbildung abgebrochen. Warum? War es ihm hier schlecht ergangen? Bist du ernsthaft erkrankt? Waren sie gemein zu dir gewesen? Hast du dann die Reißleine gezogen? Oder hatte mein Torten-Boy einfach nur keinen Bock mehr auf Arbeit gehabt und sich deshalb aus dem Staub gemacht? Ohne Durchhaltevermögen, ohne Rückgrat, ohne Plan – einfach aus dem Impuls heraus? Der war doch schon auf der Zielgeraden gewesen. Er hätte genauso gut einer meiner Schützlinge im Jugendzentrum sein können. Wäre alles anders gekommen, hätten wir zwei geredet? Hätte ich dir vielleicht sogar helfen können? Ich hatte nur von ihm genommen und nichts zurückgegeben. Ich war genauso wie Torben in seinem Suff nur auf mich fixiert gewesen; die ganze Zeit über hatte ich Scheuklappen auf. Mein Handy klingelte. „Hallo …" Schatz? Das Wort hing in der Luft, sagen konnte ich es nicht. Leon lachte. „Ich freue mich auch, dich zu hören, Prinzessin!" Seine gute Laune hätte mich eigentlich sofort aus dem Loch ziehen müssen. Aber ich blieb stumm, war noch halb in meinen Gedanken verfangen. „Alles klar bei dir, Mia?" Mein Freund wechselte die Tonlage. Als ich nicht reagierte und immer noch schwieg, wurde Leon sichtlich nervös. „Ist was mit Micky? Ist er … Oh Gott, Scheiße! Das tut mir unendlich leid." Seine Worte waren tröstend; er selbst war geschockt. „Wo bist du? Ich komme." „Nein, Leon, stopp!" unterbrach ich ihn. „Micky geht's gut. Der kommt heute nach Hause." Ich zwang mir ein Lächeln in mein Gesicht. „Was ist es dann?", hakte er nach. „Du klingst so … gequetscht." Ich konnte Leon doch jetzt nicht erzählen, dass ich vollkommen von der Rolle war wegen des Torten-Boys? Das machte man nicht, doch nicht vor seinem Freund. Was sollte der sich denn dann denken? „Ich, du, weiß nicht, vielleicht bin ich einfach nur erleichtert und jetzt fällt alles ab", versuchte ich mich aus der Affäre zu ziehen. Nimm den Köder, schluck den Brocken. „Das kann ich verstehen", sagte Leon jetzt mitfühlend. Die Kuh war vom Eis. „Da habe ich genau das richtige Programm für dich heute." Ich konnte hören, wie er grinste, und mir schwante nichts Gutes.

STURZTRAINING

„Meine Freundin hier würde sich gerne einmal so richtig schön fallen lassen." Leon gab mir einen liebevollen Knuff in die Seite, als er mit der Aufsicht schwatzte. Er wollte die variable Schrägwand regeln, vielmehr wollte er regeln, dass die Wand noch schräger gestellt wurde, sodass es gleich noch gruseliger für mich werden würde. Mir sank das Herz in die Hose. Mein flehender Blick, Leons Anfrage doch bitte abzuweisen, hätte eigentlich Hinweis genug sein sollen. Aber nein, mir sollte Übles blühen. Als die Wand zu Leons Zufriedenheit eingerichtet war und mir auch noch das letzte Fünkchen Mut aus dem Körper schwand, als er die Route festlegte, erntete ich nur ein mitleidiges Grinsen der Hallenaufsicht. Mistkröte! „Die scheinen hier alle sadistische Züge zu haben", kommentierte ich trocken. „Inklusive dir." „Ach komm!" Leon schlang seine Arme um mich und drückte mir flink einen Kuss auf den Mund. „Und du glaubst, du könntest mich so bestechen", lachte ich. Der Leon-Effekt zeigte wie immer Wirkung bei mir. „Einen Versuch ist es doch wert." Seine Augen strahlten mich an. Und diese unbändige Freude am Sein war einfach nur ansteckend. Er siegte immer und das auf der ganzen Linie. „Hat es funktioniert?" Leons forschender Blick lag auf mich geheftet. Ich legte meinen Kopf ein wenig schief und meinen Zeigefinger übertrieben theatralisch an meine Lippen. „Mal überlegen. Ich glaube nicht." Ein Grinsen, ein Augenaufschlag, meine Hand auf seiner Brust. „Vielleicht musst du mich ja noch mal küssen, damit ich vollends überzeugt werde." „Du kleine Raupe Nimmersatt." Mein Freund sah mich herausfordernd an. „Aber beschwer dich nachher nicht." Ganz langsam senkte Leon den Kopf und ja, da waren sie wieder, seine zärtlichen Lippen auf meinem Mund. Warm und weich, und mit so viel Gefühl. Er knabberte gerne, pflanzte kleine Küsse auf meine Haut, als würde er vorsichtig von einem Softeis probieren. Hmmmm … Das war einfach nur schön. Aber warum grinste der jetzt? Oh nein. Nicht … Doch nicht hier. Leon vergrub seine Hände in meinen Haaren. Dann drückte er auf die Tube. Hast du denn gar kein Schamgefühl, Mann? Weiter kam ich nicht mehr, denn seine Zunge wickelte sich bereits um die meine und mein Gehirn schaltete ab. „Nehmt euch ein Zimmer", kam es von rechts, aber das änderte nichts. Eine halbe Ewigkeit standen wir leidenschaftlich in diesen einen Kuss versunken, mitten in der Kletterhalle, die anerkennenden Pfiffe ignorierend, nur auf uns selbst fixiert, auf diesen Moment, auf das Hier und das Jetzt. Nach Atem japsend machten wir uns widerwillig voneinander los, meine Stirn an die seine gelegt, unsere Nasenspitzen weiter im endlosen Tanz des Nachbebens gefangen. „Bist du jetzt überzeugt?", fragte mich Leon noch sichtlich erhitzt. „Glaube schon." Ich klang auch nicht viel besser. Irgendwann musste ich mich doch an das Stürzen machen. Und war es nicht klüger, das mit einem Menschen zu wagen, dem man etwas bedeutete? Leon würde mich nicht fallen lassen. Niemals im Leben.

Zu meiner eigenen Verblüffung hängte sich mein Freund auch gleich kommentarlos den Click-up ein und ließ den Tuber links liegen, hatte ich mich doch schon darauf eingestellt, ihm das aus den Rippen leiern zu müssen. „Dass ich das noch erleben darf", neckte ich ihn. „Wie kommt's?" Leon kontrollierte routiniert den Sitz des Sicherungsknotens an meinem Klettergurt. „Wenn meine Prinzessin dann glücklicher ist ... Aua!" Er griff sich ausweichend an seine schmerzende Brustwarze. „Sorry." Ich lächelte ihn zuckersüß an. „Ich musste den Sender neu einstellen. Das Programm gefiel mir nicht." Leon streckte mir die Zunge raus und ich musste lachen. Sehr erwachsen. Die ersten Meter gingen spielerisch; wie von selbst erklomm ich Griff für Griff und Tritt für Tritt die schaurigen Höhen. Meine Technik hatte sich durch Leons Penetranz anscheinend wirklich exorbitant verbessert. Ich musste grinsen. Manchmal brauchte man einfach einen Tritt in den Hintern auf dem Weg zum Erfolg. Klick um Klick sicherte ich mich an den Karabinern ab. Beflügelt vom neu gewonnenen Selbstvertrauen setzte ich dynamisch um, drehte mich und griff mit rechts über den kleinen Vorsprung, den ich als nächstes zu überwinden hatte. Ich umarmte den Plastikfelsen. Langsam zog ich auch den rechten Fuß nach und hakte meine Ferse an einer kleinen Kante kurz neben meiner Hand mit ein.

Okay, jetzt am Karabiner einhängen. Ich zog das Seil von unten nach und packte es zwischen meine Zähne. Die nächste Sicherung war nur eine Armlänge über meinem Kopf. Ich musste nur … „Lass die Scheiße, Mia, und spuck das Seil wieder aus." Ich klebte wie ein zerdrückter Gecko an der Wand, meine Beute zwischen meinen Malwerkzeugen gesichert. „Awa isch wil mif sichan", brabbelte ich und speichelte das Seil schön ein. Einatmen, ausatmen, Kraft aufbauen. Meine Position wurde langsam unangenehm. „Nix da." Ich ließ das Seil wieder los. „Will der Meister mir dann vielleicht bitte einen Tipp geben, anstatt nur rumzunölen?" Mein Körper schien bis in die letzte Muskelfaser hinein gespannt. Ich musste den Griff schräg über mir irgendwie erreichen, damit ich mich hochziehen konnte. „Nimm den rechten Fuß nochmal zurück und geh über links. Das ist viel einfacher. Auch wenn ich deinen Anblick von hier unten natürlich überaus reizvoll finde." Ich wackelte kokett mit dem Po. Das konnte ich mir gerade noch leisten. Leon lachte. „In puncto Beweglichkeit kann ich in jedem Fall nicht gegen dich anstinken." Ich nahm meinen Fuß wieder zurück auf den Tritt. Mit aufgespreizten Armen hielt ich weiterhin den Felsen mehr oder minder gekonnt umklammert; seine Kante drückte gegen meine Brust. Langsam fuhr ich meinen linken Fuß schräg zur Seite aus und drehte gegengleich meine Hüfte an die Wand; mein Gewicht verlagerte ich auf mein rechtes Bein. Meine linke Hand umschloss weiterhin den mir Sicherheit gebenden Henkel unterhalb des kleinen Vorsprungs. Ich würde mich hochschussern. Innerlich musste ich kichern. Es war das erste Mal, dass ich versuchte, einen Griff anzuspringen. Dazu hatte ich bislang einfach nicht den Schneid gehabt. „Bereit?", hörte ich Leon rufen. Ich nickte. Volle Konzentration jetzt. Drei, zwei, los … Blitzschnell griff ich rechts über, katapultierte mich aus meinem Standbein heraus nach oben, waghalsig am Vorsprung vorbei, und ergatterte gerade noch mit meiner linken Hand besagten Griff meiner Wahl. Ein Jubelschrei von unten. Leon jauchzte und ich spürte deutlich seine Begeisterung, die wie eine Welle nun auch durch meinen Körper fuhr. Ich hing. Ich hatte es geschafft. Ich hatte den Griff tatsächlich erwischt. Was für ein heroisches Gefühl, über sich hinausgewachsen zu sein! Behutsam zog ich meinen rechten Fuß auf den kleinen Absatz nach oben. Dann ließ ich das Seil in den Sicherungskarabiner einschnappen. Es war jetzt deutlich zu spüren, dass die Wand schräg war. Ich hatte das Gefühl, sie würde mich nach hinten wegdrücken, als ich langsam versuchte, mich aufzurichten. Die Schwerkraft zog an meinen Gliedern. Alles an mir wollte nach unten. „Arme lang, Hüfte ran. Keine Kack-Stellung", kam es von Leon. Ja, ja, zu Befehl. Ich griff nach hinten und tauchte meine Hände abwechselnd in mein Chalk-Bag. Sie waren beide pitschnass. „Stehst du gut, Mia?" Ich nickte; meinen Blick hielt ich fest nach oben als Anker. „Okay. Dann lass dich jetzt fallen." Was? Ähm, nein. Gerade erst hatte ich diesen Vorsprung erklommen und mir einen abgewürgt dafür; und jetzt sollte ich loslassen. Einfach so. „Aber ich bin schon fast oben", gab ich zögerlich zurück. „Ja, aber dafür sind wir heute nicht hier, für ganz oben." Leon grinste; das war deutlich zu hören. Ich blickte zwischen meinen Armen nach unten auf meinen Klettergurt. Der Knoten war fest; natürlich war er fest. Der letzte Karabiner, in den ich eingehängt hatte, lag in etwa auf Knöchelhöhe. In der Theorie würde ich einen schönen Bogen fliegen und dann katzenhaft mit meinen Beinen den Schwung an der Wand abfedern. „Es kommt alles gut, Mia. Lass dich einfach fallen. Ich hab dich." In seinen Worten schwang so viel Liebe mit; mit dir würde ich alles schaffen. Mit einem Sprung wollte ich damals mein Leben beenden, mit einem Sprung würde ich es jetzt verändern. Ich wollte frei sein, frei von den mich quälenden Ängsten, frei von meinen mir selbst auferlegten Fesseln. Ich wollte frei sein für neue Erfahrungen, für mich und für ihn. Ich wollte leben, mit jeder Faser meines Körpers. Ich wollte das hier. Ich schloss meine Augen, atmete noch einmal tief durch. Dann ließ ich los.

Mit einem kräftigen Ruck riss es mich in den Klettergurt und das Seil spannte sich. Leon kam mir entgegen; er pufferte dynamisch mit ab. Keine Sekunde hatte er mich aus den Augen gelassen. Meine Füße fanden die Wand. Und schon war es vorbei. Leon trat zurück auf den Boden und ließ mich ganz langsam nach unten. „Ich habe es getan!", jauchzte ich und zappelte vor Aufregung wild in meinem Gurt. Ich war überwältigt; ich wollte einfach nur schreien vor Glück. „Hast du das gesehen, Leon? Ich hab es wirklich getan!" Verblüfft über die Aktion, über mich, eigentlich über alles, schüttelte ich ungläubig meinen Kopf. Leon arretierte und lachte mich an. „Ja. Ich habe dich gesehen." Er gab mir einen kleinen Schubs und ich drehte mich um die eigene Achse; baumelte ich doch noch im Geschirr hängend vor seiner Nase herum. Ich hatte mich selbst überwunden und eine tonnenschwere Last fiel nun von mir ab. Ich fühlte mich größer und stärker. Ich war endlich befreit. Leon setzte mich ab. Ich flog um seinen Hals und drückte ihn ganz fest an mich. „Ich bin so unfassbar stolz auf dich, Mia Schneider", flüsterte er und klang sichtlich ergriffen dabei. „Ich auch", stieß ich heiser hervor, noch ganz berauscht von meiner eigenen Heldentat. Mit seinen Fingern strich Leon mir zärtlich eine Locke aus dem Gesicht und steckte sie hinter mein Ohr. Seine Augen glänzten. Und auch ich drückte jetzt eine kleine Träne weg. „Mia ..." Leon ließ seine Hand ganz sanft auf meine Wange gleiten. „Ja?" „Ich liebe dich." Mein Atem stockte. Hatte er das gerade wirklich gesagt? Ich schluckte. „Du bist das Beste, was mir je passiert ist", hob er ganz leise an. Ich brauchte einen Moment, musste ich doch das, was hier gerade in mir, mit mir, mit uns passierte irgendwie begreifen. Diese drei kleinen Worte waren so klar und unumwunden aus seinem Mund gekommen. Er war sich absolut sicher. „Es tut so gut, wie du mich liebst", zitierte ich Silbermond schließlich weiter. „Vergiss den Rest der Welt ..." fuhr mein Freund mit belegter Stimme fort. „… wenn du bei mir bist", schloss ich. „Ich liebe dich auch, Leon Grabowski."

LOST

Auf dem Heimweg verkündete mein Fiat lautstark, dass er durstig war. Leon musste noch einmal in die Werkstatt; deshalb waren wir getrennt gefahren. Es hatte sich seltsam angefühlt, allein in meinen Wagen zu steigen, hatte ich mich doch schon so daran gewöhnt, von meinem Freund abgeholt und wieder nach Hause gebracht zu werden. Und besonders nach den heutigen Ereignissen fiel es mir schwer, mich von Leon loszumachen. Am liebsten wäre ich einfach bei ihm geblieben; aber auch ich hatte noch ein Abendprogramm. Als ich an die Tankstelle fuhr, sah ich eine Gruppe Jugendlicher mit Dosenbier vor dem Eingang herumlungern. Zwei von ihnen saßen auf dem Boden gegen die Glasfront gelehnt und in ihre Hoodies gemummelt. Der Dritte stand mit dem Rücken zu mir und gestikulierte gerade ausladend mit seinen Händen. Von der Statur her könnte das ... Ja, sicher. Das war doch der Chris. Ohne Zweifel! Dann mussten die anderen beiden Yoshi und Tarek sein. Alle drei waren mächtig angeschossen und es schien, als würden sie auf weiteren Nachschub warten. Ich parkte mein Auto an der Zapfsäule und blieb sitzen, um die Gruppe weiter zu beobachten. Zwei Mädchen fuhren auf ihren Rädern vorbei und die Jungs pfiffen nach ihnen. Sie lachten, aber es war ein schräges Lachen, so ein Lachen, dass nur Besoffene zustande bringen, mit verzogenen Linien im Gesicht und wirren Augen. Die Schiebetür ging auf und Jason trat aus dem Tankshop heraus. Wie vom Donner gerührt drückte ich meine Nase ans Glas. In seinen Händen hielt er zwei große Tüten und ich ging schwer davon aus, dass sich darin der ersehnte Sprit befand. Junge, warum lässt du dich zulaufen? Das bist du doch nicht mehr. Soll das Cornern sein? Das war nicht gesellig, das war einfach nur arm. Gut, wir hatten uns auch unsere Hörner abgestoßen und waren dabei keine Engel gewesen. Aber Flatrate-Saufen und Trichtern, das hatte es bei uns nicht gegeben. Nicht einmal Torben und seine Clique waren damals so weit gegangen. Uns war Kotzen noch peinlich gewesen; unter meinen Schützlingen aber war es ein Statussymbol. Jeden Tag eine neue und härtere Story erzählen zu können, war wichtiger, als einfach ein netter Kerl zu sein. Hauptsache, du gibst den Bad Boy und bist nicht so ein Luschi, oh Gott, mit Gefühlen. Schäm dich, du Pfeife, du Schwuchtel, du Null! Es war heute schon schwer genug, ein Mädchen zu sein, mit all dem Chichi und den falschen Idolen, den Instagram-Models mit Brot in der Birne. Den Influencern mit schmollenden Lippen und Chihuahuas im Arm, grünen Smoothies zum Frühstück und bitte, hier geht's zur Traum-Figur. Alles Photoshop, Magersucht und Brustimplantate. Alles Botox-Opfer. Aber echt, Mann, heute ein Junge zu sein, das wünschte ich keinem! Die waren nicht verwildert oder dumm oder faul. Die waren nur ziellos, weil die Vorbilder fehlen. Was gilt heute als männlich? Bei all den Möchtegern-Gangstern, den Prolls und den Spacken, traust du dich da echt noch, ein Softy zu sein? Ihre Welt ist rauer geworden; sie ist gewalttätig, skrupellos und grob. Das hat sich verändert. Für mich der komplette Verfall echter Jugendkultur. Jason war doch dem ganzen Scheiß schon entwachsen gewesen. Geh nach Hause, kümmer dich um Clementine und häng hier nicht rum! Er sagte etwas und die anderen setzten sich in Bewegung. Sie schwankten gefährlich und liefen mehr krumm als gerade. Ihre Dosen ließen sie achtlos liegen. Ich duckte mich, als die vier Jungs meinen Fiat passierten. Jason musste nicht wissen, dass ich spionierte. Ich konnte nur hoffen, dass er mein Gefährt nicht enttarnte. Mein Handy vibrierte und ich zuckte zusammen. Torben schickte mir ein Bild von sich und Micky, wieder glücklich vereint. Sie lagen gemeinsam entspannt auf der Couch. Mein Bruder drückte seine Nase ins Fell unseres Katers und grinste dabei. Ja genau, so sollte das sein. Herzchen-Smiley zurück; dann legte ich mich wieder auf die Lauer. Meine Schützlinge näherten sich soeben einem schwarzen Golf, der seine besten Tage schon gesehen hatte. Wem die Rostlaube gehörte, war mir schleierhaft. Jason zog die Fahrertür auf und nahm hinter dem Steuer platz. Willst du den Wagen jetzt starten? Alter, ist das dein Ernst?! Du hast deinen Schein gerade gemacht. Und betreutes Fahren ist das ja wohl nicht. Ich hoffe nur, du bist nüchtern. Ach, was mach ich mir vor? Ich hörte, wie Tarek seine Mucke anschmiss und der Golf zu scheppern begann. Dann macht es wenigstens leise. Gott, was saß ich hier noch? Steig einfach aus und stell Jason zur Rede. Doch ich zögerte. Sollte ich ihm wirklich hier vor seinen Freunden eine Szene machen? Ich hatte ihn eigentlich reifer eingeschätzt; aber wenn ich ihm jetzt in die Parade fuhr so wie Mutti, was war dann die Konsequenz für ihn? Sollte ich die Polizei rufen und ihn anzeigen? Denn das musste ich doch. Was, wenn er jemanden verletzte, ein Kind niedermähte? War das dann meine Schuld? Ich hätte es schließlich verhindern können. In meinem Kopf tanzten die Gedanken, in meinem Herzen meine Emotionen. Welche Entscheidung war richtig? Und welche war falsch? Ich kroch noch tiefer in meinen Wagen. Ich habe euch einfach nicht gesehen. Die Zündung ging und Jason rumpelte mit seinem Golf vom Hof. Und mit ihm mein

Gewissen. Ich schickte ein Stoßgebet zum Himmel. ‚Lieber Gott, wenn es dich gibt, lass das gut gehen. Versprich's mir!' Jetzt war ich schon wie meine Mutter. Aber beten hilft mir jetzt auch nicht weiter, gestand ich mir bitter ein. Michelle würde sich im Grab umdrehen, könnte sie mich hier sehen. Wie feige war ich eigentlich? Vielleicht würde sie noch leben, wären andere mutiger gewesen und hätten sie damals zurückgehalten. Aber jetzt brauchte ich auch nicht mehr reagieren. Jason war schon längst weg. Okay, fahr dich runter, Mia! Alles wird gut. Für den Moment würde ich ihn einfach vergessen. Aber im Jugendzentrum würde ich mir Jason beim nächsten Mal packen.

ÜBER NACHT

„Was schauen wir an?" Torben rutschte mit einer großen Schüssel Popcorn zwischen Sydney und mich. Er blickte erwartungsvoll in unsere kleine Runde. Ich schnappte mir die Fernbedienung vom Couchtisch. „Wir dachten an ‚Plötzlich Prinzessin'", gluckste ich. „Oder ‚10 Dinge, die ich an dir hasse'." Sydney nahm meinen Bruder ins Visier und lächelte süß; Torben rollte mit den Augen. „Worauf habe ich mich da nur eingelassen?" „Selber schuld, wenn du unbedingt so dringend bei unserem Mädelsabend mit dabei sein musst", rief ich ihm in Erinnerung. „Hallo, ich wohne hier!", gab mein Bruder entrüstet zurück. „Hättest ja auch zum Bogenschießen gehen können. Aber du wolltest ja nicht. Vielleicht waxen wir dir nachher noch die Beine und lackieren dir die Fingernägel", ätzte ich und grinste dabei. Torben starrte mich fassungslos an. Er würde nicht kampflos aufgeben. Dazu kannte ich ihn viel zu gut. Und ehe ich mich versah, hatte er sich auch schon im Handumdrehen meiner Fernbedienung bemächtigt und riss seinen Arm weit nach oben, weg von mir. „Hey, gib sie wieder her", beschwerte ich mich lautstark, bereit zum Gegenangriff. „Nur über meine Leiche!" Das ließ ich mir nicht zweimal sagen. Energisch sprang ich, halb kniend, halb in meinen Bruder hineinfallend, dem Zepter der Macht entgegen. Ich würde es mir zurückerobern. Die Schüssel glitt mit viel Gepolter zu Boden; das Popcorn ergoss sich über den Teppich. Unser getigerter Freund, der soeben noch ganz ruhig Torbens Füßen umschmeichelt hatte, fauchte verschreckt auf und suchte angstgetrieben das Weite. Sydney, jetzt auch beseelt von so viel enthusiastischem Gekabbel, stürzte sich freudeschreiend mit ins Gerangel. Sie umklammerte Torbens Arm und zog ihn zu sich, sodass er rücklings in ihren Schoß fiel. Ich hinterher. Schallend lachend purzelten wir zusammen von der Couch, Torbens Beine um meinen Bauch, Sydneys Arme um seinen Körper gewickelt. „Aua. Ich bin auf der Schüssel gelandet", klagte mein Bruder, doch er grinste dabei. Ich zog ein paar Puffer klebrigen Popcorns aus meinen Locken und kostete sie. „Lecker! Sind dir gut gelungen." Ich schleckte meine Finger ab. Sydney hielt die Fernbedienung wie einen Pokal triumphierend in die Höhe. „Sieger! Ich hab gewonnen." Torben stöhnte. „Und welche Scheußlichkeit muss ich mir jetzt geben?" Er drehte sich um, stand auf und klopfte sich den Rest Popcorn vom Leib. Micky schlich auf samtigen Pfötchen zum Tatort zurück. „Nein. Weg da! Nicht fressen." Ich packte den Kater noch geistesgegenwärtig am Schwanz und zog ihn gegen all seinen Widerstand an mich heran. Aber er hatte sich schon bedient. Fang auf, Popcorn raus. „Aua! Nicht kratzen." Ich steckte meine Hand in den Mund. Der Schlawiner hatte mir eine Schramme geschlagen. „Mistviech!" Lass mich halt, Frauenzimmer! Sein arroganter Blick strafte mich ab. Dann hüpfte er von meinem Schoß, nicht ohne mir noch vorher seinen Hintern ins Gesicht zu schieben. Der Herr war beleidigt. Ich holte den Sauger. Nicht noch einmal

Klinik. „Wenn du ganz lieb Bitte sagst, dann suche ich vielleicht etwas raus, was auch dir gefallen könnte", strahlte Sydney meinen Bruder nun an. Der seufzte gequält. Ich musste kichern. Armer Torben! Warum verziehst du dich nicht einfach in dein Zimmer und, keine Ahnung, liest ein Buch, zockst am PC oder tust das, was auch immer du sonst in deinem Zimmer so tust, wenn du allein bist? Aber dazu fühlte sich mein Bruder viel zu wohl zwischen uns und irgendwie genoss ich das auch. „Warum ist dein Freund eigentlich nicht hier und leistet mir Gesellschaft? Die männliche Fraktion ist eindeutig in der Unterzahl. Ich könnte echt Verstärkung gebrauchen", wandte sich Torben jetzt an mich. „Weil ein Mädelsabend per Definition nun einmal nur das weibliche Geschlecht inkludiert, Brüderlein. Du hast doch noch Micky." „Brüderlein?" Torben hob eine Augenbraue. „Du versteckst ihn vor mir, gib es zu!" Er meinte es im Scherz, aber ich konnte an seinen Augen sehen, dass es ihn innerlich traf, dass ich um Leon weiterhin so ein großes Geheimnis machte. Es arbeite in ihm. Wenn ich daran nicht bald etwas änderte, würde er wohl selbst in Aktion treten. Denn wenn es um mich ging, dann konnte mein Bruder auch gallig werden. Und das war nun wirklich keine Alternative. „Du hast nichts verpasst", sprang mir Sydney eifrig bei. „Er hat drei linke Füße und eine schräge Nase." Ich zog ein Kissen von der Couch und warf es nach ihr. „Blöde Kuh!", lachte ich und krabbelte nach oben. Sydney installierte sich wieder auf ihrem Platz. Sie zappte durch die Programmvorschläge und mein Bruder schmiss eine neue Packung Popcorn in die Mikrowelle. „Kannst du mit ‚Der Teufel trägt Prada' leben, Torben?", rief Sydney in Richtung Küchenzeile. Von meinem Bruder kam nicht mehr als ein sonores Gebrummel. „Ist das ein Ja?", fragte Sydney noch einmal nach. Ping! Mikrowelle auf, Popcorn raus. „Ich glaube schon", flüsterte ich.

Meine Freundin drückte auf Play. Das Intro lief an und mein Bruder schwang sich mannhaft über die Rückenlehne der Sofagarnitur. Die Schüssel Popcorn bugsierte er geschickt zwischen seine Beine, als er wie ein König auf seinem Thron wieder zwischen Sydney und mir Platz nahm. Ich kuschelte mich an ihn. „Danke", raunte ich ihm leise zu, während meine Freundin schon voll und ganz im Film aufging. „Wofür?", fragte er ebenso leise. „Einfach so." Ich umschloss seinen Oberarm und drückte meine Wange an seine Schulter. Er zupfte gerührt an ein paar meiner Locken herum und ließ sie federn. „Passt schon, Mia." Soviel Östrogen machte ihn schlichtweg verlegen. Ich musste grinsen. Mein Leben konnte gerade nicht schöner sein.

Eine Stunde und 50 Minuten später war der Film vorbei und Sydney an Torbens Schulter eingeschlafen; ihr Körper war halb zusammengesackt, ihre Arme hingen quer über seine Beine. In ihrem Seiden-Strampler sah sie aus wie ein Baby. Wir hatten gelacht, geweint und Buh gerufen. Bei einigen Szenen war Torben dazu verleitet gewesen, den Fernseher wutschnaubend mit Popcorn zu bewerfen, besann sich dann aber eines Besseren. Meine Freundin hatte eisern versucht, durchzuhalten, war aber schlussendlich doch ihrer Müdigkeit erlegen. Torben löste sich aus ihrer Umarmung. Ich holte eine Wolldecke und zog sie über ihre Füße bis zum Kinn. Micky nahm schon Anlauf, um es sich auf Sydneys Bauch bequem zu machen. Aber mein Bruder schob ihn weg. „Wir können sie doch nicht einfach so auf der Couch liegen lassen", gab er skeptisch zu bedenken. Ich runzelte die Stirn. „Und warum nicht?" Sydney hatte wohl schon an weitaus unbequemeren Orten geschlafen. „Unsere Couch ist super." Mit meinen Händen prüfte ich noch einmal die Position des Kissens, das ich ihr unter den Kopf gesteckt hatte. Mein Bruder fuhr sich fahrig durch sein Haar und zog mit einem Murren die

Augenlider lang. „Was ist?", fragte ich. Was hatte ihn denn jetzt gebissen? „Weißt du was, ich werde auf der Couch schlafen. Und sie in meinem Bett." Bitte? Entschlossen schob er bereits seine Arme unter Rücken und Beine, um sie hochzuheben. Er meinte das tatsächlich ernst. „Was bist du doch ritterlich", feixte ich. Mein Bruder, der Gentleman, durch und durch. Damit würde ich ihn noch ewig aufziehen können. Was für eine Steilvorlage! „Pssst! Du weckst sie noch auf. Sie kann ja auch in deinem Bett schlafen, wenn du willst", flüsterte er mit Nachdruck in seiner Stimme. Mit einem Ruck nahm er sie an sich. „In Teenie-Filmen schlafen die besten Freundinnen doch auch immer im gleichen Bett." Ähm, heute nicht. Ich liebte mein Bett und ich war froh, mich darin ungehemmt ausbreiten zu können, als Seestern im Schlafrock. Ich hatte endlich aufgehört, jede Nacht mit offenen Ohren zu schlafen, jede Nacht über eine andere Person außer der meinen zu wachen. Das fing ich jetzt bestimmt nicht wieder an. Torben bahnte sich vorsichtig seinen Weg in den Flur. „Bei mir oder bei dir jetzt?" Er warf mir einen fragenden Blick zu. Sydney war meine beste Freundin, also gehörte sie für Torben quasi zur Familie. Ich musste kein schlechtes Gewissen haben, denn mein Bett würde ich fortan nur noch mit Leon teilen wollen. Für ihn würde ich eine Ausnahme machen. Ein verräterisches Ziehen machte sich in meinem Unterleib breit. Ich räusperte mich. „Zu dir."

PERSPEKTIVENWECHSEL: TORBEN

Okay, Torben. Denk nach. In deinem Bett liegt die Frau, die du eigentlich haben willst. Diese quirlige, kleine Hexe, die dir den Kopf so verdreht. Und du liegst hier, auf der Couch, mit einem Rohr in der Hose. Entweder Dusche oder Eisbeutel? Welche Optionen hatte ich schon? Verflucht. Oder doch einfach rübergehen? Es war Sydney, ja, Sydney.

Mann, wie sehr ich sie wollte. Morgen würde alles in meinem Zimmer nach ihr riechen. Ich drehte noch durch. Es war zum Haareraufen. Und nebenan schläft deine Schwester. Das kannst du nicht machen. Mit einem Ruck fuhr ich hoch. Ich will einfach nur gucken.

Ganz vorsichtig und auf leisen Sohlen drückte ich die Türe zu meinem Zimmer auf. Und da lag sie, wie ein Engel, in meinem eigenen Bett. Die kleine Stupsnase, ihr kurzes Haar und die vollen Lippen. Die roten Wangen, die zarten Hände – ich liebte alles an ihr. Langsam ließ ich mich auf die Bettkante sinken. Ob sie wohl aufwachte, wenn ich sie kurz mit meinen Fingern berührte? Nur ganz leicht ihre Rundungen streicheln. Mein Kollege da unten bäumte sich wollüstig auf. Ich schloss meine Augen und drückte sie weg, die Erregung. Das ging nicht. Nicht jetzt und nicht so. Und vor allem nicht heute. Dazu war Sydney viel zu wichtig für mich. Schnelle Nummern gab es reichlich auf dem offenen Markt. Ich war nie interessiert gewesen; nicht vor und schon gar nicht erst nach Michelle. Es hatte ewig gedauert, bis ich meine Gefühle überhaupt wieder zuließ. Und diese Frau hier, die jetzt friedlich neben mir schlief, war das schönste Geschenk, das mir mein Leben nach all diesem Leid hat machen können. Ich erschrak, als ich plötzlich Sydneys schläfrig Stimme vernahm. „Torben, ist alles gut? Was machst du, wo bin ich?" Mein Beschützerinstinkt gewann umgehend das Rennen. „Alles gut, Sydney, passt schon. Ich wollte nur nach dir sehen." Ich fühlte mich gezwungen, ihr die Situation auszulegen. „Du bist vor dem Fernseher eingeschlafen. Und dann, ähm, dann haben wir dich, grmm, hier reingelegt." Was bist du, zum Teufel, ein Teenie? Warum stammelst du jetzt? Ich musste weg hier, sonst würde ich mich noch vergessen. „Ich geh dann mal wieder", brachte ich heiser hervor und drückte mich hoch, aber sie hielt mich zurück. Ihre Hand, auf meiner Hand. Ihre Finger, auf meiner Haut. Es war wie Feenstaub, der mich betäubte. „Kannst du noch bei mir bleiben Torben … vielleicht?" Ihre Stimme klang leise, brüchig und klein. Darf ich dich küssen, bitte. Ich halt's sonst nicht aus! Sie hob die Decke leicht an und ich schob mich darunter. Nicht ein Pieps kam von mir. Ich würde mich sonst nur verraten. Wie ein Brett lag ich da, nicht im Stande, mich noch zu bewegen. Und im Inneren rang ich verzweifelt mit mir. Sydney legte sanft ihre Hand auf meine Wange und ihren Kopf auf meine Brust. Mein Herz hämmerte dagegen; nicht zu fassen, was sie bei mir auslöst. Und der Brocken im Hals, der musste weg und zwar dringend. „Sydney, ich weiß nicht, ob das so eine gute Idee ist." Mir wurde bang; und die Latte noch größer. Einatmen, ausatmen, ruhig atmen. Doch dann spürte ich schon ihre samtigen Lippen, die über die meinen glitten. Oh Gott, war das herrlich! Mach weiter, ich sterbe. Ich schob meine Hand zart in ihren Nacken; sie war zerbrechlich, mein ganz besonderer Schatz. Komm, beherrsch dich! Jetzt nicht gleich hemmungslos knutschen. Aber mein Mund und die Zunge, die wollten nicht hören. Langsam holte ich Sydney doch dichter an mich. Zarte Finger griffen gekonnt nach meinem Gürtel und ich schnappte nach Luft. „Sydney, warte. Das geht nicht." Das kannst du nicht machen! Doch sie rollte sich auf mich und schob ihr Becken nach vorne. Scheiß Erektion! Die verrät einen immer. Ich unterdrückte ein Stöhnen; biss auf meine Lippen. Sie gluckste zufrieden und zog meinen Reißverschluss auf. Mit einem Satz war ihr Mund um meinen Besten geschlossen. Alter, himmlisch! Die Frau, die weiß echt, was sie tut. Sie sog langsam und rhythmisch und ich krallte mich fest, mit den Händen im Laken. Das war einfach nicht fair. Hier ein Kneifen, ein Ziehen. Ich vibrierte von innen. „Sydney bitte, du quälst mich", brachte ich keuchend hervor. Doch sie lachte nur dreckig. Du Luder, du Biest! Jetzt war alles zu spät. Ich griff in ihr Haar und drücke feste nach unten. Sie erhöhte das Tempo und ich half ihr dabei. Hoch, runter, hoch, runter. Und dann wieder ein einzelner Zug. Ihre Zähne umspielten mit Pein meine Eichel. Torben, ernsthaft, du willst nicht nur Sex mit ihr haben. Du willst sie ganz und für immer. Also hör auf mit dem Scheiß! Sie ist doch kein Spielzeug; sie ist der Mensch, den du liebst. Und das weiß sie noch nicht mal. „Sydney, ich ..." Okay, ich geb's auf; war meiner eigenen Geilheit erlegen. Ich werde verlieren, gegen mich, gegen dich. Da war alles, und Funken, und ganz viel Trompeten! Ich spürte es langsam in Wellen, das Kommen. Energie, die sich aufstaut und dann laut explodiert. Eine volle Ladung, mit Schuss in die Freiheit. Sydney schluckte und ich war jetzt endlich erlöst. In mir drehte sich alles; wann hältst du es an? Das Karussell kam zum Stillstand. Mann, das nenn ich mal Blasen!

„Sydney?", flüsterte ich rau und erschöpft. „Mhm?" „Warum hast du ...?" Meine Stimme klang anders, so postkoital. Ja, war lange her, Torben. Gib's zu, es war nötig. „Na du stehst doch auf mich", sagte Sydney jetzt plagend. Und mein Werben im Vorfeld, das zählte dann nicht, sondern allein nur mein Kolben? Ich war sichtlich geschockt, aber nicht von ihren Worten, sondern dem zwischen den Zeilen. „Aber das ist gar nicht, du hättest nicht einfach, nur weil ich ..." Ich konnte nicht anders, ich kam mir benutzt vor. Tat sie das hier für sich, zu ihrem eigenen Spaß, für einen Strich auf der Liste? War sie nicht erst bei Q? Sie bricht nie ihre Regeln. Dazu ist sie zu stur. Aber ich war einfache Beute. Bin ich jetzt also T? Oder ... oder hatte ich sie gerade einfach nur für meine eigenen Zwecke missbraucht? Scheiße, das war nicht die Absicht gewesen. Ich war wirklich ein Schwein. All die anderen Kerle, die spielten doch nur mit ihr. Und ich ließ mich bei der Gelegenheit auch gleich drauf ein. Fuck, was hast du gemacht? Ich war nicht so viel besser! Jetzt ein Liebesgeständnis mit offener Hose, vielleicht nicht so geschickt und ich hielt meine Hand schützend vor meinen Penis. Sydney kicherte. „Was versteckst du ihn jetzt?" Gut, war peinlich. Na super! „Sydney, ernsthaft. Ich bin nicht ein Typ für die Liste." Okay, Mann, erzähl's ihr. „Ich fühl mich wirklich beschissen. Ich will dich, ehrlich, und zwar das ganze Paket. Ich will dich morgens nach so einer Nacht auch noch neben mir in meinem Bett wieder finden, ich will mit dir gemeinsam am Frühstückstisch sitzen. Ich will mich streiten und wieder versöhnen. Ich will Hand in Hand mit dir durch die Straßen flanieren. Ich will, dass ..." „Wow! Stopp!" Sydney hob abwehrend die Hände. „Das ist lächerlich." Was? „Nein, ist es nicht. Ist es denn so schwer zu verstehen, dass ich in dich verliebt bin? Ich will mehr als den Sex, Sydney. Denn du bedeutest mir viel." Täuschte ich mich, oder, nein, da war wirklich ein Schimmern in ihren Augen. Jetzt oder nie, sprich es einfach aus. Los. „Ich will mit dir zusammen sein, Sydney. So richtig. In einer festen Beziehung." Stille. Und noch mehr Stille. Sie starrte mich fassungslos an. Leicht in Panik und etwas unbeholfen nestelte ich an meinem Reißverschluss herum. Geh da rein jetzt, na mach schon. Warum hing der denn jetzt? „Sydney sag doch was, bitte." Ich will dich wirklich, kapier's doch. „Komm, ich helf dir." Sie griff nach dem Bündchen, hielt es fest zusammen. Ich ließ den Reißverschluss los und umschloss ihre Hände. Ein leichtes Zittern durchfuhr ihren Körper dabei. Gut so, besser als schreien. „Oder fühlst du nicht auch das Gleiche für mich?" Mein Herz setzte aus, als sie einen Moment zögerte. In ihrem süßen Köpfchen begann es zu rattern. Vermutlich legte sie sich gerade ihre Abfuhr zurecht. Torben, du bist ein Idiot! Und hast dich tierisch verbrannt! Komm zieh

Leine, was soll das? Doch sie küsste mich einfach und erstickte die Zweifel.

EINE GUTE TAT

Am nächsten Morgen fand ich unseren Küchentisch liebevoll gedeckt wieder. Jemand hatte Semmeln aufgebacken und zwei Teller bereitgelegt. Neben den dazu passenden Tassen stand eine voll gefüllte Thermoskanne Kaffee. Ich lugte über die Sofalehne. Torben lag dort mit angewinkelten Knien zusammengerollt und leise schnarchend noch tief im Land der Träume versunken. Einen Deckenzipfel hatte er mit beiden Händen fest umklammert in Richtung Gesicht gezogen. Micky lag neben ihm. Ich unterdrückte den Impuls, mit meinem Handy ein Foto von beiden zu machen, auch wenn es mich tierisch in den Fingern juckte. Einerseits, weil ich ihren Anblick so friedlich fand, und andererseits, weil mich Torben sicherlich instant ermorden würde, wenn er davon Wind bekam. Welcher große Bruder mochte schon ein Bild von sich haben, auf dem er niedlich aussah? Dann machte ich doch eines und schickte es Papa. Zurück bekam ich ein Bein, das durch einen Typen bewegt wurde. ‚Ich tausche gerne mit Torben', stand als Text unten drunter. Ich musste kichern. Danach schlich ich mich zu dessen Zimmer, öffnete möglichst geräuschlos die Türe und steckte meine Nase nach drinnen. Torbens Bett war leer. Und ausnahmsweise auch mal gemacht. Seine Decke lang sorgfältig zusammengelegt am Fußende, sein Kissen war aufgeschüttelt. Es rührte mich, Sydneys Liebe zum Detail, die Mühe, die sie sich offensichtlich gemacht hatte, bevor sie sich ohne auch nur ein Wort zu sagen, einfach weggestohlen hatte. Es war mir ein Rätsel, warum sie nicht einfach zum Frühstück geblieben war. Ich zückte mein Handy und textete sie an. „Danke für die tolle Morgenüberraschung.

Lachsmiley. Warum hast du uns nicht geweckt?" „Sorry, musste weg." Aus dieser Antwort wurde ich jetzt mal so richtig schlau. Aber ich dachte auch nicht weiter darüber nach. Denn ich wollte ein Experiment wagen und dazu musste ich ins Rosenglanz. Ich ließ Torben einfach weiterschnarchen; heute Mittag würde er noch einmal nach Amsterdam zu einer dienstlichen Besprechung aufbrechen und erst morgen wieder zurückkommen. Da konnte er sicherlich noch eine Mütze Schlaf gebrauchen. Ich griff nach einem Brötchen; den Rest ließ ich stehen. Auf einen Zettel kritzelte ich eine kurze Nachricht für meinen Bruder, legte ihn auf seinen Teller und kramte ein Buch aus meinem Regal. Das Projekt Braun konnte beginnen.

Im Rosenglanz quälte mich das vielseitige Angebot. Wie hatte es mein Torten-Boy nur geschafft, für mich aus all diesen Leckereien immer genau das Richtige auszuwählen? Er hatte ihn jedes Mal getroffen, meinen Geschmack passend zur Stimmung. Ich zog meine Nase kraus und drückte sie an die Vitrine. Herzhaft oder süß? Sahnig oder fruchtig? Was konnte dem alten Braun wohl gefallen? Ich wählte eine schlichte Schwarzwälder Kirschtorte. Damit konnte ich sicher nichts falsch machen. Ach, und wenn schon? Selbst wenn es ihm nicht schmeckte, so zählte doch der Versuch und die Geste dazu. Ich rechnete ab und tauschte mein Buch gegen den Gedichtband von Rilke. Zusammen mit meinen Schätzen begab ich mich wieder auf den Heimweg. An der Ampel begegnete ich dem kleinen Mütterchen mit ihrem Stock. Sie erkannte mich nicht, ich sie dafür schon. Ich hatte mich damals an ihr abreagiert und das war nicht fair gewesen. Ich grüßte sie freundlich und passierte die Straße. Wenn es nicht funktionierte, dann aß ich das Stück einfach selbst. Und Rilke, naja, für den fand ich dann auch noch Verwendung.

Ich betrat unsere Anlage und klingelte beim alten Braun. Zunächst rührte sich nichts, aber dann hörte ich leise ein Paar Pantoffeln über den Flur schleichen. Ich strahlte fröhlich in den Spion hinein. Es musste von seiner Seite aus sicher lustig aussehen, wie der weite Schliff des Glases mein Gesicht breit verzog. Eine riesenhafte Nase mit zwei fliehenden Hamsterbäckchen wahrscheinlich. Ich klingelte noch mal. „Herr Braun ich weiß, dass Sie da sind. Ich habe hier eine Überraschung für Sie." Okay, das war schon gruselig. Vielleicht dachte der grummelige Kauz, dass ich hier mit einem Totschläger auf ihn wartete. Ich hob das Buch und den Kuchen nach oben, direkt vor den Spion. Doch der Mut sank mir in meine Schuhe, als der Braun immer noch nicht die Tür öffnen wollte. Was genau hatte ich eigentlich erwartet? Dass er mich zu sich hineinbat, wir dann ausgelassen tratschten wie alte Freunde von früher und eine Runde Rommé miteinander spielten? Schlag dir das aus dem Kopf! Und Leon mit seinen Flausen vom guten Kern in den Menschen. Träum mal schön weiter! Das war doch lächerlich, das alles hier. Aber hatte der Torten-Boy bei mir denn gleich aufgegeben? Nein, er war beharrlich an mir drangeblieben. Ich riss mich zusammen. Langsam kniete ich mich hin und legte Buch und Torte vorsichtig auf die Fußmatte vor Brauns Türe. Dann stand ich auf. „Ist für Sie", sprach ich mit dem Spion. Dann ging ich, betont auffällig, zu den Treppen nach oben. Mit lauten Schritten trat ich auf jede Stufe, bis ich unsere Wohnung erreichte, und drehte mit viel Krawall meinen Schlüssel im Schloss. Türe auf, Türe zu. Aber ich ging nicht hinein. Ich blieb draußen im Gang stehen und streifte meine Schuhe ganz leise von den Füßen. Ich kam mir vor wie James Bond. Vorsichtig schob ich mich wieder nach unten; hoffentlich bemerkte mich keiner. Wenn ein anderer Nachbar mich jetzt eben grüßte, war ich aufgeflogen und meine Mission war vorbei. Also bleibt bitte alle hinter verschlossenen Türen. Ich drückte mich an die Wand und lugte vorsichtig ums Eck. Das Präsent lag noch immer vor Herrn Brauns stummer Tür. Ich hielt die Luft an. Mann, war das spannend! Es gab mir einen richtigen Kick. Und da, ja, seine Tür, die ging einen kleinen Spalt auf. Ich hätte jubeln können. Aber ich biss mir auf die Zunge und schloss kurz meine Augen. Ich hörte die Kette rasseln und Herr Braun trat zögerlich heraus. Er sah sich um, links und rechts, wollte prüfen, ob er allein war. Dann beugte er sich ungelenk nach unten und hob alles auf. Herrje, was war der Alte gebrechlich? Es war ein wahrer Kraftakt für ihn; ich konnte seine Schmerzen förmlich am eigenen Leibe spüre. Er steckte seine Nase ins Backpapier, das die Torte umgab, und es war mir, als würde er einen tiefen Zug nehmen. Und dann lächelte er. Ich hätte es nicht besser treffen können. Auch wenn es komisch war, den alten Griesgram so hier stehen zu sehen. Das Bild passte irgendwie nicht in meine bisherige Vorstellung von ihm. Er betrachtete den Rilke und auch hier, ein Schimmer Dankbarkeit. Mit seinen Fingern berührte er sachte das Cover. Es war rührend und gleichzeitig auch unendlich traurig. Wir hatten alle weggesehen. Der alte Braun schob sich wackelig wieder zurück in seine Wohnung und ich nahm mir vor, in Zukunft öfter bei ihm zu klingeln.

„Kratzbaum ist gekommen. Micky füttern. Bis morgen, Torben." Mein Bruder hatte seine Worte direkt unter meine eigene Nachricht auf den Zettel am Küchentisch gekrakelt. Ich nahm unsere neueste Errungenschaft kritisch in Augenschein. Torben hatte das Monster direkt vor unser Fenster gestellt, sodass Micky die Straße gut einsehen konnte. Die war quasi sein Prime. Unser Kater thronte bereits auf der obersten Etage und prüfte alles gründlich. Ich zog ihn an mich, doch er maunzte nur abfällig und entfloh meinen Händen. „Bin ich deiner jetzt nicht mehr würdig, du feiner Pinkel? Oder was?", lachte ich und freute mich für ihn. Er schien sichtlich begeistert von all den neuen Optionen. Ich schnappte mir zwei Rasseln und legte sie ihm vor die Nase; mein Halstuch schlang ich kurzerhand um eine Säule. Sah noch besser aus jetzt. Ausgelassen ließ ich mich auf unsere Couch fallen und nahm meinen Laptop zur Hand. Ich wollte noch mehr Gedichtbände für den Braun organisieren. Vielleicht fand ich ja was bei den einschlägigen Online-Anbietern. Etwas, das vom Stil her ähnlich wie Rilke war. Ich öffnete den Browser und begann mit meiner Recherche. Es war unbefriedigend; ich scrollte mich durch meine Suchergebnisse, klickte Angebote an und verwarf diese wieder. Seite um Seite durchforstete ich, aber nichts schien mir wirklich passend zu sein. Bis ich aus Versehen einen Link anklickte, der mein Herz mit einem Schlag in Bewegung brachte. Es war ein Radiostück über die Frau an Rilkes Seite. Wie gefesselt lauschte ich nach den Worten des Sprechers als er Lou Andreas-Salomé beschrieb, die Femme fatal jener Zeit, zwischen all diesen Größen und Genies, die mal exzentrisch, mal freundschaftlich oder hoffnungslos verliebt, aber ihr nie ebenbürtig waren. Sie wagte etwas, traute sich, spuckte ihnen in die Suppe und beflügelte sie gleichermaßen zu geistigen Höhen. Lou war eine umtriebige, wissbegierige, kluge Person und genau deshalb war sie die reinste Provokation. Eine Muse, die schlussendlich aus dem Schatten trat. Ich suchte weiter und was ich fand, ließ mich innerlich erschaudern. Amour fou, las ich immer wieder und in fast jedem Text. Jeder Mann war ihr eine Trophäe gewesen, auf seine eigene Weise. Einige Autoren schrieben von manipulativer Raffinesse, von Affären, und straften sie ab. Andere priesen sie, hoben sie auf einen Sockel, weil sie ihre Frau stand und sich nicht unterwarf. Ich spürte die Willenskraft, die diesen außergewöhnlichen Menschen umgab. Und doch war auch sie eine Gefangene in ihren eigenen Mauern. Sie war umstritten, ohne Zweifel. Im Kern war sie für mich aber eine Suchende, zerrissen, enttäuscht und genauso verkorkst. Ich sah Sydney vor mir, mit jeder Zeile, die ich las. Und doch stimmte es nicht. Es war ganz anders bei ihr. Es war ein Zerrbild, ein Trugbild. Wie brachte ich das nur zusammen? Die Lou wollte doch nicht mit den Männern ins Bett, sich reduzieren lassen auf die eheliche Pflicht. Eine Passage beschrieb, wie sie ihren Gatten beinah in seinem Lustspiel erdrosselte, weil er durch sein Tun die zwischen ihnen gezogene Grenze überschritten hatte. ‚*Der Ton war ein Röcheln gewesen. Was ich erschaute, Blick in Blick, dicht vor mir, unvergesslich fürs Leben, – ein Antlitz ...*‘, schrieb sie dann selbst. Es war bei Sydney nicht Abwehr von Intimität, nein, es war das Gegenteil, nämlich sexueller Verschleiß. Und doch schuf sie so Abstand zwischen sich und den Kerlen. Völlig benebelt und überfahren von so viel Widersprüchlichkeit klappte ich meinen Laptop mit einem Ruck zu. Schluss jetzt. Aufhören. Das macht dich noch gaga. Der Gedichtband für den Braun, der muss jetzt warten.

Q

Quentin hatte sich zum Bassisten einer drittklassigen Garagen-Band aufgeschwungen, die sich allabendlich durch die Nürnberger Kneipenszene spielte. Er pflückte gerne den sündigen Apfel vom Baum und war dabei nicht gerade wählerisch. Problematisch war nur, wenn er sein Ego überschätzte und das Objekt der Begierde sich nicht seinem Willen beugte. Das war schon damals so gewesen, als er noch mit Torben zur Schule gegangen war. Und es war das einzige Mal, dass ich meinen Bruder einen Menschen habe verprügeln sehen. Denn das Mädchen auf dem Pausenhof an der Tischtennisplatte wollte Quentins Aufmerksamkeiten einfach nicht. Aber anstatt zu verschwinden, hatte er sie weiter bedrängt und mein Bruder hatte ihn dafür am Kragen gepackt und gegen die Wand gedrückt. Quentin hatte nur geröchelt und versucht, sich aus Torbens Griff zu winden. Aber mein Bruder hatte seinen Unterarm noch fester gegen dessen Kehle gedrückt. Quentin hatte gestrampelt und nach ihm getreten. In seinen Augen hatte der pure Hass gestanden. „Torben, hör auf!", hatte das Mädchen geschrien. „Das ist er nicht wert." Mein Bruder hatte kurz gezögert und Quentin hatte ihn erwischt, ihm seinen Ring durchs Gesicht gezogen und sich auf ihn gestürzt. Als ein wildes Knäuel aus Fäusten und Beinen waren sie über den Hof gerollt. Doch mein Bruder war stärker gewesen. Er hatte sich auf Quentins Brust gekniet und einfach zugehauen, einmal, zweimal, mitten in dessen schleimige Visage hinein. Blut war aus Quentins Mund gequollen. Die Haut unter seinem Auge, an seinem Jochbein war aufgeplatzt gewesen. Die Lehrer hatten meinen Bruder von seinem Gegner gezerrt. Und sie wären beide damals beinahe von der Schule geflogen. Meine Eltern wurden zum Direktor bestellt. Von einer Anzeige wurde glücklicherweise abgesehen.

Quentin passte genau in Sydneys Beuteschema: leicht zu haben, aber danach auch nicht anhänglich. Hätte Sydney nicht ihre Reihenfolge einzuhalten, wären die beiden wohl schon längst mal zusammen im Bett gelandet. Aber Quentin war Sydneys Q auf der Liste und vergangene Nacht hatte sie ihn endlich flachgelegt. Vor uns standen die Überreste eines fantastischen Thai-Currys, des einzigen Gerichts, das ich zustande brachte und das auch für Dritte genießbar war. Sydney und ich hatten gemeinsam den Kochlöffel geschwungen und gaben uns jetzt gemütlich dem lustvollen Getratsche hin. „Es ist so, wie man sagt,

Mia! Der beste am Start ist bei einer Band nicht der Sänger, sondern der Bassist oder der Drummer." Das perfide daran war, dass sie mit Izzi, dem Schlagzeuger der Gruppe, bereits wild durch die Laken getollt war. Und wäre Sydney nicht meine beste Freundin gewesen und würde ich nicht wissen, was für ein herzensguter Mensch sie im Innersten doch war, würde ich sie spätestens jetzt für einen Escortservice vorschlagen. Ich fand es bedenklich, vielleicht sogar abstoßend; Sydney fand es geradezu erfrischend. Überhaupt schien sie mir heute besonders überdreht. Sie wirkte eher gestresst als befriedigt. Und das machte mir Sorgen. „Sydney, ich muss dich etwas fragen: Ist wirklich alles in Ordnung mit dir? Ich meine, Quentin ist jetzt nicht gerade bekannt für seine charmante Ader. Hat er irgendwas gemacht mit dir, das du nicht wolltest? Hat er dich zu irgendetwas gezwungen?" Sydney sah mich entgeistert an. „Bist du irre? Nein. Warum?" Sie war wirklich überrascht; ihre Reaktion war ehrlich und echt. „Ich weiß nicht, du bist heute so … unausgeglichen, irgendwie nicht bei der Sache, flatterig und nervös. Das gibt mir einfach ein ungutes Gefühl." „Ach, Mia." Meine Freundin zog mich fest in ihre Arme. „Danke, dass du dir Sorgen machst. Aber es ist wirklich alles in Ordnung mit mir." Sie schob mich ein Stückchen von sich weg und sah mir streng in die Augen. „Glaubst du wirklich, ich weiß nicht, dass da draußen auch Psychopathen rumlaufen?" Ich schluckte. „Ganz blauäugig springe ich auch nicht mit jedem in die Kiste. Und ja, ein Restrisiko bleibt immer. Aber dieses Restrisiko hast du auch, wenn du morgens zum Bäcker gehst." Ich dachte an mich, meinen Torten-Boy und meine anfänglichen Bedenken. „Ich bin schon ein großes Mädchen", fuhr Sydney jetzt fort. „Und ich versichere dir: Sollte irgendwer ohne meine Zustimmung Hand an mich legen, dann wird er das bitter bereuen!" Ich hoffte einfach, dass sie Recht behielt. Denn bei der Vorstellung, ihr würde bei diesem ... Projekt, Mist, was auch immer es für sie war, irgendetwas zustoßen, drehte sich mir der Magen um. Was wenn irgendeiner dieser Stadtpark-Grapscher Sydney in die Finger bekam? Ihr Ruf eilte ihr doch schon voraus. Oder wenn sich einer ihrer Bettgespielen dann doch an ihr vergriff? Die richtig miesen Typen, die hatten auch ihre Maschen. Das machte mir doch keiner weiß, dass man die alle immer gleich durchschaute. Scheißkerle mit missratenen Frauenbildern gab es wie Sand am Meer. Da war Quentin keine Ausnahme. Wir waren nicht schwach, sondern einfühlsam. Wir waren nicht zweite Klasse, sondern erste Wahl. Und wir waren auch kein Gebrauchsgegenstand, sondern selbstbestimmte Wesen. Ich blickte meine Freundin besorgt an. Wo würde dieses Spiel für Sydney enden? Je mehr ich über ihre Liste nachdachte, desto mehr empfand ich diese eher als Joch, das sie trug, als als große Passion. Zwei Seiten der Medaille, welche also war die dunkle bei ihr? Sie schien mir gerade heute auf eine Art unfrei, die ich nicht definieren und deren tieferliegenden Ursprung ich auch nicht greifen konnte, egal, wie sehr ich darauf herumkaute. Und ich wollte sie auch nicht danach fragen. Sie würde sowieso alles weglächeln. Dazu war sie viel zu stolz.

Die Wohnungstür knackte. Ich hörte Gerumpel im Gang. „Hallo Mädels!" Torben kam zu uns an den Küchentisch, sein Reiseköfferchen noch an der Hand, und umarmte mich herzlich. Er sah müde und zerknautscht aus; eben so wie frisch aus dem Flieger gestiegen. „Es ist noch Curry da, wenn du willst", verkündete ich fröhlich. Sydney grapschte reflexartig nach der Liste und versuchte, sie hektisch zusammenzufalten, aber es wollte ihr nicht recht gelingen. Ihre Finger schienen ein merkwürdiges Eigenleben zu führen. Sie war echt nicht sie selbst. Torben ließ mich los und drehte sich zu meiner Freundin, um auch sie zu begrüßen. Sein Blick fiel auf das indes halb zerknüllte Papier in Sydneys Hand. Er stockte kurz in seiner Bewegung, als wäre ihm etwas in die Knochen gefahren. Dann drückte er sie, nur um sich gleich wieder von ihr los zu machen und schob sich energisch an uns vorbei in Richtung Küchenzeile. Mit einem Ruck zog er den Kühlschrank auf, packte grob die Milchtüte, Deckel auf, nahm einen großen Schluck, Deckel drauf, Rumps! Kühlschranktüre wieder zu. Wir zuckten zusammen. Mit seiner Hand noch am Griff stand er da und starrte ins Nichts. Die Temperatur im Raum war merklich kühler geworden, allein verstand ich nicht warum. Vor Torbens Augen gefror die Luft zu Eis. „Ich gehe jetzt Bogenschießen", verkündete er knapp. „Aber du hast doch noch gar nichts gegessen", rief ich ihm irritiert hinterher, als er abrupt vom Kühlschrank abließ und davonpreschte. Sein Reiseköfferchen ließ er einfach stehen. Ich konnte ihn in seinem Zimmer grollen hören, wie er völlig geladen und ruppig seine Sportsachen zusammenraffte. Es war, als hätte etwas in ihm plötzlich den Hulk aufgeblasen. So launenhaft hatte ich meinen Bruder selten erlebt. Ohne einen weiteren Kommentar verließ er die Wohnung. „Täusche ich mich oder ist dein Bruder ein wenig verschnupft?", fragte Sydney zögerlich. In ihrer Stimme schwang etwas mit, das ich nicht deuten konnte. Ich starrte noch immer in die Leere, die Torben zurückgelassen hatte. „Ich wüsste nicht, warum." Aber etwas schien ihm mächtig gegen den Strich zu gehen. „Vielleicht hatte er Stress in der Arbeit. Er spricht da nicht viel drüber. Eigentlich gar nicht." Ich zuckte mit den Schultern; eine belanglose Geste, aber das hier war nicht belanglos für mich. Es war seltsam und es ängstigte mich. „Besser er geht jetzt ein paar Pfeile schießen, als dass er ... Glaubst du er trinkt wieder, Sydney?" Meine Freundin schüttelte den Kopf. „Nein. Das glaube ich nicht." Aber auch sie blickte nun trübsinnig drein. Und das unheilvolle Ziehen in meinem Magen konnte ich doch nicht einfach ignorieren? Bitte bau jetzt keine Scheiße, Torben! Es lief doch gerade alles so gut. Der Impuls, meinen Bruder fortan wieder verstärkt zu kontrollieren, quoll übermächtig in mir auf. Es war die Angst vor Wiederholung, die Angst vor der Endlosschleife eines neu beginnenden Dramas. Denn eines war sicher: Im Leben wiederholten sich die Dinge meist öfter, als einem lieb war. Eine bittere Wahrheit. Ich musste also auf der Hut sein.

GEHIRNFURZ

Die nächsten Tage behielt ich Torben im Auge. Er stand auf, machte sich seinen Kaffee, fuhr ins Büro, kam nach Hause, schmuste mit Micky, aß etwas und verkroch sich dann in sein Zimmer. Was er dort tat, wusste ich nicht. Die meiste Zeit schwieg mein Bruder sich aus und auf meine Frage hin, was denn los sei, antwortete er schlicht, er hätte gerade einfach viel zu tun. Ab und an schepperte lauter Techno durch unsere Wohnung. Das Angebot, am Wochenende etwas mit mir zu unternehmen, lehnte er ab. Stattdessen vergrub sich mein Bruder in seinen Zahlen und war ansonsten auf dem Schießstand oder beim Laufen. Sobald er das Haus verließ, durchkämmte ich unsere Wohnung nach seinen üblichen Verstecken. Ich fand nichts, nirgends und zu keiner Zeit. Das hätte mich beruhigen sollen, tat es aber nicht. Selbst meine Stunden mit Leon konnte ich nicht recht genießen, zermarterte ich mir doch das Hirn darüber, was ich übersah. Und je mehr ich versuchte, mein inneres Gefühlschaos zu unterdrücken, desto penetranter wurde es. Ich ersehnte den Mittwoch; Dr. Thalbach würde mir Abhilfe verschaffen. Der rückte mein Weltbild postwendend zurecht, als ich ihm in unserer Sitzung von meinen Bedenken erzählte. Er hatte seine Brille bedächtig auf die

Nasenwurzel geschoben und sah mich jetzt eindringlich an. „Ihre Sorgen und Ängste, die schwächen Sie nur. Wissen Sie, Sorgen sind wie kleine Springteufelchen; sie tauchen plötzlich auf, aber Sie müssen sich damit nicht zwangsläufig beschäftigen. Ihr Verstand soll Ihnen helfen, die Situationen in Ihrem Leben zu meistern; mit Sorgen tut er das allerdings nicht." Seine Antwort gefiel mir nicht, denn sie bedeutete, dass ich mich mal wieder selbst an der Backe hatte, den Kontrollfreak in mir. Und der nervte gewaltig. Das musste ich erst einmal verdauen. „Aber was ist, wenn Torben wirklich wieder trinkt?", jammerte ich. „Gibt es denn aktuell akute Anzeichen dafür?", fragte der Graf und zwang mich somit, meine Bedenken zu konkretisieren. Ich hatte Angst, das stimmte, aber wenn ich es ganz genau besah, so richtig schlagkräftige Argumente hatte ich nicht, meinem Bruder zu misstrauen. Dr. Thalbach nickte; er hatte es sofort durch gehabt. „In Momenten emotionaler Unruhe ist es manchmal hilfreich, sich auf die Faktenlage zu konzentrieren. Schauen Sie: Ihr Bruder verarbeitet, was ihm widerfährt. Genau wie Sie. Auch er ist kein glattgebügelter Roboter. Er ist ein Mensch. Und ob Ihnen das gefällt oder nicht, auch er hat ein Recht auf schlechte Laune. Und er darf auch mal Dampf ablassen. Anstatt sich Sorgen darüber zu machen, könnten Sie sich auch dafür entscheiden, es einfach loszulassen." Wie beim Sturztraining, einfach loslassen? Die Sicherungssysteme würden schon greifen. Leon hatte mich gehalten. Aber wer hielt Torben, wenn nicht ich? „Vielleicht ist Ihr Bruder stabiler als Sie denken, Frau Schneider."

„Ey, kein Plan, Diggah!" Jason verzog genervt das Gesicht. Er war Pluto; doch er wollte beharrlich nicht auf den Hund kommen. Wir saßen gemeinsam in der Sofaecke im Jugendzentrum und spielten „Wer bin ich?" Ich hatte einen gelben Zettel auf der Stirn und amüsierte mich köstlich. Wenigstens meine Schützlinge vermochten es, mir den Fokus aufzuzeigen. Es ging hier schließlich nicht allein nur um mich; ich hatte einen Job zu erledigen. Und ich musste heute auch noch das mir selbst gegebene Versprechen einlösen und mir Jason zur Brust nehmen. Mit mir waren nur noch er und Yoshi im Ring. Der grinste gerade triumphierend, denn er hatte von Tarek, der schräg neben ihm saß und schon ausgeschieden war, einen Tipp bekommen. „Schnauze, Diggah, Scheiß 31er!", blaffte Jason ihn an. Was war ein 31er jetzt wieder, verdammt? So etwas wie ein falscher 50er? Ich verstand wieder nichts. Auch sollte ich mal ausstoppen, wie oft sie Diggah eigentlich als Füllwort benutzten. Sprachlich hatte Jason in jedem Fall wieder abgebaut. Da stimmte was nicht. „Ich bin Nicolas Cage", gab sich Yoshi nun siegessicher. „Das ist richtig", sagte ich. Den Zettel hatte ich geklebt. Allerdings bezweifelte ich, dass die Jugendlichen den Schauspieler überhaupt noch kannten. Ohne Tarek wäre Yoshi wohl nie draufgekommen. Der johlte jetzt los und reckte die Faust in die Luft. „Yeah!" Jason zog muffig seinen Zettel von der Stirn und knallte ihn auf den Tisch. „Kein Bock mehr." Dann stand er auf. „Hey! Wir sind noch nicht fertig, wir beide", rief ich ihm hinterher. Die Jungs lachten – bis auf Jason, der lachte nicht. Er trat nach draußen in den Hof und steckte sich eine Kippe an. Aber er zog die Türe nicht zu, was einer Einladung glich. Das tat dann ich, als ich gleich darauf neben ihn trat. „Was ist los mit dir, Jason?", fragte ich und sah ihn abwartend an. Er nahm einen Zug und blies den Rauch langsam aus. „Seit wann rauchst du?" Es war echt irritierend, hatte ich doch das Gefühl, dass die Grenzen verschwammen. Vor mir stand zur einen Hälfte mein Schützling und zur anderen Wulf. „Und was sollte die Scheiße neulich an der Tanke überhaupt?" Jetzt hatte ich Jasons Aufmerksamkeit endlich für mich. Er blickte mich an, wie ein Reh, das in die Scheinwerfer glotzte. „Willst du dir echt deine Zukunft versauen mit so einer beknackten Aktion?" Realisierend, dass ich nun wirklich eine Antwort von ihm erwartete, schnippte er missmutig seine Fluppe zur Seite. „Es war nur das eine Mal und ich war auch nicht prall", gab er pampig zurück. „Bullshit! Mann, du machst eine Schreiner-Lehre, Jason. Du baust dir gerade dein Leben auf. Willst du das alles aufs Spiel setzen – für ein bisschen Coolness?" Du Penner! Das Letzte verkniff ich mir, auch wenn ich es zu gerne gesagt hätte. „Was weißt du schon!", brach es aus ihm heraus und er schubste mich weg. Ich taumelte, stolperte, fiel nach hinten. Zwei Hände griffen erschrocken nach mir, aber sie hielten mich nicht. Ich landete rücklings im Beet. Wir hatten es angelegt, damit die Jugendlichen lernten, wie Gemüse angebaut wurde und was gesunde Ernährung bedeutete. Harald und ich hatten es praxisnah halten wollen; für den ein oder anderen war es ein richtiges Erlebnis gewesen, einen reifen Kohlrabi zu ernten. Ich blieb erst einmal liegen, in all den Stängeln und Blättern. Jason hatte mich angegangen und damit hatte ich nicht gerechnet. Ich brauchte einen Moment, um für mich klar zu kriegen, welche Konsequenzen das jetzt hatte. Mein Steißbein schmerzte. Ich rollte über die Seite im Versuch mich wieder auf zu raffen. Mein Schützling war indes kreidebleich geworden und starrte mich an. „Es … es ...", stammelte er völlig aufgelöst vor sich hin. „Ich … ich …" Er schien selbst geschockt über seinen eigenen Gewaltausbruch und streckte mir seine zittrige Hand entgegen, um mir aufzuhelfen. Ich ergriff sie und zog ihn zu mir ins Beet. „Ey, was soll das?" Jetzt saßen wir beide im Matsch. „So, rede!", sagte ich knapp und im Ton wesentlich schärfer, als er es sonst von mir gewohnt war. Jason schluckte. „Sie hat Schluss gemacht mit mir. Clementine." Ich konnte den Schmerz auf seinem Gesicht sehen; es traf ihn hart, so viel war klar. „Das tut mir Leid." Ich legte mitfühlend eine Hand auf seinen Rücken und zog ihn leicht zu mir her. Er pendelte kurz im Oberkörper, einmal links, einmal rechts. Halb wand er sich aus der Umarmung, halb ließ er sie zu. „Und warum?", hakte ich nach. Jason schnaubte. „Ich bin zu dumm, meinte sie." Was? „Ja, jetzt schau nicht so. Sie hat es echt so gesagt. Nein, Moment." Er verzog gequält seinen Mund zu einer bittersüßen Fratze. „Sie hat gesagt, ich würde sie intellektuell nicht befriedigen." Ernsthaft, so hatte sie ihn abserviert, mit dem Statement? Ich packte ihn an seinen Schultern und zwang ihn, mich anzusehen. „Vielleicht wurden manche bei der Vergabe von Gehirn echt übersehen, Jason; aber glaub mir, du sicherlich nicht!" Er war echt eine Perle. „Weißt du, was ein LIAM ist?", fragte Jason mich jetzt. Ich schüttelte den Kopf. Er deutete mit beiden Daumen auf sich. „Loser in all missions." Okay, Totalversager, Volldepp, das hatte ich kapiert. „Jason, das bist du nicht. Ich glaube ganz fest an dich." Wenn es einer schaffen würde, sich aus seinem eigenen Morast wieder zu erheben, dann er. „Da bist du leider die Einzige." Das glaubte ich nicht. Soweit ich es wusste, war Jasons Vater zwar ständig auf Montage und seine Mutter früh verstorben, aber es gab eine Großmutter, die sich liebevoll um ihn kümmerte. Jason war nicht verwahrlost oder der klassische Fall für das Jugendamt. Er war gerade einfach nur am Boden zerstört. „Warum bist du an die Tanke gefahren ohne Begleitung? Was war in den Tüten?", versuchte ich es noch einmal. Eine Antwort bekam ich nicht. „Hast du mich denn verpfiffen?", wollte Jason stattdessen kleinlaut wissen. „Würdest du dann hier sitzen?", stellte ich die Gegenfrage. „Nee?" Für einen Moment schwiegen wir. „Danke, Mia." Jasons Augen glänzten ein wenig. „Mach das bitte nicht nochmal", setzte ich eindringlich nach. „Versprich mir das, Jason!" Er nickte energisch. „Du kannst alles schaffen; und ich helfe dir dabei."

YIN UND YANG

„Du musst deine Balance wiederfinden", sagte Leon bestimmt und bot mir seinen Arm an. Ich stützte mich ab und trat erneut auf die Slackline. Mein Freund hatte darauf bestanden, dass wir uns hierfür noch Zeit nahmen, im Anschluss an unsere Kletterpartie. Die letzten drei Runden hatte ich mächtig vor mich hingewackelt; aber mit jedem Schritt wurde es nun besser und ich innerlich ruhiger. Ich musste mich voll konzentrieren, um nicht einfach wegzubrechen. „Es hat nichts mit uns zu tun, Leon", versicherte ich ihm. Mein Freund grinste. „Das habe ich auch nicht gedacht." Ich konnte ihm nichts vormachen. Ihm war es doch auch aufgefallen, dass ich wieder Probleme zerkaute. Aber er bedrängte mich nicht und ich war ihm dankbar dafür. „Hoppla!" Leon ergriff meine Hand, als ich schon wieder im Begriff war, vor ihm abzusegeln. „Oben bleiben, Prinzessin." Ich umklammerte seine Finger und versuchte, dem Zappeln meiner Beine Einhalt zu gebieten. Nur noch fünf Schritte, dann hatte ich es geschafft und war auf der anderen Seite angekommen. „Mach mal deine Augen zu und atme tief ein." Ich tat, wie mir geheißen; in solchen Dingen konnte ich ihm blind vertrauen. „Geh ein bisschen tiefer in die Knie. Ja so. Und jetzt nochmal. Nein, Mia, nicht gucken." Ich hatte das Gefühl, auf glibbrigem Pudding zu laufen. Es erging mir noch übler als in den Runden zuvor. Ich pflanzte Hacke an Spitze und versuchte, mich an Leons Hand zu orientieren, die mir Halt gab in mehr als nur dieser Übung. Immer wieder spürte ich, wie sein Daumen sanft über meinen Handrücken strich. Es war nur eine kleine Geste, doch sie beruhigte mich. „Gleich bist du am Ziel." Ich ertastete den Holzpflock unter meinen Füßen, an dem die Slackline fixiert war. „Darf ich sie jetzt wieder öffnen?", fragte ich zögerlich, hielt meine Augen aber vorsichtshalber noch weiter geschlossen. Leon lachte. „Wenn du willst." Dann zog er mich vom Block herunter in seine Arme und küsste mich liebevoll. „Ich denke, für heute ist es genug." Ehrlich dankbar darüber, wie einfühlsam er war, kuschelte ich mich noch enger an ihn. „Komm, wir gehen, Mia. Du siehst müde aus."

Eng umschlungen verließen wir kurz darauf die Kletterhalle und kreuzten den Parkplatz, als mein Blick auf meinen Bruder fiel, der gerade an Leons Wagen vorbeilief und direkt auf uns zu kam. Was ich zu vermeiden versucht hatte, würde jetzt gleich passieren; mein Freund würde auf Torben treffen, denn der hatte das Ruder jetzt selbst in die Hand genommen. Ich verfluchte ihn innerlich, aber genauso auch mich. Ich hatte zu lange gewartet. Jetzt war ich nur mehr Zuschauer in meinem eigenen Film und nicht Regisseur. „Torben, was machst du denn hier?", rief ich dezent hysterisch. Seine pechschwarzen Haare klebten ihm auf der Stirn. Sein T-Shirt war vollkommen durchgeschwitzt. Offensichtlich hatte mein Bruder seine abendliche Laufrunde etwas variiert, nur um seinen Willen zu kriegen. So sah es beiläufig aus. Ich machte einen Schritt in seine Richtung. Doch meine Bewegung wurde jäh gestoppt, denn Leon war neben mir augenblicklich zu Eis gefroren. Er packte meine Hand so fest, dass meine Finger taub wurden. Stirnrunzelnd sah ich ihn an. Seine Kiefermuskeln traten leicht unter seinen Wangen hervor; er stand unter Strom. Reagierte er auf Torben oder auf meine eigene Unsicherheit? Ich bemühte mich, innerlich ruhig zu bleiben. Leon verstärkte noch einmal seinen Griff; und es schien mir als würde er ... Halt suchen? Torben merkte nun auch, dass wohl etwas nicht stimmte. Er hob prüfend eine Augenbraue. Scheinbar hatte er sich diese erste Begegnung mit meinem Freund anders vorgestellt. Ich spürte, wie auch mein Bruder nun seine Haltung veränderte. Er spannte seine Rückenmuskeln an und richtete sich zu seiner vollen Größe auf.

Seine Halsschlagader pochte sichtbar. Sein Blick wirkte distanziert. Er wechselte in den Arbeitsmodus. So mussten seine Mitarbeiter ihn sehen; kein Wunder, dass Torben zwischen all den Silberrücken in der Führungsebene bestehen konnte. Er hatte genau die richtige Mischung aus Professionalität und Abgebrühtheit. Der knallharte Verhandlungstyp eben. Ich starrte meinen Bruder entsetzt an. Dann streckte er Leon seine Hand hin. Zielgerichtet, wie ein gezogenes Schwert, als wolle er ihn hier und jetzt aufspießen. Ich zuckte erschrocken zusammen. „Hallo, ich bin Torben, Mias Bruder." Leon verzog keine Miene, ergriff Torbens Hand und drückte zu. Seine Fingerknöchel wurden weiß. „Ich weiß, wer du bist", antwortete er etwas unterkühlt. Seine Stimme klang scharf. Auch er hatte in einen Modus gewechselt, der mir fremd war. Als er seine Hand wegziehen wollte, um die Verbindung zu lösen, verfestigte mein Bruder seinen Griff und hielt ihn zurück. Ich schluckte. „Freut mich, dich endlich auch mal persönlich kennenzulernen. Ich habe schon so viel von dir gehört." Sein Blick war hart und stand im totalen Gegenteil zu seinen Worten. „Ach wirklich?", setzte Leon dem entgegen und der Spot in seiner Stimme war nicht zu überhören. Er hatte keine Lust auf Spielchen, das wusste ich. Aber das hier war kein Spiel. Das war bitterer Ernst. Ich konnte förmlich spüren, wie die Luft zwischen ihm und meinem Bruder zu sirren begann. Und ich hatte keine Ahnung, worum es hier eigentlich ging. Die Schlacht, die sie austrugen, war offensichtlich nur für sie zu sehen. Und die Welt um sie herum, die stand einfach still. „Hört auf!", stieß ich heiser hervor. Meine Stimme zitterte; ich war den Tränen nahe. Warum hatte Torben nicht einfach warten können? Aber wäre diese Begegnung dann anders verlaufen? Etwas war falsch hier, so richtig falsch. Und ich fand keinen Zugang dazu. Es war so fundamental, schlichtweg nicht zu erklären. In meinem Kopf randalierten die Affen und mich beschlich die düstere Vermutung, dass die grausame Antwort auf meine letzte Frage ein Nein war. Mein Bruder löste sich als Erster aus seiner Erstarrung, ließ Leons Hand abrupt los und blinzelte kurz. Einen Moment lang blickte er gedankenverloren ins Nichts. Dann beugte sich Torben zu mir nach unten und gab mir zögerlich einen flüchtigen Kuss auf die Wange. „Bis später, Mia." Mit einem kurzen Nicken in Leons Richtung trat er wieder an und rannte so schnell er konnte davon. In Leons Augen funkelte unterdrückte Wut. Ich drehte mich vor ihn und legte meine Handfläche sanft an sein noch immer vor Anspannung verzerrtes Gesicht, doch er riss ruckartig den Kopf zur Seite und wich mir aus, als hätte er sich gebrannt. Ein schmerzhafter Stich durchbohrte mein Herz. „Was ist denn?", fragte ich unsicher. „Ich glaube ich fahre dich jetzt besser nach Hause", sagte er knapp. „Aber ich …?" „Lass es einfach, okay!", brach es aus ihm heraus. „Ich will darüber jetzt nicht reden. Lass mich einfach in Ruhe." Sein Blick war so kalt und leer, dass es mich beinah zerriss. Das war so gar nicht der liebevolle, zärtliche und einfühlsame Leon, den ich kannte. In meinem Inneren stritten sich widersprüchliche Gefühle miteinander. Auf der einen Seite die Trauer und Verletztheit, denn seine Worte taten mir weh. Ich wollte ihm doch nur helfen, für ihn da sein, so wie er immer für mich da war. Denn irgendetwas war ja offensichtlich mit ihm. Auf der anderen Seite waren da Wut, Verständnislosigkeit über seine sich mir nicht erklären wollende Reaktion auf meinen Bruder, bis hin zur völligen Fassungslosigkeit. Ich wollte Antworten; ich brauchte Antworten. Ich musste wissen, was los war. Jetzt! Ich wollte es doch nur begreifen. Bitte lass es mich doch einfach nur begreifen! Aber das ließ mich Leon nicht. Denn er schwieg mich auch die gesamte Heimfahrt über konsequent an. Und jedes Mal, wenn ich ansetzte, um etwas zu fragen, strafte er mich mit einem missmutigen Grummeln ab. Er mauerte; der mauerte doch! Warum mauerte er? Mein Puls hämmerte in meinen Ohren. Die Lichter der entgegenkommenden Autos tanzten auf meiner Netzhaut. Mir war einfach nur schlecht. ‚Stopp! Hör auf, dich wie ein Pitbull in deine eigene Hilflosigkeit zu verbeißen!', rief ich mir in Gedanken streng zu. Und ganz langsam atmete ich aus.

Als ich in unsere Wohnung kam, saß mein Bruder bereits in der Küche. Er musste sich die Seele aus dem Leib gerannt haben. Pitschnass, noch in seinen Klamotten, klebte er auf dem Stuhl. Seine Hände umschlossen ein dampfendes Getränk. Unser getigerter Freund strawanzelte auf der Tischplatte hin und her; ab und an legte er seinen Kopf sanft an Torben Schläfe und stupste ihn an. Mein Bruder reagierte nicht; er starrte vor sich hin. „Was sollte das grade?", fragte ich ihn, meine Emotionen schwerlich im Zaum haltend. Er blickte mich an. Seine Augen waren matt und rot, als hätte er geweint. „Ich habe keine Ahnung, Mia. Ehrlich." Seine Stimme vibrierte. Torben war wirklich total fertig. Aus einem inneren Impuls heraus zog ich mir einen Stuhl zur Seite und setzte mich neben ihn. Ich konnte es nicht, ich konnte ihm einfach nicht böse sein. Er war genauso schockiert und vor den Kopf gestoßen wie ich. Wir saßen beide im selben Boot. Mein Bruder starrte wieder in seine Tasse. War das, was er da gerade trank, mit Schuss? Ich versuchte, möglichst unauffällig zu schnüffeln. „Es ist nichts drin, Mia. Hier. Du kannst riechen." Torben schob mir den Tee direkt unter die Nase. Ich war peinlich berührt. „Tut mir leid", sagte ich völlig zermürbt. Ich wollte ihm doch nicht mehr misstrauen. „Ist nur so ein Reflex." Torben nickte nur stumm. „Weiß er es?", fragte er nach einer Weile müde. „Weiß er was?" Ich beugte mich ein Stückchen vor. Mein Bruder war leichenblass. „Was ich dir angetan ..., dass ich für dein Leid…" Er stockte. „Das mit mir? Dass ich ..." Er tat sich sichtlich schwer, seine Worte zu finden. Sein Unterkiefer mahlte. „Dass ich Alkoholiker bin, also war. Du weißt schon, wie ich es meine." Er ließ den Kopf erschöpft nach unten hängen. „Schämen Sie sich für Ihren Bruder?", hatte mich Dr. Thalbach gefragt, als ich ihm reumütig erzählt hatte, dass ich Leon vor meinem Bruder versteckte. „Nein. Auf gar keinen Fall." Die Antwort war ohne zu zögern, ganz automatisch und vom Grunde meines Herzens gekommen. Aber mir wurde jetzt schlagartig klar, wie sehr Torben sich dafür schämte. Wenn er es könnte, würde er dieses Kapitel seines Lebens sofort streichen und die Zeit zurückdrehen. Seine Sucht würde ihn auf ewig begleiten. Auch ihm war bewusst, dass sein Muster nur schlief. „Nein. Das habe ich ihm nie erzählt." Etwas kleinlaut setzte ich nach. „Wir haben da eher was anderes gemacht." Ein leichtes Grinsen umspielte den Mund meines Bruders und er nahm einen kräftigen Schluck von seinem Tee. Na bitte, ein Hoffnungsschimmer. Dann wurde er wieder ernst. „Aber irgendein Problem scheint dein Freund ja offensichtlich mit mir zu haben. Sonst hätte er sich mir gegenüber nicht wie ein Arschloch benommen. Er hat mich angesehen, als wolle er mich auf der Stelle ausweiden." Torben schüttelte ungläubig den Kopf. „Als wäre ich ... eine Bedrohung." Ich schlang einen Arm um meinen Bruder und drücke meine Nase in seinen Hals. „Du bist der beste Bruder, den man sich wünschen kann und ich habe dich lieb." Und das meinte ich auch so, genau so, wie ich es sagte. Torben legte eine Hand auf meinen Kopf und zog mich an sich. In seinen Augen standen die Tränen.

DAS TELEFONAT

Die gesamte Nacht über brachte ich kein Auge zu. Immer und immer wieder spielte ich die wirre Szene zwischen Leon und meinem Bruder vor meinem inneren Auge ab, auf der Suche nach irgendeinem Hinweis, der mir über die Ursache der vehementen Ablehnung Aufschluss hätte geben können. Aber es war sinnlos; ich fand einfach keine plausible Erklärung für Leons Verhalten. Stundenlang starrte ich mein Handy an und beschwor meinen Freund, er möge mir doch bitte auf meine unzähligen Nachrichten antworten; doch das tat er nicht. Leon schwieg. Auch heute Morgen waren all meine Versuche, meinen Freund zu erreichen, zum Scheitern verurteilt. Auf meine WhatsApp reagierte er nicht und meine Anrufe drückte er einfach weg. Warum drückst du mich weg? Das ergibt doch gar keinen Sinn. Sollte ich zu ihm in die Werkstatt fahren, ihn zu Hause besuchen und zur Rede stellen? Nein. Vielleicht war ja auch nichts? Vielleicht übertrieb ich auch nur? Quatsch. Das glaubst du doch selbst nicht! Natürlich war was. Mein zuletzt aufgeflackertes Selbstvertrauen bekam Risse und ich hatte das nagende Gefühl, dass ich, egal was ich tat, immer verlieren würde. Funkstille, einfach Funkstille. Jede Stunde die verstrich, trieb mich mehr in den Wahnsinn. Auch wenn ich mich zwanghaft zur Ordnung rief, das unbehagliche Schweigen zwischen meinem Freund und mir arbeitete mich auf. Ich drehte mich ständig im Kreis, denn ich war in einem Glas gefangen, mit Blick auf das, was ich wollte und doch nicht hatte, auf Leon, auf uns. Und jedes Mal, wenn ich versuchte in die Freiheit zu gelangen, rutschte ich an den glatten Wänden wieder krachend zu Boden. Warum tust du mir das an? Warum? Gib doch einfach ein Lebenszeichen von dir. Völlig verzweifelt rief ich Dr. Thalbach an. Ich hielt die Ungewissheit einfach nicht aus. „Frau Schneider, es ist vollkommen egal, welche Intention Ihr Partner hat", sagte der Graf, als ich ihm klar zu machen versuchte, dass ich Antworten brauchte auf meine zahlreichen Fragen. „Ihr Freund wird es Ihnen vielleicht nie offenbaren, warum er sich Ihnen gegenüber gerade so verhält." „Aber ich verstehe ihn einfach nicht!", rief ich frustriert in den Hörer. „Bitte, machen Sie sich doch nicht ständig abhängig von den Launen anderer Menschen", versuchte mich mein Therapeut in der Spur zu halten. „Von den Gefühlen anderer, ihrer Sprunghaftigkeit, von dem, was jemand tut oder eben nicht tut." Das konnte ich nicht. Ich musste Leon sprechen. „Frau Schneider, bitte bleiben Sie im Fokus. Nur in Ihr Innenleben haben Sie wirklich Einblick. Nur das können Sie jetzt lösen. Dazu brauchen Sie Ihren Freund nicht." Doch! Was wusste der Graf schon von Liebe? Natürlich brauchte ich ihn. Ich beendete das Telefonat. So kam ich nicht weiter. Krampfhaft klammerte ich mich an den Gedanken, dass ich Leon schon noch an die Strippe bekommen würde, wenn ich nur, ja, was eigentlich? Ihm Raum gäbe? Zeit gäbe? Herrgott, rede doch einfach mit mir! Er war doch sonst auch nicht auf den Mund gefallen. Was hatte ich falsch gemacht? Oder mein Bruder? Ich schlitterte, rutschte. Das musste aufhören. Sofort! Mein Handy klingelte und riss mich aus dem Strudel. Ohne zu überlegen, hob ich ab, von innen roh und wund durch all die Aufregung in mir. Meine Finger waren klamm; es war Leon am Apparat.

„Mia, ich mach Schluss. Wir beenden das hier", schnitt seine Stimme eiskalt durch mein Herz. „Und bitte lass mich in Ruhe. Ruf mich nie wieder an." Einen Moment lang war es still. Dann begann sich die Welt um mich herum schneller zu drehen. Ich wollte schreien, aber meine Stimme versagte. Nicht einmal Tschüss hast du gesagt; nein, du hast einfach aufgelegt. Das Tuten in der Leitung war wie ein Schlag ins Gesicht. Ich lag verwundet am Boden und Leon war weg. Er hatte mir keine Chance gelassen, auch nur eine einzige Frage zu stellen. Lodschweres Blei zog an mir und der Boden glitt weg. Ich stand unter Schock. Im nächsten Moment würde ich implodieren. Das war alles zu viel. Mit zittrigen Händen tippte ich eine Nachricht an Sydney. „Drecksack!", kam es keine Sekunde später zurück. „Er hat dich gar nicht verdient!" Doch. Ich will Leon zurück. Splitterbomben zerrissen die Hoffnung in mir; es war aus und vorbei. Alles brannte von innen. Wenig später zogen mich zwei Hände vom Boden nach oben. „Ich bin ein Fluch", raunte mein Bruder verbittert und stopfte mich ins Bett. Vermutlich hatte Sydney ihn im Büro angerufen. Anders konnte ich mir sein plötzliches Erscheinen nicht schlüssig erklären. Ich zog mir die Decke über den Kopf. Leckt mich doch alle am Arsch! Mein Bruder legte sich zu mir und wiegte mich zart. Ich konnte seine Anspannung spüren; auch er war verstört. Dicke Regentropfen schlugen gegen mein Fenster und gaben den passenden Soundtrack dazu. Vorsichtig zupfte Torben am Laken und sah mich sorgenvoll an. „Kann ich irgendwas tun?" Seine Stimme klang brüchig und rau. Ich ergriff seine Hand und schüttelte nur stumm meinen Kopf. Ich konnte noch nicht einmal weinen. Torbens Augen flackerten; er hatte Angst, Angst um mich. Und es tat ihm weh, dass ich litt.

Fünf Stunden später trieb mich der Hunger in Richtung Kühlschrank. Mit steifen Knochen stakste ich nach draußen. Ungelenk und wackelig schob ich mich durch den Flur. Ich hatte tatsächlich in den Schlaf gefunden; Torben hatte mich einfach so lange eingekuschelt, bis ich in seinen Armen weggedöst war. „Wenn ich diesen Wichser in die Finger kriege, dann mach ich ihn kalt!", hörte ich meinen Bruder fluchen, während er vor der Couch auf und ab tigerte. Er telefonierte vermutlich mit Papa. Micky hatte sich unter dem Fernsehtisch verschanzt. Das Ganze hier schien ihm äußerst suspekt zu sein. „Nein ... Werde ich nicht." Angestrengt rieb sich mein Bruder mit einer Hand seinen Nacken. Er würde seine Drohung nur zu gerne wahr machen. Ich konnte es sehen. Das Einzige, was ihn vermutlich zurückhielt, war das Wissen darum, dass er mich dadurch nur noch mehr verletzen würde. Denn schließlich gab es den Teil in mir, der das, was Leon und ich, was wir ... Mein Gedanke brach ab. Es gab da kein Wir mehr. Wir hatten etwas miteinander gehabt, ja, das stimmte: gehabt! Vergangenheit, nicht Gegenwart – und schon gar keine Zukunft. Ach Leben, fick dich ins Knie! Warum hast du mich verlassen? Diesen Kampf gegen die Wirklichkeit konnte ich nicht gewinnen. Wie sollte ich denn bitte die Realität anhalten? Mit einer Hand stützte ich mich suchend an der Wand neben mir ab. Gib mir Halt; ich brauche Halt! Die Erinnerungen an unsere gemeinsame Zeit rauschten an mir vorbei wie ein mit Schutt beladener Güterzug. Mit einem Mal war es nicht mehr zu stoppen; ich erbrach mich schwer würgend mitten im Flur. „Mia ...“ Torben stürzte auf mich zu, griff sich unseren Mülleimer und hielt ihn mir direkt vors Gesicht. Sein Handy hatte er achtlos auf die Couch fallen lassen. „Tut mir leid“, keuchte ich. Doch er kraulte nur durch mein Haar. „Ist nicht schlimm.“ Der süßliche Duft alter Speisereste und der scharfe Geschmack meiner Magensäure auf meinem Gaumen ließen mich gleich noch einmal in den Kübel hineinspeien. Ich fand es selbst widerlich; Torben schaute kurz weg. „Geht's wieder, Mia?“, fragte mein Bruder nach einer Weile. Ich nickte schlapp. Mein Innerstes war doch schon vollends nach außen gekehrt; ich war ausgehöhlt. Was sollte da jetzt noch kommen? „Gut“, sagte mein Bruder knapp. „Leg dich wieder ins Bett. Ich mach hier alles weg.“ Und ich schlurfte davon. Torben brachte mir ein Glas Wasser und strich mir sanft über die Stirn. „Ich geh jetzt dann auch schlafen. Aber weck mich, wenn du was brauchst.“ Seine Stimme ließ keine Einwände zu. Aber protestieren wollte ich sowieso nicht. Ich war froh, dass er da war. „Versprochen.“ Bevor er meine Zimmertür hinter sich schloss, drehte sich mein Bruder noch einmal um, als wolle er ganz sichergehen, dass ich auch wirklich noch da war. Er hatte tiefe Augenringe; der Tag hatte ihn sichtlich gezeichnet. Er sah zehn Jahre älter aus. „Es ist nicht deine Schuld", brachte ich krächzend hervor. Mein Bruder schluckte hart. Er überwand die Distanz zwischen uns, schlang seine Arme um mich und zog mich fest an sich, voller Emotionen, die gleichzeitig abfeuerten. Wenigstens du würdest mir bleiben; da war ich ganz sicher.

HEIMLICHKEITEN

Bei Harald meldete ich mich bis auf Weiteres krank. Es wunderte mich, dass ich in meinem Zustand überhaupt fähig war, zu telefonieren, und dass Harald dann auch tatsächlich noch ranging, als es klingelte. Ich wollte nicht warten; ich wollte es gleich hinter mich bringen. Die privaten Nummern gab es ja schließlich für Ausnahmesituationen und das hier war eindeutig eine. Harald hatte nur verständnisvoll in den Hörer gebrummt, ich solle mir keine Sorgen machen. Er schätze meine Arbeit und wolle mich auch nach meinem Studium weiter beschäftigen. Vielleicht nehme mir das auch ein bisschen den Druck raus. „Komm erst mal wieder auf den Damm, Mia!", hatte er gesagt. Mit offenem Mund stand ich da. Er wollte mich einstellen, mich, die labile Schreckschraube. War das zu fassen? Im gleichen Atemzug hatte er es gesagt, die Genesungswünsche inklusive Jobangebot. Ich hatte eigentlich erwartet, mich mit dieser Aktion vollends ins Aus zu schießen. Aber mein Chef stand zu mir, auch wenn ich zusammenklappte. Er nahm mich ganz anders wahr, realisierte ich baff. „Ich bereite alle Unterlagen schon einmal vor, wenn du willst. Dann kannst du dir alles in Ruhe durchlesen. Es ist nicht mehr so lang hin, bis du deinen Abschluss hast. Und bei uns wird eine Stelle frei. Für die hätte ich dich gerne." Ich wurde hin und her geschmissen; eine Turbulenz jagte die andere. Ein

Geschenk in der Krise; ich hätte vor Freude durch die Wohnung tanzen sollen. Aber ich stand einfach nur da, nicht begreifend, was gerade geschah. Wie ein kleines, verängstigtes Mädchen, das seinen Teddybär schützend vor sich hielt und barfuß durch ein Minenfeld lief. Die Welt um mich herum machte, was sie wollte. Und wann sie es wollte. Sie fragte mich nicht. Es war ihr egal. Nichts passte zum anderen; das Timing war einfach nur schlecht. Völlig überfordert mit mir und den jüngsten Entwicklungen hatte ich mich auf der Couch installiert und den Kotzbrocken gegeben. Warum konnte ich mich verdammt noch mal nicht darüber freuen? Darauf hatte ich doch die ganze Zeit hingearbeitet, auf die Chance, mich im Jugendzentrum dauerhaft verwirklichen zu können. Auf geht's, Mia! Lass die Champagnerkorken knallen! Doch da knallte nichts und das ärgerte mich. Auf der Suche nach Opfern, um meinen Unmut zu teilen, machte ich vor niemandem Halt. Ich beschimpfte den, der mir vor die Füße lief; und das war Torben, mein Prellbock. Jedes Mal, wenn ich erneut aus dem Nichts heraus explodierte, tat es mir eine Sekunde später schon gleich wieder Leid und ich bettelte um Liebe, Vergebung und Zuneigung. „Geh mir nicht auf den Sack mit deinen permanenten Stimmungsschwankungen", hatte mein Bruder irgendwann entnervt ausgerufen, sich seine Laufschuhe geschnappt und sich seine Schuldgefühle von der Seele gerannt. Er hatte es nicht mehr ausgehalten, hatte mich nicht mehr ausgehalten. Jetzt stand er unter der Dusche, um seine Wunden zu lecken. Auch Micky mied mich. Der Kater wusste eindeutig, was gut für ihn war. Hätte ich es gekonnt, wäre auch ich vor mir selbst geflohen. Wahllos zappte ich durch die Programme. Wenigstens darüber hatte ich Macht. Ich war einfach unausstehlich.

„Torben, dein Handy klingelt!", rief ich lautstark und klopfte an die Badezimmertür. „Wer ist es denn?", hörte ich die durch den Brausestrahl gedämpfte Stimme meines Bruders. Ich blickte aufs Display. „Keine Ahnung. Die Nummer ist unterdrückt. Soll ich rangehen und mich als deine Sekretärin melden?" Die Vorstellung gefiel mir. Bizarr, aber wahr. Ich war wieder ein bisschen runtergekühlt. Torben stellte die Dusche ab. „Nein. Lass mal. Ich geh schon." Er öffnete die Tür; seine Haare waren noch eingeschäumt, oder wieder? Ich hatte kein Zeitgefühl mehr. Mein Bruder hielt sich verschämt ein Handtuch vor den Körper. Jetzt stell dich halt an! Ich reichte ihm sein Telefon, das unbeirrt weiter klingelte. „Danke." Er nahm ab und zog die Tür wieder hinter sich zu. Ganz leise hörte ich Torben etwas flüstern. Es war seltsam, denn normalerweise interessierte es mich schlichtweg nicht, mit wem mein Bruder telefonierte. Er telefonierte jeden Tag mit irgendwem und meistens mit der Arbeit. Diesmal blieb ich im Flur stehen und lauschte. Ich versuchte, seine Wörter zu entschlüsseln, um herauszufinden, worum es in dem Gespräch eigentlich ging. Aber ich hörte nur „Ja" und „Nein" und ganz viel „Mhm". Das konnte alles bedeuten. Langsam trat ich einen Schritt nach vorne und presste mein Ohr fest an die Holzplatte. Ich war doch gestört. „Und wann? Mhm ... Ich komme." Torben legte auf. Seine Stimme hatte förmlich geklungen; aber diesen Tonfall zum Schluss, den hatte er nur, wenn er ... Willst du mich hier verarschen? Ich durchlitt eine Trennung und mein Bruder hatte ein Date. Ins Bad kam Bewegung; erschrocken wich ich zurück. Bloß weg hier, weg von der Tür! Ich hastete mich, warf mich, sprang mit einem Satz auf die Couch. Noch genau rechtzeitig, bevor Torben in den Flur trat. Aufgekratzt zupfte ich mir meine Locken zurecht und schüttelte meine Klamotten auf. Dann griff ich mir wahllos eine Zeitschrift vom Stapel.

Torben trat vor mich. Er wirkte verärgert. „Und, wer war das?", fragte ich betont unschuldig. Mein Bruder musterte mich kritisch. „Hat sich verwählt", antwortete er knapp. Alles klar, du hast auch schon mal besser gelogen. Dann drehte er sich um und stapfte wieder davon. Leon hat schon geschwiegen, jetzt auch noch du? Es tat mir weh, dass mein Bruder vor mir offensichtlich etwas verbarg. Vergolt er Gleiches mit Gleichem? Oder wollte er mich bloß schonen? Wen interessierten schon Gründe? Das, was zählte, das, was schmerzte, war die Tatsache, dass sie mich überhaupt aussperrten, beide, jeder auf seine Weise, aus ihren Gedanken und, ja, auch aus ihren Gefühlen. In mir kochte es schon wieder hoch. Ich will dir die Augen auskratzen, Verräter! Wie konnte mein Bruder mir jetzt so in den Rücken fallen?

„Ich muss nochmal weg. Ist das in Ordnung für dich?", Mein Bruder hatte sich angezogen. Er trug seine Jeans und ein verwaschenes Hemd. Wäre ganz bestimmt nicht meine erste Wahl gewesen; das war Tarnung, alles nur Tarnung. Aber schön, dass du fragst. Was würdest du tun, wenn ich jetzt Nein sagte, Bruderherz? Torben sah mich forschend an. Konnte ich echt so gemein sein? Was beseelte mich nur? Mein Bruder seufzte und setzte sich neben mich. „Wenn es nicht geht, bleib ich hier. Das ist kein Problem." Doch, das war es, denn seine Stimme klang verkniffen und schal. Er sagte es aus Pflichtgefühl und das traf mich noch mehr. Sein Leben ging weiter und meines blieb stehen. „Mach ruhig. Ich komme schon klar." Das konnte ich ihm nun wirklich nicht antun. Und vor allem, mit welchem Recht? „Sicher?", fragte er zögerlich nach. Ich nickte bekräftigend. „Ganz sicher." Seine Miene klarte schlagartig auf. Für einen kurzen Moment war er wieder ein Teenie, doch dann fand er zu seiner Fassung zurück. Torben räusperte sich. „Es dauert nicht lang, vielleicht ein, zwei Stunden. Dann bin ich wieder bei dir." Da scharrte aber einer ganz gewaltig mit den Hufen. „Wo musst du denn hin?" Ich konnte es einfach nicht lassen. „Ähm … Ich muss noch was aus dem Büro abholen. Weil … ich noch ein bisschen Arbeit nachzuholen habe, wegen ..." Er deutete unbeholfen und vage auf mich. Irgendwie war er schon putzig. Ich nestelte mich in die Wolldecke und widmete mich wieder der Zeitschrift vor mir, als mein Bruder unsere Wohnung verließ. Ich verlor mich in Artikeln und tatsächlich gesellte sich auch Micky wieder zu mir. Auf meinem Handy erhielt ich eine Nachricht von Sydney. „Hoffe, du hast deine Regenwolken zum Trocknen in die Sonne gehängt. Herzchen-Smiley." Soweit ich wusste, arbeitete sie heute im Darwin's. Ob ich hingehen sollte? Vielleicht tat es mir gut? Ich wog meine Optionen ab. Kann ich bitte die andere Version von mir wieder haben, die mit der Lebensfreude? Das Exemplar hier hat eine Fehlfunktion. Nein, ich konnte mich einfach nicht motivieren. Nach zwei Folgen Futurama, die ich nur deshalb gewählt hatte, um meinen Geist zu benebeln, kroch ich schlussendlich erschöpft in mein Bett. Unter diesen Tag konnte ich nun also auch einen Haken setzen; den hatte ich geschafft.

PERSPEKTIVENWECHSEL: SYDNEY

Mann, wann kommt der jetzt endlich? Es ist eh schon verrückt, mich mit ihm hier zu treffen. Die Kneipe war bis zum Bersten gefüllt und Trudie war nicht begeistert gewesen, als ich sie vorhin schon fast auf meinen Knien angefleht hatte, mir ein kleines Zeitfenster einzuräumen, um meine Privatangelegenheiten zu regeln. Sie musste mir in die Hand versprechen, sich eher noch die Zunge abzubeißen, als irgendwem von diesem Treffen zu erzählen. Sie hatte einen scharfen Verstand und blind war sie auch nicht. Sie hatte schon längst gemerkt, dass zwischen Torben und mir diese gewisse Spannung bestand. Ich hoffte nur, für andere waren wir nicht so ein offenes Buch gewesen. Das würde alles nur noch schlimmer machen; nein, das würde alles unmöglich machen. Aber ich musste das jetzt tun, bevor ich es mir noch einmal anders überlegte. Und danach würde ich Trudie wieder an der Bar ablösen. Egal, wie die Sache hier ausging; ich würde trotzdem meine Frau stehen und meinen Dienst beenden.

Die Türe ging auf und Torben stand da im Rahmen, die Augen ein wenig verkniffen; er suchte mich wohl. Die Arena war eröffnet; die Dinge würden ihren Lauf nehmen und ich würde keinen Rückzieher mehr machen können. Ich hatte mich schon hundert Mal dafür abgewatscht, dass ich meine beste Freundin in ihrer misslichen Lage nicht einfach besuchte. Frei nach dem Motto: ‚Manchmal ist alles, was du brauchst, Schokolade, deine beste Freundin und eine Kreditkarte ohne Limit.‘ Aber ich hatte zu großen Schiss gehabt, Torben leibhaftig unter die Augen treten zu müssen. Was skurril war, hatten wir doch die letzten 24 Stunden miteinander telefoniert. Er hatte jedes Mal sofort abgehoben; und ich gab vor, mit ihm Mias Lage wieder und wieder besprechen zu wollen. Aber eigentlich wollte ich nur seine Stimme hören. Es war komisch gewesen, denn es hatte sich für mich ganz natürlich angefühlt, für ihn da zu sein, mehr als für sie. Zumindest, soweit er das zuließ. Über unsere Nacht in den Laken hatten wir nicht mehr gesprochen; auch meinen Fehltritt hatte Torben mit keinem Wort je erwähnt. Er hielt mich auf Abstand, das war deutlich zu spüren, denn der Ton machte ja bekanntlich die Musik. Wirklich herzlich waren unsere letzten Gespräche nicht gewesen. Selber Schuld, Sydney! Du hast es doch auch provoziert. Ich hatte ihn weggestoßen, mit Anlauf und Absicht. Aber mit jedem Wort, das ich ihm hatte abringen können, mit jeder Minute, in der wir beide den Hörer gehalten hatten, jeder auf seinem Fleck und doch verbunden, war mir klar geworden, wie sehr ich ihn eigentlich vermisste. Wie hatte ich nur so bescheuert sein können, diesen wunderbaren Menschen von mir loszumachen? Zumindest hatte mir das mein Herz vorhin unmissverständlich deutlich gemacht. Da war eine Sehnsucht in mir ganz plötzlich aufgeflammt, ein Gefühl, nicht bestehen zu können, wenn ich ihn nicht mehr an meiner Seite wüsste. Wenn er einfach weg wäre wie ein amputiertes Körperteil. Ein Phantomschmerz. Das ist doch Wahnsinn; gerade das wollte ich nicht mehr erleben. Torben fand mich und setzte sich mir gegenüber. So war wenigstens noch der Tisch als Distanzstück zwischen uns. Schau ihn an, Sydney, mach schon, was starrst du zu Boden?

„Also, nun, was ist jetzt so wichtig, dass du es nicht am Telefon klären kannst?", kam Torben gleich ohne Umschweife zur Sache. Manchmal wäre es mir lieber, er wäre nicht so direkt. Er nahm nicht einmal die Mühe auf sich, ein Getränk zu bestellen. Jetzt verschränkte er die Arme vor seiner Brust und lehnte sich nach hinten, nur um gleich darauf alles wieder aufzulösen und beide Hände offen auf den Tisch zu legen. Was versuchst du hier eigentlich zu machen, du Freak? Bleib einfach sitzen. Dein Gezappel, das macht mich noch ganz kirre. „Wie geht es Mia?", eröffnete ich das Feld. „Kein Smalltalk." Wow, Torben! „Was willst du von mir?" Du kannst echt voll gemein sein. Ich fasse es nicht! Dann lassen wir's halt; ich mach mich doch hier nicht zum Affen vor dir. Darauf kann ich verzichten. Bist nicht der einzige Typ! Mit einem Ruck stand ich auf. „Sydney, sorry. War blöd. Ich … setz dich bitte wieder hin." Er hob seine Hände verzweifelt nach oben und fuhr sich fahrig übers Gesicht. „Ich freue mich eigentlich, jetzt bei dir zu sein", kam es schüchtern und kleinlaut. Okay, ein Versuch noch. „Ich bin nur … unsicher. Ich weiß nicht, was das alles soll." Er gestikulierte andeutungsweise zwischen mir und sich hin und her. Seine Gefühle für mich, die waren noch da. Gott sei Dank! Und ich hatte schon aufgeben wollen. „Ich bin eine Katastrophe, Torben", warf ich in unseren Ring. „Kannst du mir das verzeihen?" Und bitte, sag Ja. Seine Gesichtszüge entspannten sich merklich. „Ich habe echt Mist gebaut und ich wollte das gar nicht. Du bist so ein unfassbar … aufrichtiger Kerl." Um Torbens Mundwinkel bildeten sich kleine Lachfältchen. Ja, was? Stimmte doch. Den Rest weißt du selber. „Ich bin es nicht gewohnt, dass mich Männer so behandeln wie du." „Wie behandele ich dich denn?", wollte Torben nun wissen. „Wie einen gleichwertigen Partner." Vielleicht war es für ihn Standard, für mich aber nicht. Sydney, trau dich. Du magst ihn; steh dir nicht selber im Weg. „Ich würde es gerne probieren mit uns." Torben stutzte; dann kam Bewegung in ihn. „Hilfe, was machst du?" Er zog mich quer über den Tisch an sich heran; ich hatte nicht die geringste Chance, zu entfliehen. Ein zufriedenes Schnurren entwich seiner Kehle und ich spürte, wie erleichtert er war. Das fühlte sich schön an, wie Ankommen, Heimkommen. Einen Moment lang ergab ich mich in seinen Armen. Und was roch dieser Typ gut, nach ehrlicher Zuneigung und vollstem Vertrauen in die Zukunft. Wenn ich jetzt nicht dazwischenging, würde er mich noch vor all diesen Menschen hier öffentlich küssen. „Es gibt eine Bedingung." Meine Stimme, fast gänzlich erstickt durch seine Liebkosung, klang fremd und neu, selbst für meine eigenen Ohren. „Und die wäre?", fragte er lachend. Das wird dir jetzt nicht gefallen. „Das hier bleibt unter uns." Das war ein Dämpfer, der saß. Torben verzog sein Gesicht zu einer gequälten Grimasse. „Und warum?", fragte er jetzt etwas schroff. Bitte vertrau mir, nur dieses eine Mal. „Deine Schwester, sie …" suchte ich nach einer Ausflucht, etwas, das ich vorschieben konnte, um die wahren Gründe zu verdecken. Ich

war so weit gekommen, dass ich mich überhaupt auf das Ganze hier ein-
ließ; aber vollständig über meinen Schatten springen, nein, Torben, das
schaffe ich einfach noch nicht. Denn die schmerzliche alte Narbe aus
längst vergangenen Tagen, die brennt weiter, pausenlos, in meinem tiefsten, innersten Kern. Torben seufzte und sah mir direkt in die Augen. „Ob
du es glaubst oder nicht, aber meine Schwester interessiert mich da herzlich wenig, was mein Liebesleben so im Konkreten betrifft. Wovor hast
du denn Angst, Sydney?" Dass es nicht funktioniert und der erste Kick
schnell vorbei ist. Dass du mich fallen lässt, wenn du dich ausgespielt
und genug von mir hast. Dass du weggehst und mich dadurch verletzt.
Dass ich alles verliere und meine beste Freundin auch gleich mit dazu,
weil Blut immer dicker als Wasser ist. „Dass sie es nicht versteht." Torben
rollte entnervt seine Augen nach oben und ließ sich zurück auf seinen
Stuhl plumpsen. Als er die physische Verbindung zwischen uns dadurch
abrupt löste, fühlte ich einen schneidenden Schmerz in meiner Brust, als
hätte man mir einen Teil meines Herzens einfach abgehackt. Mit seinen
Fingern an seine Stirn gelegt schüttelte er fast unmerklich den Kopf. Ich
konnte seinen Atem hören, wie er stoßweise aus und wieder ruppig ein-
atmete, als versuchte er, sich zu beherrschen. Seine Mimik sprach Bände;
völliges Unverständnis war ihm ins Gesicht geschrieben. Okay, das war's
jetzt. Das würde er nicht für mich tun. Der Mann, der so spielerisch
meine Festung erobert hatte, der mich lachen ließ und mich auf Händen
trug; der Mann, der gegen alle Widerstände einfach beharrlich angerannt
war, nicht müde mir zu zeigen, wie sehr er mich wollte, wie sehr er mich
in seinem Leben haben wollte, der wankte jetzt. Ich würde nicht weinen,
auch nicht um dich. Dann fahr doch zur Hölle! „Okay, Deal", kam es
knapp; er gab sich sichtlich geschlagen. Mit seinen eisblauen Augen
nahm er mich andächtig auf. „Aber irgendwann sag ich es ihr, das kannst

du mir glauben." Das war keine Drohung, sondern eher ein Versprechen. Wie ein sicheres Zugeständnis, dass er nicht von mir weichen würde, egal, was auch kommen möge. Über den Tisch hinweg drückte ich sanft seine Hand und er schloss liebevoll seine Finger um meine. Was bist du doch für ein fantastischer Mensch! „Danke", hauchte ich gerührt. Torben lächelte selig. „Da nicht für. Echt nicht, Sydney! Du verrücktes Huhn."

EIN BISSCHEN SPAß MUSS SEIN

Torben beendete soeben sein Telefonat. Die letzten 20 Minuten hatte er zusammen mit seinem Handy wieder einmal das Bad blockiert. Das hatte er in den vergangenen Tagen mehrfach getan, sich dort versteckt. Und ich bezweifelte schwer, dass es Dienstgespräche waren, denn zwischendrin hatte ich auch immer mal wieder die Klospülung gehört. Etwas an meinem Bruder hatte sich verändert, auch wenn er es vor mir zu verbergen suchte. Seit seinem ominösen Date, über das er nicht sprach und nach dem ich auch nicht fragte, weil es ja faktisch nicht existierte, pfiff er morgens ganz heimlich vor sich hin, wenn er sich Kaffee aufsetzte und sich unbeobachtet fühlte. Wollte er zum Schützenclub, nahm er sich seine Trainingstasche jetzt gleich mit zur Arbeit, sodass er keine Ausreden für sich erfinden konnte, warum er es heute wieder nicht schaffen würde. Ich vermutete aber, dass er niemals dort ankam. Und Torben rasierte sich öfter. Wahrscheinlich hatte er sich tatsächlich die Unterhändlerin aus der Firmenübernahme gekrallt. Aber so eine Karriere-Trulla war doch eigentlich gar nichts für ihn. Ich drückte die in mir nagende Eifersucht weg und versuchte, es meinem Bruder einfach zu gönnen. Nachdem ich Leons Nummer aus einem Impuls heraus kurzerhand auf meinem Handy blockiert hatte, fiel mir das auch ehrlich gesagt etwas leichter. Ich war dabei, Schritt für Schritt seine abscheuliche

Attacke auf mein Gefühlsleben zu verdauen. Zumindest lag sie mir nicht mehr ganz so schwer im Magen. Und ich schaute auch nicht mehr ständig auf mein Handy, in der Hoffnung, er würde sich doch noch bei mir melden. Seitdem schimmelte ich in meinem Zimmer und wahlweise auf der Couch vor mich hin und ich hatte auch keinen Bedarf an Gesellschaft verspürt. Okay, Dr. Thalbach hatte mich einbestellt. Wäre ich nicht gekommen, hätte er mich wohl an meinen Ohren in seine Praxis gezogen. „Sie können sich nur selbst Konfetti in Ihr Leben streuen, Frau Schneider", hatte er meine Situation kommentiert. „Machen Sie andere nicht für Ihr Glück verantwortlich." Es klingelte; keine Sekunde später wurde meine Zimmertür aufgerissen und Sydney stand im Raum. Sie schmiss mir eine Reisetasche in den Schoß. „Hier. Einpacken. Du brauchst einen Tapetenwechsel. Und keine Widerrede." Perplex starrte ich sie an. „Na los. Hopp, hopp." Sie gestikulierte wild mit ihren Händen. „Wir haben nicht den ganzen Tag Zeit. Torben fährt uns zum Flughafen." „Was?" „Wir fliegen Business Class." Sie grinste und zwinkerte meinem Bruder über die Schulter verschwörerisch zu. Was hatte sie jetzt wieder ausgefressen? Zu dritt quetschten wir uns in meinen kleinen Fiat und fuhren an den Nürnberger Flughafen. Torben begleitete meine Freundin und mich noch bis zur Sicherheitskontrolle. Er gab mir einen dicken Schmatzer auf die Stirn und drückte Sydney flüchtig zum Abschied. Sie berührte kurz seinen Arm und flüsterte etwas in sein Ohr. Er nickte. „Wohin entführst du mich eigentlich?", fragte ich lachend. Meine Stimmung war deutlich gestiegen, mit jedem Kilometer, den wir uns von meinem Zuhause entfernt hatten. Raus aus allem, einfach mal weg! Es tat gut, wieder unterwegs und unter Menschen zu sein. „Wir fliegen nach Hamburg. Ich habe Karten für König der Löwen gekauft und danach machen wir die Reeperbahn unsicher. Wir jagen ein R."

In Hamburg angekommen, rief Sydney uns ein Taxi. Wir fuhren zum Hafen und setzten mit der Fähre über. Ich genoss die frische Luft und das glitzernde Wasser, das bedächtig an mir vorbeizog. Boote hatten etwas Beruhigendes, so fand ich. Der sanfte Wellengang schunkelte mich wie ein Wiegenlied in einen Dämmerschlaf, als ich mich für einen kurzen Moment von der Reling trennte, um auf den Passagierbänken an Deck Platz zu nehmen. Im Hintergrund erklang ein Schifferklavier; Menschen lachten und Kinder klatschten vor Freude. Eine Möwe schrie. Ich ließ mich treiben und versuchte, das Geschenk des Tages einfach anzunehmen und zu genießen. Der Stage-Bau war gigantisch und hatte wahrhaftig etwas Majestätisches, wie er sich über den Kai erhob. Der beleuchtete Löwen-Kopf empfing seine Gäste. Ich hätte mich vor ihn hinschmeißen können; es hätte hier, glaube ich, niemanden interessiert. Vermutlich wären noch ein paar treue Musical-Anhänger mitgezogen und hätten es mir gleichgetan. Durch Hamburg wehte die Freiheit. Ich hatte es sofort gespürt, dieses ganz spezielle Flair. Meine Freundin versorgte uns mit alkoholfreien Getränken – „Die Nacht ist noch jung!", war ihr Kommentar gewesen, denn es wunderte mich, dass sie nicht gleich zum Sekt griff. Sie zog mich durch die endlosen Gänge an den Postern vergangener Vorstellungen entlang. Der Gong ertönte und wir begaben uns zu den Rängen. Wir saßen ganz vorne. Meine Freundin hatte sich wirklich nicht lumpen lassen. „Woher hast du die ganze Kohle für diesen Trip hier, Sydney?", fragte ich komplett überfahren. „Entspann dich und schau dir die Vorstellung an", lachte sie und gab mir einen freundschaftlichen Knuff in die Seite. Als die Eröffnungsklänge mich erfassten, bekam ich eine Gänsehaut. Ich war so tief berührt von der Schönheit, den Farben, dem ganzen Treiben, das mein Auge erfreute, und von der Musik, die meine Seele streichelte.

Was für eine Ehre wurde mir hier doch zuteil! Dass ich das erleben durfte! Ich drückte verstohlen eine kleine Träne weg. Sydney kniff sanft in meine Hand. „Ist es nicht wundervoll?", flüsterte sie. „Ja", antwortete ich ergriffen. „Wunderschön." Ich lachte und weinte mit Simba, dem Löwen, der seinem Schicksal so tapfer entgegentrat. Vielleicht sollte ich mir von ihm eine Scheibe abschneiden? Er hatte auch keine Wahl gehabt und hatte das Beste daraus gemacht. Am Ende der Vorstellung hielt es keinen von uns mehr auf seinem Platz. Wir klatschten frenetisch in die Hände, in stehender Ovation, um den grandiosen Künstlern, die uns in den letzten Stunden die Welt um uns herum hatten vergessen lassen, zu danken. Wieder und wieder wurden sie auf die Bühne geholt, verbeugten sich artig, strahlten uns an, winkten ins Publikum und verschwanden dann wieder hinter den Kulissen. Draußen klirrten die Gläser: die Bar war voll besetzt. Sydney entschuldigte sich für einen kurzen Moment und verschwand samt kleinem Make-up-Täschchen und Handy im Klo. Das konnte ja noch was werden heute. Ich ließ mich in einen der großen roten Sessel fallen, die die obere Etage säumten, noch völlig berauscht von den vielen Eindrücken. Als ich mich umsah, fiel mein Blick auf eine Skulptur, die auf einem Absatz stand. Das Blut gefror mir augenblicklich in den Adern. Es war ein Mann, der mit vorgeschobenem Becken einen Stab ritt; was stellte das dar? Verlangen. Dominanz. Wie ein Gewitter brachen die Bilder wieder über mich herein. Der Fels, Leons Augen, seine Härte in mir. Vielleicht sollten wir das einfach beenden. Seine Hand in meinem Nacken. Unsere Küsse. Ich will dich nicht mehr. Mit einem Mal hatte die Kälte meinen ganzen Körper erfasst und ich zitterte. „Geht's bei dir?", hörte ich Sydneys Stimme hinter mir. Sie sah mich besorgt an. „Deine Lippen sind blau." Dann packte sie meine Arme und rieb mit ihren Händen kräftig darüber. Ich zwang mir ein Lächeln auf. „Ja. Alles gut." Was sollte ich auch anderes sagen? Meine Freundin nickte in Richtung Ausgang. „Auf zur Reeperbahn?" Ich reckte meine Faust schwach nach oben wie zu einem Jagdschrei. „Auf zur Reeperbahn."

Die Straßen rund um den Kiez waren überaus belebt. Gruppen grölender Jugendlicher torkelten Schulter an Schulter die Bürgersteige entlang und sangen lauthals schräge Lieder. Das Pflaster unter ihren Füßen stand im Schaum verschütteten Bieres. Mittzwanziger-Frauen, auf deren Köpfen Penishüte thronten und deren Leiber in bedruckte T-Shirts mit den Aufschriften ‚Hilfe ich heirate! Die anderen sind nur zum Saufen hier' und ‚Braut-Bitches' gehüllt waren, kamen mir entgegen. „Bist du dir sicher, dass ich mir das hier geben muss?", fragte ich Sydney zögerlich, während ich mich an ihren Arm klammerte und mit einer Mischung aus Widerwillen und kranker Faszination das Treiben um mich herum beobachtete. Eine Nutte drückte mit ihren spitzen Hacken ihre Kippe am Boden aus und prüfte fachmännisch mit fleischigen Händen den Sitz ihrer schwarzen Korsage, die ihre massigen Brüste im Zaum zu halten versuchte. Leuchtreklameschilder blinkten mich an. War das der Charme von St. Pauli? Meine Freundin zog mich in einen kleinen Schuppen seitlich weg. Ich blinzelte und brauchte erst einen Moment, bis sich meine Augen an das fahle Licht im Inneren gewöhnt hatte. Ich erwartete das Schlimmste: Eine abgeranzte Spelunke, triefend, stinkend. Diese Kneipe hier aber war mit altem Holz getäfelt, das verlebt aussah und doch liebevoll poliert zu sein schien. Ein wahres Juwel! Im Hintergrund der Bar, sorgfältig aufgereiht, stand das Spirituosen-Sortiment, bereit für den Einsatz. Ich war beeindruckt. Von außen hatte der Laden wirklich nichts Gutes verhießen. Sydney checkte ihr Handy. „Geh du doch schon mal vor. Ich komme gleich nach", sprach sie und verschwand wieder durch die Tür nach draußen. Ich schob mich weiter durch den schmalen Gang. Es roch nach Plätzchen. Eine Erinnerung blitzte in mir auf: Omas alte Steppdecke über der mit Blümchenmuster überzogenen Couch. Auf dem kleinen Glastisch mit goldenen Löwenfüßen davor hatte immer eine schlichte Vase mit frischen Tulpen gestanden. Ich lächelte. Eigentlich ganz angenehm hier. Das orange-gelbe Licht, das die Kneipe erfüllte, hatte eine beruhigende Wirkung auf mich. Überall hingen Lichterketten und in der Ecke eine Dartscheibe. Zwei Kerle lehnten eng umschlungen daneben an der Wand und küssten sich innig. Aus den Lautsprechern quäkte Udo Jürgens ‚Aber bitte mit Sahne'. „Schätzchen, ich muss mal kurz für kleine Königstiger", raunte mir eine Gestalt auf hohen Schuhen und mit einer Federboa um den Hals mit sonorer Stimme zu, als sie sich an mir vorbeischob. Ich fühlte mich wie in einem falschen Film. Dieser Ort war so surreal und hatte gleichzeitig etwas so Wärmendes, Anmutiges, ja, Schützendes an sich. „Darf ich dir einen Drink ausgeben?" Ein schlaksiger Typ in Lederjacke, weißem T-Shirt und zerschlissener Jeans schenkte mir sein schönstes Lächeln. In meiner Brust zog sich etwas zusammen. Um seine Mundwinkel bildeten sich kleine Grübchen. Er hatte etwas an sich, das mich magisch anzog, denn er strahlte eine Ruhe und arrogante Selbstgefälligkeit aus, die mir den Atem nahm. Er hatte etwas von Leon. Mia, hör endlich auf an ihn zu denken! „Es ist nur ein Drink. Ich will dich doch nicht gleich heiraten." Der Typ nickte in Richtung Bar. Wo war Sydney, wenn man sie mal brauchte? Rette mich. „Warum auch nicht", brachte ich tapfer hervor und folgte ihm. Der Barmann stellte uns unaufgefordert zwei Gin Tonic auf den Tresen. „Das erste Mal in Hamburg?" Was sollte das werden? Mein Gegenüber schob mir lässig ein Glas übers Holz zu. Ich betrachtete es argwöhnisch. Der Alkoholgestank biss mir in die Nase und ließ mich ein Stückchen zurückweichen. Wann hatte ich das letzte Mal etwas getrunken? Ich würde das hier nicht trinken. „Ja", antwortete ich knapp und fixierte weiterhin den Drink. Meine Güte, ich brauchte echt nicht noch mehr Eskapaden in meinem Leben; war doch eh alles schon verkorkst genug. Aber hatte ich nicht auch ein bisschen Auszeit verdient? Langsam, ganz langsam umschloss ich mit meinen Fingern das Glas und führte es zum Mund. Dann nippte ich vorsichtig an meinem Gin Tonic. Erster Schluck, zweiter Schluck … Das hier würde mich alles vergessen lassen. Ohne noch einmal näher darüber nachzudenken, kippte ich den gesamten Inhalt des Glases in einem Zug meine Kehle hinunter. Mein Gegenüber lachte auf. Ein warmes Kribbeln durchlief meinen Körper. „Eine Frau nach meinem Geschmack." Hatte der eine Ahnung. Er gab dem Barmann ein Zeichen. „Auf meinen Nacken." Und der füllte nach. „Wie lange bleibst du?", wollte der Typ jetzt wissen. Ich legte meinen Kopf ein wenig schief und sah ihn möglichst frech an. „In jedem Fall die ganze Nacht." Mein Blick fiel auf seinen Mund. Heute würde mir alles egal sein. Konnte Leon doch daheim verrotten. „Na dann." Mein Gegenüber hob sein Glas. „Auf eine gemeinsame Nacht!"

Lange hatte ich schon nicht mehr so viel Spaß gehabt. Das Leben konnte so einfach sein. Zusammen mit meinem spendablen Flirt, der auf den Namen Niels hörte, eroberte ich die kleine Bühne im hintersten Eck der Kneipe. Ausgelassen grölend gaben wir unsere Karaoke-Version von ‚It's raining men' der Weather Girls zum Besten; die Ironie dahinter entging mir nicht. Das zarte Pflänzchen in der Federboa tanzte, mehr schlecht als recht, einen Tango mit Sydney. Torben hätte sich zu Tode geniert, wäre er dabei gewesen. Und das schwule Pärchen schlug mich haushoch im Dartspiel. Nach weiteren sechs Gin Tonic musste ich mich an Niels festhalten, um nicht rücklings wegzubrechen. Ich spürte seine Hand an meinem Rücken, die zielsicher auf meinen Po wanderte. Auch er hatte gut einen sitzen. „Mia, wir gehen jetzt." Sydney zog an meinem Arm. „Neiiiiiiiiiin ... Wiiiiiesooooooo?", lallte ich und klang dabei wie ein verzogenes, kleines Gör, deren Mutter gerade Anstalten machte, ihr den Lolli wegzunehmen, weil Zucker ja angeblich schlecht für die Zähne war. Aber was wusste Mutti schon? Zucker war toll. So toll. Ohne Umschweife trennte mich meine Freundin resolut von meinem Flirt, packte mich mit beiden Händen links und rechts in einen für mich überraschend festen Griff und schüttelte mich kräftig durch. Mein Kopf wippte. Ich fand es lustig. „Es ist ja nicht so, dass du gerade tierisch Bedarf hättest", wies mich Sydney mit strengem Ton zurecht. „Wir hatten unseren Spaß und jetzt ist es gut. Torben dreht mir den Hals um, wenn ich ihm das hier erzähle." Torben? Was hatte der jetzt damit zu schaffen? „Dann erzääähl esss ihm hallllt nicht." Ich suchte Niels' Blick. Der hob abwehrend die Hände. „No front, Mädels. Jetzt bin ich raus" – sprachs, stolperte davon und ward nicht mehr gesehen. „Jetzzz hassst du mir den Abend verpesssssstet", gab ich meiner Freundin trotzig zurück und zog ein Pfännchen. Dann prusteten wir beide los.

„Brauchst du eine Aspirin?" Sydneys Hand kam in mein Blickfeld und hielt mir ein Tablettenpäckchen vor meine glasigen Augen. Mein Schädel dröhnte. Was war das gestern nur für eine bescheuerte Idee gewesen, so über die Stränge zu schlagen? Ich zog mir mein Kissen über den Kopf und stöhnte gequält. „Ich geh dann mal duschen", hörte ich meine Freundin gedämpft, aber deshalb nicht weniger dreckig lachen. Miststück. Die hatte gut reden; das blühende Leben war sie im Vergleich zu mir. Ich hatte ganz vergessen, wie sich ein ordentlicher Kater anfühlte. Das war nichts, worauf man doch ernsthaft aus sein konnte.

Meine Klamotten vom Vortag und der Kneipengeruch klebten mir noch am Leib, genauso wie das Gefühl von Niels' Fingern auf meinem Hintern. Ich versuchte, den Abend Revue passieren zu lassen, musste aber feststellen, dass es beachtliche Lücken in meinen Erinnerungsfetzen gab. Herrje, hoffentlich hatte ich mich nicht allzu peinlich benommen! Ich schielte auf mein Handy. Papa hatte geschrieben; er konnte das Krankenhaus verlassen. Margeritha und Paolo würden ihm noch ein paar schöne Tage in Portugal bescheren. Alles Weitere, was die Nachsorge betraf, würde mein Vater in Deutschland regeln. Das genaue Datum zur Rückreise stand noch nicht fest; aber er würde es nicht über die Maßen strapazieren. Auch er wollte wieder in seinem eigenen Bett schlafen. Und vor allem wollte er Torben und mich wiedersehen. Tief gerührt von seinen offenen Worten vergrub ich mein Gesicht in der Matratze. Unser eigener Flug zurück ging bereits in vier Stunden. Wenn Sydney und ich noch das Hotelfrühstück mitnehmen wollten, dann war es höchste Zeit, dass ich aus den Federn kam. Ich hoffte inständig, dass das Buffet gut sortiert war. Mir war nach Rollmops, sauren Gurken und Laugengebäck.

Als ich vor das Hotel trat, blendete mich die Sonne. Mit einem tiefen Atemzug sog ich die Hamburger Morgenluft ein. Sie schmeckte nach Leben. „Mia, warte!" Erstaunt drehte ich mich um. „Niels?" Sydney hob eine Augenbraue, sagte aber nichts. Ich wusste auch so, was sie dachte. „Nur kurz", versicherte ich meiner Freundin und ging unserem unverhofften Gast entgegen. Sydney hiefte derweil unsere Taschen in Richtung wartendes Taxi. „Was machst du denn hier?", fragte ich mit leichtem Unwohlsein in meiner Bauchgegend. Bei Tageslicht wirkte mein Flirt deutlich jünger als ich. Ich schluckte, denn das änderte nichts daran, dass er noch die gleiche anziehende Wirkung auf mich hatte wie gestern. „Gib mir dein Handy?" Niels streckte mir seine Hand offen hin. „Warum?", entgegnete ich leicht irritiert. „Gib mir einfach dein Handy. Ich beklaue dich schon nicht." Und da war es wieder, dieses verschmitzte, herausfordernde und latent arrogante Grinsen, das mir die Knie weich werden ließ. „Okay." Ich reichte ihm mein Telefon. Seine Daumen sausten wild übers Display. „Mia, kommst du dann bitte!" Meine Freundin stand mit einem Bein schon im Wagen, die Tür halb an ihren Körper gezogen, als träge sie ein Schutzschild vor ihrer Brust. „Wir müssen los." Sie spielte doch ernsthaft die Anstandsdame. Ich biss mir verlegen auf die Unterlippe. „Hier." Niels gab mir mein Handy zurück. „Dein T-Man ist ein Idiot, sollte er dich jemals gehen lassen. Und wenn doch, hast du jetzt meine Nummer." Von was redete er? Ich räusperte mich. „Okay." Das war bizarr. „Okay", kam es zurück. Der Taxifahrer hupte. „Ich muss jetzt gehen", sprach ich das Offensichtliche aus. „Ich weiß." Niels zögerte kurz, dann fasste er einen Entschluss. Mit beiden Händen an meinen Hüften drückte er mir einen feurigen Kuss auf die Lippen. Als ich meine Augen wieder öffnete, war mein Flirt schon verschwunden; so schnell, wie er mir eine Gänsehaut bereitet hatte, hatte er sich schon wieder aus dem Staub gemacht. Einen Moment lang stand ich wie betäubt auf der Straße. „Wenn du hier Wurzeln schlägst, kommen wir nie wieder nach Hause", zerriss Sydneys klare Stimme schonungslos die Idylle.

Während der Taxifahrt hingen wir beide unseren Gedanken nach. Ich blickte stur aus dem Fenster, um die Kulisse von Hamburg noch einmal voll und ganz in mich aufzunehmen: Den Hafen, die Elbe, die Große Freiheit, jede einzelne Kreuzung, die wir passierten, einfach alles. Irgendwie schaffte es diese Stadt, all ihre Facetten unter einen Hut zu kriegen, so widersprüchlich sie auch zu sein schienen. Unser Fahrer drehte das Radio lauter. „Ein bisschen Seitenwind wird immer sein, mein Kind, doch mach dir nichts daraus, das macht mir gar nichts aus", johlte da der Rostocker Shanty Chor und unser Chauffeur setzte vergnügt mit ein. Ich blickte ihn verärgert an; mein Kopf drohte zu zerspringen. „Ein bisschen Seitenwind wird immer sein, mein Kind, doch mich bringt jeder Wind, mein Kind, zu dir nach Haus." Sydney lachte kurz auf. Mir war es schleierhaft, was an dem Text so lustig war, hatte ich aktuell doch noch nicht einmal einen Kurs, aber dafür ganz viele Stürme. Meine Freundin tippte etwas in ihr Handy. Das Ding hatte sie die letzten 24 Stunden wirklich oft in den Fingern gehabt. „Mit wem schreibst du da eigentlich?", fragte ich misstrauisch. „Mit dem Fuchs-Mandelbaum." Sie grinste mir breit ins Gesicht und drehte ihr Display, sodass ich es sehen konnte. Ihr Instagram-Account war offen. Unser Professor hielt ein Schild in die Kamera, auf das in großen Lettern ‚#alphakevin' geschrieben war. Sein Mann stand im Hintergrund und zeigte ihm einen Vogel. „Vielleicht informierst du mal deinen Bruder darüber, dass wir gleich am Flughafen sind, Mia. Hier ist unsere Flugnummer." Sydney reichte mir den Ausdruck, der auf ihrem Schoß lag. „Dann weiß Torben auch, wann er uns abholen muss." „Warum bist du nur so ekelhaft nüchtern heute?", stieß ich entnervt aus. „Du hast gestern für zwei gesoffen. Ehrlich, einer von uns musste doch den Überblick behalten." Sie zwinkerte mir zu. „Aber du hast gar keinen aufgerissen", warf ich ihr entgegen. „Auch das hast du ja vorbildlich für mich übernommen." Sie gab mir einen liebevollen Knuff in die Seite. „Nein. Ernsthaft. Es war einfach nicht das richtige Material für mich dabei."

DAS ANGEBOT

Als ich meinen Kater am nächsten Tag mehr oder minder überstanden hatte, rief ich Harald an und bat um ein Treffen. „Setz dich, Mia. Schön, dass es klappt." Ich installierte mich am Schreibtisch und zupfte nervös ein paar Fusseln von meiner Jeans. Mein Chef zog seinen Kaffee aus der Maschine. Der Vollautomat war sein ganzer Stolz. „Willst du auch einen?", fragte er und schlürfte die ersten zwei Millimeter braunes Gebräu vorsichtig ab, sodass er auf dem Weg zu seinem Platz nichts mehr verschütten konnte. „Nein, danke." Mein Magen war das reiste Flipperspiel. Harald fischte einen Stapel Unterlagen aus seiner Schublade und legte ihn verdeckt vor mich hin. „Welche Stelle wird denn frei?", fragte ich zögerlich, meinen Blick auf den Stapel geheftet. Harald löste sich von seinem Kaffee, lehnte sich entspannt in seinem Bürostuhl zurück und faltet die Hände vor seiner Brust. Dann grinste er breit. „Meine." „Was?" Entgeistert riss ich die Augen weit auf. „Aber du ...", stammelte ich. „Warum das denn?" Verflucht! Mein Chef lachte verzückt; er wirkte sichtlich zufrieden mit sich. „Ich werde zukünftig mehr administrative Tätigkeiten für unseren Träger übernehmen und mich aus dem operativen Geschäft zurückziehen. Ich möchte, dass du die Leitung des Jugendzentrums übernimmst. Es ist schon alles mit den Obrigkeiten besprochen. Ich bleibe weiterhin dein Ansprechpartner. Aber du hast hier dann das Sagen und von meiner Seite aus auch freie Hand." Ich starrte ihn fassungslos an, unfähig, auch nur ein einziges Wort zu sagen. „Ich weiß, dass du das super machen wirst. Die Jugendlichen lieben dich und ich habe ein gutes Gefühl dabei, dass ich sie bei dir zurücklasse. Du bist eine tolle Persönlichkeit, hast Charisma, bist echt und greifbar. Du hast genug Höhen und Tiefen in deinem Leben gemeistert, dass dich unsere Schützlinge auch als Anführer akzeptieren. Wir brauchen in dieser Arbeit nicht nur Köpfchen und Fachwissen, wir brauchen auch die richtige Ausstrahlung, Empathie und Leidenschaft. Das alles bringst du mit, Mia." „Du weißt schon, dass sie dich für Morpheus halten", war das Erste, was mir in den Sinn kam. Haralds schepperndes Lachen erfüllte den Raum. „Und wer soll ich dann sein? Etwa Neo vielleicht?" Die Vorstellung missfiel mir ein wenig. Mein Chef wischte sich seine Tränen aus dem Gesicht. „Herrlich! Nein, Mia. Du bist die Kleine mit der Knarre in der Hand, die dafür sorgt, dass Neo nicht draufgeht." Jetzt war ich baff, hielt er mich doch wahrhaftig für Trinity. Harald wurde wieder ernst. „Jeder unserer Schützlinge ist ein kleiner Neo, Mia. Aus jedem von ihnen kann mal ein Held werden, mit den richtigen Leuten an der Seite und der entsprechenden Motivation." Ich stellte mir gerade Tarek vor, dessen erklärtes Ziel es war, der gefürchtete Kopf eines Drogenkartells zu werden. Nun gut, ich hatte noch etwas Arbeit vor mir. „Aber ich bin ein seelisches Wrack", platzte es aus mir heraus. Harald schüttelte den Kopf; er verkniff sich sichtlich einen erneuten Lachanfall. „Bist du nicht. Glaubst du, ich bin im Leben immer ganz oben auf der Welle mitgeschwommen?" Er sah mir direkt in die Augen. „Nein. Die Welle hat mich gepackt, gewaschen, zermatscht und wieder auf den Strand gespuckt. Wieder und wieder. Und genau das macht uns aus. Wir sind zäh. Wir lassen uns nicht klein kriegen. Wir stehen auf und gehen unseren Weg weiter. Wir sind Vorbilder für diese jungen Menschen da draußen." Er lehnte sich nach vorne und stützte sich mit seinen Ellenbogen auf die Tischplatte. Mit einem Finger wies er zur Türe. „Und ich könnte meine Schäfchen keiner Besseren anvertrauen als dir." Ich war vollkommen überfahren. „Nun, was sagst du dazu?" Ja, was sollte ich sagen? Es war der Job meines Lebens, auf dem Silbertablett serviert. ‚Wo ist der Haken?', meinte das Teufelchen in meiner Brust. ‚Gibt's nicht. Fresse!', konterte das Engelchen und erdolchte den Zwerg. „Darf ich durch die Unterlagen gucken?", fragte ich und fuhr meine Hand bereits aus, um sie mir umzudrehen. ‚Ha, ha!', lachte der Teufel. ‚Du kriegst mich nicht klein.' Daraufhin schmollte der Engel und war einfach nur still. Ich las über die Zeilen; es war wirklich perfekt. „Ja, ich mach das", hörte ich mich selbst erstaunt sagen. ‚Siehst du jetzt, Blödmann, ich hab's dir gesagt.' Und das Engelchen streckte dem Teufelchen die Zunge heraus. Ich musste lachen. Harald zückte den Stift. „Gut so. Das freut mich. Dann machen wir das hier fix."

Noch völlig von Endorphinen durchtränkt und mit einer Kopie des Vertrags an meine Brust gepresst lief ich durch die engen Gassen zum Rosenglanz. Harald und ich hatten uns darauf geeinigt, dass ich meine Masterarbeit im Jugendzentrum schreiben und so schon Vorarbeit für zukünftige Projekte leisten würde. Er hatte mir zugesichert, mich bei all meinen Anliegen tatkräftig zu unterstützen, und wir vereinbarten einen Folgetermin, um Detailfragen zu klären. Erst dann wollten wir unsere Schützlinge über die Änderungen informieren. Ich kaufte einen Quarkplunder, zog ein Buch aus meiner Tasche und tauschte es gegen Schillers Don Carlos ein. Das Rilke-Projekt hatte ich nicht weiterverfolgt. Aber der alte Braun schien wohl Verstaubtes zu mögen. Einen Versuch war es wert. Wenig später stand ich auch schon vor seinem Spion und drückte kräftig die Klingel, doch er öffnete nicht. „Herr Braun, ich bin's. Mia Schneider, von oben. Ich habe Kuchen für Sie." Der Alte blieb stumm. „Sturer Bock!", zischte ich. Ja, das kannst du schon hören! Ich stellte Päckchen und Druckwerk wieder auf seine Matte und stieg die Treppen hinauf. Noch bevor ich unsere Wohnung erreichte, flog die Tür auf und mein Bruder sprang freudig heraus. „Überraschung!" Er stand breitbeinig und mit beiden Armen weit aufgespreizt mitten im Gang. Auf seinem Kopf thronte ein Partyhütchen; das Gummiband schnitt in sein Kinn. „Du siehst völlig beknackt aus", kommentierte ich seinen Aufzug. Torben zauberte hinter seinem

Rücken ein zweites Hütchen hervor. „Hab deine WhatsApp bekommen." Ich verdrehte die Augen und nahm das Schmuckstück an mich. „Setz es auf!", drängte mein Bruder und strahlte mich an. Was war ich doch reich, dachte ich, und kämpfte mir das Ding auf die lockige Mähne. Selbst vor Micky hatte mein Bruder nicht Halt gemacht; der hatte ein schillerndes Schleifchen um seinen Hals, das er verzweifelt versuchte, von sich abzustrampeln. Mit alkoholfreiem Sekt stießen wir an. „Und heute Abend lassen wir es dann ordentlich krachen." Mein Bruder sagte es so, als wäre bereits alles geklärt. „Wir gehen auf die Piste." Okay, das war krass! „Bist du dir sicher, dass du das schaffst?", fragte ich Torben gerührt. „Ja, Mia. Bin ich. Ich bin mir absolut sicher."

DAS DONNERKEIL

Sydney zog mir den letzten Lidstrich nach. „Perfekt!" Ich betrachtete mich im Spiegel. Sie hatte mich in einen ihrer Fummel gesteckt. Es war ein blau-gelber Glitzeranschlag mit freiem Rücken und Wasserfall; dazu trug ich hohe Pumps. „Findest du nicht, dass ich aussehe wie ein missglückter Dorie-Verschnitt?" Die Pailletten funkelten, als ich mich vor ihr drehte. Meine Freundin lachte. „Wie die von Nemo? Nein. Echt nicht." Seit einer Stunde blockierten wir nun schon unser Badezimmer. Sydney schmierte etwas Gel in ihr rotes Haar und zupfte die Strähnchen in alle nur erdenklichen Richtungen. Sie ist ruhiger geworden, konstatierte ich, und nahm meine Freundin noch genauer in Augenschein, wie sie jetzt dezent Lippenstift auflegte. Sie schminkte sich nicht für die Jagd; sie schminkte sich für sich, weil es ihr einfach gefiel. Auch wenn sie für den Durchschnittsbürger immer noch eine Schippe zu extravagant aussah, war doch das getriebene, aufgekratzte, ständig nach sexuellen Abenteuern Ausschau haltende Luder irgendwie aus ihrem

Körper gewichen – und zum Vorschein kam eine neue Version, die weitaus ausgeglichener war und auf eine bestimmte Weise vollständiger wirkte. Nur der Grund dafür erschloss sich mir nicht. „Und … kommt heute ein weiterer Alphabet-Anwärter an den Hacken? Du musst ja schon ganz ausgedörrt sein", piesackte ich sie. Sydney hielt in ihrer Bewegung kurz inne und fixierte mich über den Spiegel. Dann fuhr sie den Lippenstift mit einem leichten Klacken ein und tupfte etwas Rouge auf ihre Wangen. „Das kommt ganz drauf an, was im Angebot ist." Du lügst doch! Torben steckte den Kopf durch die Tür. „Seid ihr zwei dann soweit? Ich muss pissen." „Geht's auch in schönem Deutsch?" Ich boxte ihn foppend mit meiner Faust in den Bauch. „Heute nicht mehr", gab er knapp zurück und arbeitete Sydney und mich kurzerhand hinaus. Die Tür fiel ins Schloss und wir hörten sein erleichtertes Seufzen mit dem passenden Geplätscher dazu. Ich musste lachen. Brüder konnten manchmal so erfrischend komisch sein. „Und wann ziehst du dich um?", fragte ich durch die dünne Holzplatte hindurch. Torben drückte die Spülung. „Ich bin schon umgezogen." Die Tür zum Bad ging wieder auf. „Entweder in diesen Klamotten …" Mein Bruder deutete mit beiden Händen an sich herab; er hatte eine Jeans und ein schwarzes T-Shirt am Leib. Ich vermisste sein Hemd. „Oder in keinen." Sydney lachte laut los. Mein Bruder verzog irritiert das Gesicht. „Dann besser nackt", brachte sie kichernd hervor. „Das war keine Frage gewesen, mein Fräulein." Torben schnappte ein paar Mal entgeistert nach Luft. Doch seine Augen funkelten meine Freundin amüsiert an. „Also vor mir müsste dir das jetzt nicht peinlich sein", nahm ich Sydneys Faden heiter mit auf. „Ich habe den kleinen Pimmelmann schon damals im Planschbecken gesehen." Damit hatte ich den Bogen allerdings überspannt. „Er ist nicht klein", gab mein Bruder pampig zurück und sah mich streitlustig an. Sydney verkniff sich ein weiteres Lachen und legte ihre Hand beschwichtigend auf seinen Arm. „Können wir bitte jetzt gehen?"

Das Donnerkeil war bekannt für seine rauschenden Feste von exquisitem Geschmack. Für mich war es Neuland. Aber zur Feier des Tages konnte es auch mal was Besonderes sein. Ausprobieren war die Devise. Einfach machen! Ich erfand mich doch hier sowieso gerade neu. Aber ein bisschen mulmig war mir dann schon, als wir die schmale Treppe nach unten stiegen, um ins Kellergeschoss des alten Gemäuers zu gelangen. An den Wänden hingen Prints von verschiedenen Künstlern. Alles war vage gehalten und gleichzeitig nicht zu missdeuten. Das Tor zum Club war in zartes Burgundrot getaucht; der Rest war schwarz. Ich drückte die goldene Klingel zur Hölle. Der Teufel lässt bitten, dachte ich spottend. Vor uns öffnete sich ein steiniger Festsaal. Über die Boxen lief lauter Techno und trieb den Putz aus den Fugen. Das Stroboskoplicht blitzte rhythmisch zum Beat. Hell, dunkel, hell, dunkel. Nur vereinzelt wurde der Blick auf die frenetisch Feiernden in ihren für mich zum Teil befremdlichen Outfits freigegeben. „Ich hol uns was von der Bar", brüllte mein Bruder über den Klangteppich, während Sydney mich bereits auf die Tanzfläche zog. Sie fiel hier wirklich nicht auf, auch wenn sie ein knallenges Lackkleidchen trug. Ich war erschlagen von all diesen Menschen und doch konnte ich spüren, welches Flair mich umgab. Es war wie Hamburg, also warum so verschrien? Hab einfach Spaß hier und sei, wer du bist. Das tun die anderen auch. Wir übergaben unsere Körper an die Musik, die unweigerlich Besitz von uns ergriff. Ich schloss meine Augen und nahm den Klang in mich auf: Die wiederkehrenden Sets, die mich immer weiter schoben, mich drängten und in mir bebten. Sonor und dann schrill, mal ein Kratzen, leichtes

Schrubben. Hier laut und da leise. Hell, dunkel. Hell, dunkel. Es war die pure Ekstase, die mit mir spielte. Ich riss meine Arme nach oben, wie all die anderen, gefangen im Beat. Meine Füße stampften; unaufhörliches Wippen und entfesseltes Springen. Wir johlten und pfiffen. Wir würden die ganze Nacht weitermachen. Torben gesellte sich mit drei kleinen Flaschen Wasser dazu. Ich schnappte mir meine und setzte sofort an. Mein Bruder umschloss Sydneys Taille, als gehörte es so, und schob sich in unsere Mitte. Egal – diese Nacht gehörte uns allen. Ich blickte mich um. Die dicht gedrängte, kreischende Menge war ein einziger Hexenkessel. Torben erntete schmachtende Blicke; zwei Mädels nahmen ihn ins Visier. Sie tuschelten etwas und kicherten dabei. Ihre Phantasien gingen wohl gerade mit ihnen durch. Es war wieder wie früher, in unserer Schule. Und mit einem Mal war ich unfassbar stolz; hier zu sein, so zu sein, zusammen mit ihm. Ich war wieder die Kleine und mein Bruder der Held. Ein Mann mittleren Alters tanzte mir rhythmisch entgegen, an jedem Finger einen Silberring, in seiner Hand einen Phallus, vor sich schwingend im Takt. Er gab sich dem Beat hin, genauso wie wir, seine leuchtenden Augen dem Scheinwerferlicht entgegengehalten. Die zwei Implantate auf seiner Stirn ließen ihn aussehen wie den Leibhaftigen unter uns. Er strahlte breit übers ganze Gesicht. Seine Freude war ansteckend, wie er beherzt einzelne Menschen aus der Menge umarmte, ein paar Worte wechselte und lachte. Auch ich musste lachen. Was für ein absonderlicher Schuppen, was für Leute? „Ist diese Welt nicht wunderbar?", fiel er mir jetzt um den Hals. Ich schob ihn herzlich, aber doch bestimmt von mir weg. Aus meinem Augenwinkel sah ich bereits meinen Bruder, der auf uns zukam, aber ich schüttelte nur leicht den Kopf. Torben blieb stehen, behielt uns dennoch im Auge. „Mein Kumpel und ich hier, wir wollten dich willkommen heißen." Der Gehörnte jauchzte vergnügt wie ein im Spiel aufgehendes Kind. Er hielt mir den Dirigentenstab direkt unter die Nase. Du bist echt nicht bei Sinnen. „Wie schön", gatzte ich, doch ein bisschen überfordert von so viel Begeisterung. „Aber ich steh leider nicht so auf, ähm ..." Lass dir was einfallen! Ich deutete auf den Dildo. „Schwänze!" „Ahhhhh!", raunte mein Gegenüber wissend und nickte bedächtig. „Ich verstehe." Egal, sollte er mich doch für eine Lesbe halten. Freundschaftlich klopfte er mir auf den Rücken. „Wir finden alle unser Deckelchen." Mit einem Augenzwinkern tanzte er davon, einem Typen mit Hornbrille und Sakko entgegen. „Was war das denn?", wollte mein Bruder wissen, als er kurz darauf neben mich trat. Ich zuckte nur mit den Schultern. „Ich habe keinen blassen Schimmer." Dann lächelte ich meinen Bruder ausgelassen an. „Und weißt du was, es ist mir auch vollkommen wurscht." Torben grinste verschmitzt. Vielleicht hatte Dr. Thalbach doch recht, wenn er Fortschritte sah.

Um sechs Uhr morgens gingen die Lichter an. Wir sammelten unsere Sachen zusammen und stolperten noch völlig berauscht von all den Eindrücken und den endlosen Stunden radikaler Unbekümmertheit nach draußen ins Freie. Ich zog meine Schuhe aus und schwenkte sie in meiner Hand hin und her, während ich betont leichtfüßig von Pflasterstein zu Pflasterstein trippelte. Der Boden war nass und kalt, aber wen scherte das schon? „Hauruck", kam es von hinten und Sydney kicherte. Torben hatte sie Huckepack genommen. Sie schlang ihre Arme um seinen Hals, ihre Oberschenkel sicherte er mit festem Griff. Oh nein, diesen Gesichtsausdruck kannte ich von ihm. Ich hob eine Hand und wollte meine Freundin noch warnen, aber da rannte Torben schon los. Wie ein kleiner Berserker tobte er jauchzend mit Sydney auf seinem Rücken, die fröhlich um Hilfe rief, durch die Straße, schlug einen

Haken und noch einen, preschte Slalom zwischen den Laternenmasten hindurch. „Lass mich runter, du Spinner! Nicht so schnell", kreischte sie und schlug ihn mit ihrer Handtasche. „Wenn du einem Pferd die Sporen gibst, darfst du nicht erwarten, dass es stoppt", lachte mein Bruder – keine Spur davon, ihrem Wunsch nachzukommen. „Ihr seid doch bescheuert", kommentierte ich und versuchte, hastig nach meinem Handy fahndend, die Szene noch für die Nachwelt festzuhalten. Auch wenn die zwei nur zusammen herumalberten, wurde mir in dem Moment, als ich auf Record drückte, wieder schmerzlich bewusst, dass ein Teil von mir fehlte. Ich konnte noch so viel tanzen und andere Typen anschauen, meine Gefühle für Leon konnte ich nicht wegradieren. Vermisst du mich wenigstens auch ein bisschen? Oder bin ich dir wirklich komplett egal? Ist das hier die andere Seite des Drachens? Und bist du tatsächlich so ein herzloser Arsch? Habe ich mich in dir getäuscht? War das alles nur Spiel? Hast du es jemals wahrhaftig ernst mit mir gemeint? Ich spürte eine Hand auf meiner Schulter. Es war Torben. „Nicht nachdenken, Mia. Das führt doch zu nichts. Du tust dir nur selbst damit weh." Dann rief er Sydney ein Taxi.

DER TOD

Als wir uns fünf Stunden später wieder aus unseren Betten quälten, bat ich meinen Bruder, den Vertrag noch einmal ganz genau unter die Lupe zu nehmen. Er griff sich murrend das Schriftstück und ließ sich auf die Couch fallen. „Ich habe noch nicht mal einen Kaffee intus." Dafür konnte ich sorgen. Torben studierte die Zeilen und blätterte sich durchs Papier. Während er las, versuchte ich, mich innerlich zu beruhigen, übermannte mich doch seit dem Aufstehen zunehmend die Angst vor meiner eigenen Courage. „An dem Ding ist nichts verkehrt", versicherte mir mein Bruder schließlich und gab mir den Stapel zurück. Unser getigerter Freund strich um seine Füße und Torben kraulte ihn liebevoll hinter den Ohren. Der Kater schnurrte vergnügt. „Was, wenn ich einen Fehler mache?", fragte ich zweifelnd. „Machst du nicht. Und wenn, dann kündigst du eben. Es gibt noch andere Jobs." Mein Bruder zog mich in seine Arme und ich kuschelte mich an ihn. „Du kriegst das hin, Schwesterlein", setzte er voller Überzeugung nach. Micky sprang mit einem Satz elegant auf den Kratzbaum. Ich seufzte. „Wolltest du eigentlich schon immer an der Spitze stehen?" Torben überlegte. „Ich denke nicht, dass wir uns das immer aussuchen", hob er zögerlich an. „Ich denke, Führen ist eine Gabe, die du hast oder nicht. Das lässt dich bis zu einem gewissen Grad automatisch aufsteigen. Die Leute sehen etwas in dir und das fördern sie dann. Natürlich musst du auch ackern. Ohne Schmerzen geht's nicht. Und ja … es gibt mir schon einen Kick, die großen Räder zu drehen. Bist du ein guter Stratege, tust du dich leichter dabei, denn es ist viel Politik und die Luft oben wird dünn. Köpfe rollen schneller, wenn du dich verzockst; und nicht jeder spielt fair. Das hältst du aus oder stirbst mit einem Messer in der Brust." Ich sah Torben entgeistert an. Das klang wenig verlockend für mich. Er wuschelte mir durch mein Haar und lächelte aufmunternd. „Entspann dich mal, Mia. Harald bleibt über dir. Der ist echt grundsolide. Du wächst da schon rein." „Hast du jemals Entscheidungen getroffen, die du bereut hast?" Mein Bruder zog eine Augenbraue hoch; sein Blick sprach Bände. „Beruflich, meine ich." Und meine Wangen wurden rot. „Natürlich, Mia. Das passiert zwangsläufig. Das gehört zum Geschäft. Bestimmte Entscheidungen nimmt man dir auch einfach krumm. Und du winkst manchmal Dinge von Kollegen mit durch, die du vielleicht anders gemacht hättest, wenn das am Schluss dann zum Ziel führt. Das große Ganze ist das, was zählt. Das sollte man niemals vergessen."

Mein Bruder klemmte sich für den restlichen Vormittag hinter seine Zahlen und ich nutzte die Zeit, um an die frische Luft zu kommen. Torbens Ausführungen über die Schattenseiten seiner Arbeit hatten mich noch mehr verunsichert, als dass sie mir Klarheit geboten hatten. Ich schlug den Weg in Richtung Marktplatz ein. Das quirlige Treiben dort sollte mir Ablenkung verschaffen. Das Rosenglanz ließ ich diesmal links liegen; ich ging einfach weiter, denn jeder Schritt tat mir gut. Einfach weiter gehen, Mia, und nicht nach hinten schauen. Weniger grübeln, mehr machen. Ich hatte doch nichts zu verlieren. Kurze Zeit später erreichte ich die bunten Stände, die sich um den großen Brunnen in der Mitte des Platzes versammelt hatten. Menschen liefen durch die kleinen Gänge, zupften am Gemüse, feilschten mit dem Imker um drei Gläser Honig oder genehmigten sich einen süßen Crêpe beim Franzosen. Eine Marktfrau in grünen Gummistiefeln und mit einem Strohhut auf dem Kopf stellte soeben eine Kiste Thymianpflänzchen vor ihre Bude. Sie bot Blumen und andere Gewächse feil, in all ihrer Pracht. Ich trat heran und steckte meine Nase prüfend in die Blüten. Sie rochen herrlich, auch wenn sie etwas Erdiges hatten. Ich musste lächeln. Da war kein Schmerz mehr und keine portugiesische Klippe. Da war nur dieser sinnlich-herbe Duft. Vielleicht war ich doch stärker, als ich selbst von mir dachte. Ich fischte mein Handy aus der Tasche, fand die Nummer, die ich suchte, und drückte auf wählen. „Mia?" „Hi, Mum." „Das ist ja eine Überraschung. Damit hätte ich jetzt nicht gerechnet." Ich vor fünf Minuten ehrlich gesagt auch noch nicht. Täuschte ich mich oder war sie heute weniger flatterig als sonst? Der Impuls, am liebsten gleich wieder aufzulegen, blieb aus. „Ist etwas mit deinem Bruder?" Meine Mutter klang alarmiert. „Nein. Torben geht es gut." Sie atmete erleichtert aus. In meiner Kehle bildete sich ein Brocken. „Was verschafft mir dann die Ehre eines Telefonats mit meiner Tochter?" Ich versuchte, einen schnippischen Zungenschlag zu detektieren, doch da war nichts. „Mum ..." „Ja, mein Schatz?" Ich schluckte, konnte ich ihr doch jetzt nicht offenbaren, dass sie gerade eigentlich ein Härtetest für mich war. „Ich ... ähm, ich wollte euch nur darüber informieren, dass Harald mir ein Angebot gemacht hat und ich nach meinem Abschluss fest im Jugendzentrum arbeiten werde." „Mia, dass ist ja großartig! Gratulation! Das freut mich sehr für dich", quietschte meine Mutter begeistert ins Telefon. „Das ist doch genau das, was du wolltest." Ich sagte nichts. Einen Moment lang blieb es still. „Oder etwa nicht?" Sie fragte es mit so viel Wärme, dass ich augenblicklich in meine Kindheit zurückkatapultiert wurde. „Ich ... ich weiß es nicht mehr", brachte ich matt hervor. Am anderen Ende der Leitung hörte ich meine Mutter mit etwas herumrascheln. „Bitte erzähl mir jetzt nicht, dass du es auspendeln wirst", nuschelte ich klein in mein Handy und verdrehte bereits die Augen. Ein klares, helles Lachen schepperte mir ins Ohr. Irritiert hielt ich mein Telefon ein Stück weit weg von mir, bis sich meine Mutter wieder beruhigt hatte. „Nein, Mia. Das werde ich nicht. Aber ich kann dir gerne meine Einschätzung dazu geben, gesetzt den Fall, du möchtest diese überhaupt hören." Sie schwieg und mir wurde bewusst, dass sie tatsächlich auf eine Antwort von mir wartete. „Okay ...", sagte ich vorsichtig, war ich doch völlig geplättet von der plötzlichen Wendung unseres Gespräches. Meine Mutter räusperte sich. „Wenn du es schaffst, eine gewisse professionelle Distanz zu deinen Schützlingen zu wahren, dann finde ich es gut. Wenn du aber mit jedem dort mit stirbst, weil du dich zu sehr verantwortlich fühlst und dich die Einzelschicksale auf Dauer zu sehr belasten, dann würde ich dir empfehlen, von dieser Arbeit Abstand zu nehmen." Ihre Worte fuhren mir bis ins Mark. „Du willst das Beste für diese jungen Menschen, weil sie dir wichtig sind. Das ist ein edelmutiger Ansatz. Auch dein Vater und ich wollten immer nur das Beste für dich und deinen Bruder. Trotzdem konnten wir nicht verhindern, dass Torben nach Michelles Tod abrutscht und ..." Ihre Stimme begann zu zittern. Sie machte eine kleine Pause und atmete ein paar Mal tief durch, um sich wieder zu sammeln. „Naja, und dass du dich dann von uns, im Speziellen von mir, abwendest; das hatten wir auch nicht kommen sehen. Natürlich fragt man sich als Eltern da schon, was man falsch gemacht hat, wenn einem die eigenen Kinder nicht mehr vertrauen, sondern ihre Probleme lieber im Geheimen regeln wollen. Aber deswegen müssen dein Vater und ich doch trotzdem weiterleben, oder nicht?" Eine Träne lief ganz langsam über meine Wange nach unten bis zu meinem Kinn. „Alles kommt gut, Mia. Hör auf dein Bauchgefühl. Ich muss jetzt auflegen." Dann drückte sie mich weg und ich blieb innerlich aufgewühlt zurück.

Als ich nach Hause kam, standen ein Rettungswagen und ein Leichenwagen schräg auf unserem Gehsteig geparkt. Die Rettungskräfte packten gerade zusammen. Mein Puls ging schlagartig hoch; Adrenalin schoss in meinen Körper ein. Ich zwängte mich hastig an den Sanitätern vorbei zum Eingang. Was, wenn es Torben war, der da in dieser Kiste lag? Mir wurde flau im Magen. Bitte nicht. Alles, nur das nicht; nimm mir nicht meinen Bruder! „Mia!", riss mich eine mir bekannte Stimme aus meiner Panik, als ich in den Gang stolperte. Torben stand da an der Treppe und sprach gerade mit einer Polizistin. Ich stürzte den beiden entgegen und krallte mich an ihn. Mein Gesicht presste ich fest in seine Brust. Die Polizistin hüstelte verkniffen. Langsam machte ich mich von meinem Bruder wieder los. „Ich denke, wir sind hier fertig", sagte die

Frau und Torben nickte. „Danke, dass Sie uns informiert haben." Sie tippte kurz an ihre Mütze und drehte sich um. „Was ist passiert?", fragte ich mit krächzender Stimme, meine Augen ängstlich auf meinen Bruder gerichtet. „Wer liegt da drin?" Ich folgte seinem Blick. Die Beamtin verschloss soeben die Tür vom alten Braun. Mein Blutdruck sackte und die Farbe wich mir aus dem Gesicht. Das hier passierte nicht wirklich; das hier war nur ein Film. Unser Flur war Kulisse und diese Menschen waren Statisten. Spotlight an, Action bitte und Kamera ab. Die Herren vom Bestattungsdienst nahmen den Sarg auf. „Woran ist er gestorben?", flüsterte ich heiser. Mein Bruder schüttelte müde den Kopf. „Später, Mia. Ich brauch eine Dusche." Schweigend gingen wir die Stufen nach oben zu unserer Wohnung, ich mit Fragen im Kopf und Torben vermutlich einfach nur leergefegt. Er drehte die Brause auf und stellte sich so, wie er war, kurzerhand unter den Strahl. Seinen Kopf lehnte er gegen die kühlenden Fließen, während seine Klamotten durchweichten. Ich zog die Badezimmertür behutsam hinter mir zu und setzte einen großen Pott Tee für uns beide auf. Micky hielt sich versteckt; wir waren ihm eindeutig zu trist. 20 Minuten später wurde das Wasser abgestellt und mein Bruder kam in ein Handtuch gewickelt an unseren Küchentisch. Ich goss ihm ein. Der erste Schock war vorüber, aber unsere Stimmung trotzdem gedämpft. „Ich bin nach unten gegangen, um den Müll rauszubringen. Es war seltsam, aber ich hatte sofort das Gefühl, dass etwas nicht stimmte." Mein Bruder blies vorsichtig kleine Wellen ins Nass. „Ich kann es dir nicht erklären, siebter Sinn oder Vorahnung. Etwas fühlte sich falsch an, als würde etwas fehlen. Wie ein Bild an der Wand, das sonst immer da war, und wo jetzt nur noch ein vergilbter Rand zu sehen ist, wo es einst einmal hing. So etwas in der Art vielleicht." Ich bedeutete ihm, weiter zu erzählen.

Torben nahm einen kräftigen Schluck von seinem Tee, um sich ruhig zu halten. Das hier fiel ihm nicht leicht; wer sprach schon gerne über den Tod? „Aus unseren Briefkästen hing noch die Werbung von gestern und ich dachte mir erst nichts dabei. Aber dann habe ich genauer hingesehen. Auch der Braun hatte seinen noch nicht geleert. Und du weißt doch, wie pedantisch er damit immer ist … war." Mein Bruder fuhr sich fahrig über die Stirn. „Kannst du dich noch erinnern, als wir einen seiner nervigen Zettel an der Türe hatten, nur weil unser Briefkasten aus allen Nähten platzte und er das so unverschämt fand, weil schon Reklameteile am Boden lagen und die Nachbarn ihr Zeug kurzerhand mit dazu schmissen, als wäre Altpapiersammlung?" Ich nickte. „Erst habe ich an seine Tür geklopft. Einmal, zweimal; dann fester und lauter. Auch die Klingel habe ich laufend gedrückt, aber er öffnete einfach nicht." Torbens Hand begann heftig zu zittern bei der Erinnerung daran. Er umschloss seine Tasse fester mit seinen Fingern, um die Bewegung zu unterdrücken, und ich merkte, wie sehr er innerlich mit sich rang, nicht in alte Verhaltensmuster zu fallen. „Ich bin nach draußen und habe dann durchs Fenster geschaut; da lag er am Boden, bewusstlos und irgendwie … fahl im Gesicht." Ich wollte mir nicht vorstellen, wie es meinem Bruder ergangen war, als er über das Fensterbrett gelugt hatte und ihm klar wurde, dass das hier nicht gut war. „Ich habe sofort einen Notruf abgesetzt. Aber es war nichts mehr zu machen." Torben rieb sich mit seinen Fingern die Schläfen. „Er war wohl schon seit gestern tot." In mir regte sich nichts; da war einfach nur Stille. Der alte Braun hatte mein Präsent noch erhalten; danach hatte er abgedankt. „Seit gestern, Mia." Mein Bruder hob frustriert beide Hände. „Und es ist keinem aufgefallen. Es hat keine Sau interessiert. Wäre nicht sein Briefkasten gewesen, hätte er da wahrscheinlich noch die nächsten Tage gelegen." Bei dem Gedanken daran wurde mir augenblicklich schlecht. Wer wurde schon gern in seinem eigenen Saft leblos wiedergefunden, völlig entstellt und seiner Würde beraubt. Ich schüttelte mich. Das hatte der alte Braun echt nicht verdient. „Was ist, wenn es uns einmal genauso ergeht?", fragte Torben jetzt bitter. „Wird es nicht", versuchte ich meinen Bruder zu trösten und griff nach seiner Hand. „Das weiß man doch nicht. Wie schlimm muss es sein, wenn du merkst, dass dein Herz plötzlich aufgibt und keiner ist da, der dir helfen kann. Da ist keiner, der dir zur Seite steht. Der alte Braun ist allein gestorben, Mia. Er war ganz allein!" Torbens Stimme klang schrill. „Ich will Kinder, Familie, mit der … einer Frau, die mich liebt. Wer garantiert mir, dass ich nicht trotzdem allein sterben muss? Wer garantiert mir, dass da jemand an meinem Bett stehen wird, wenn ich den Löffel abgebe, meine Hand hält und mich bis zum Schluss mit begleitet?" Seine Augen füllten sich mit Tränen. „Keiner kann dir das sagen. Keiner! Ich will nicht allein sterben müssen – so wie Michelle oder der Braun!", brach es verzweifelt aus ihm heraus. Mit offenem Mund saß ich da und starrte meinen Bruder an. Noch nie in meinem Leben hatte Torben sich mir gegenüber so schonungslos verletzlich gezeigt. Ich war geschockt und gleichzeitig auch zutiefst ergriffen. Seine Wünsche und Sorgen, was ihn umtrieb – das alles legte er mir nun ungehemmt vor die Füße. Ich rang ehrlich um Fassung. Dann räusperte ich mich und blickte meinen Bruder einfühlsam an. „Ich wusste gar nicht, dass du Kinder willst." „Ja. Drei wären schön." Er wischte sich mit seinem Handrücken die Tränen aus dem Gesicht und schniefte. „Wieso drei?", fragte ich jetzt doch etwas erstaunt. Mir waren das eindeutig drei zu viel. Kleine Lachfältchen bildeten sich um seine Augen. „Naja, die zwei Großen können dann miteinander spielen, während du gerade beim dritten die Windeln wechselst." Ich musste lachen. „Was bist du pragmatisch." Aber es berührte mich auch, das so von ihm zu hören. Für mich war das Thema noch Zukunftsmusik; ob ich tatsächlich einmal Kinder haben wollte, das wusste ich nicht. Aber für Torben schien sein Plan davon, was für ihn wichtig war, wie sein Leben aussehen sollte, deutlich vor ihm zu liegen. Und es war nicht der Vorstandsvorsitz seiner Firma, den er da gerade anstrebte. Zumindest äußerte er sich nicht konkret dazu. Ich erinnerte mich an eine Karte, die im Darwin's lange Zeit im Flur vor den Toiletten an die Wand gepinnt gewesen war. „Karriere ist toll, aber sie wärmt nachts nicht dein Bett." Und ich fand das sehr treffend. Es waren nicht Geld und Macht oder andere Äußerlichkeiten, die uns im Angesicht des Todes als wichtig erschienen. Ich bezweifelte auch stark, dass irgendein Mensch jemals sagen würde, er hätte sich gern mehr Zeit im Büro gewünscht, bevor er ins Gras biss. Das, was wirklich zählte, waren Familie, Liebe und Menschen, die zu einem standen bis zum bitteren Ende; das war es, was Torben wichtig war, und das gleiche galt wohl auch für mich. Ich stand auf und nahm meinen Bruder fest in den Arm. „Ich werde da sein, versprochen."

BOULDERN

Torben war zum Schießstand gefahren, um sich emotional wieder einzuordnen und ich merkte, auch mir fehlte mein Ventil. Seit meiner Trennung von Leon hatte ich keinen Fuß mehr an die Wand gesetzt. Aber damit sollte heute Schluss sein. Bereits zur Hallenöffnung stand ich vor den Toren, wollte ich doch unter allen Umständen einer Konfrontation mit meinem Ex aus dem Weg gehen. Der hätte ich nach dem jüngsten Verlust nicht standhalten können. Ich suchte mir eine Route aus und beobachtete die kleine Gruppe von Jugendlichen, die sich gerade an ihr gütlich tat. Einer nach dem anderen scheiterte bereits hoffnungslos am Einstieg, aber das störte sie nicht. Sie lachten ausgelassen und neckten sich gegenseitig ob ihrer eigenen Unfähigkeit. Leon hätte sicherlich nicht gelacht; er hätte die Route einfach durchgestiegen. Es waren nur kleine Futzelgriffchen geschraubt und eine künstliche Spalte in der Mitte gab das Hauptelement, das es zu bezwingen galt. Mir tat jetzt schon mein Zeh weh, wenn ich allein nur daran dachte, den nachher da reinzubohren. Ich nahm mir mein Theraband und wärmte mich auf. Mein Blick fiel auf einen kleinen Jungen, der an einem riesenhaften Henkel baumelte, die Füße nach oben zog und dabei fröhlich kreischte. Seine Schwester stand schmollend daneben. Sie hatte die Arme vor der Brust verschränkt und schob ihre Unterlippe weit nach vorne. Das Bild zauberte mir automatisch ein breites Grinsen ins Gesicht, denn die beiden hätten auch eine frühere Version von Torben und mir sein können. Ich winkte dem Mädchen. „Komm her, ich zeig dir was." Sie schaute erst skeptisch, dann kam sie zögerlich auf mich zu. „Wie heißt du denn?", fragte ich und ging in die Knie. „Emma", antwortete sie, noch immer mit Pfännchen. Ich unterdrückte ein Lachen. Es sah einfach zu komisch aus. Ernst fragte ich weiter: „Warum bist du so traurig, Emma?" Die Kleine stampfte mit dem Fuß und klagte ihr Leid. „Der Pascal ist voll blöde, ich will auch an den Griff." „Aha. Ich verstehe. Und warum nimmst du nicht den?" Ich deutete auf einen ähnlichen Henkel am benachbarten Dach. Ihre Augen folgten meinem Finger. „Nein. Denn will ich nicht haben", sagte sie entschlossen. „Aber er ist genauso groß und ebenso schön", gab ich ihr zu Bedenken. „Aber ich will diesen da, den von Pascal", ließ sie nicht locker und wies anklagend auf ihren Bruder. „Emma, kommst du bitte", hörte ich eine Frauenstimme. „Entschuldigen Sie, manchmal ist meine Tochter einfach aufdringlich." Eine zierliche Blondine mit Pferdeschwanz zog das kleine Mädchen von mir weg. Noch bevor ich mich erklären konnte, hatte die junge Mutter ihre beiden Kinder bereits eingesammelt und lief in Richtung Ausgang. Ich blickte der Kleinen schweigend hinterher. Mit langsamen Schritten ging ich auf den Henkel zu, an dem gerade noch ihr Bruder gehangen hatte. Sie wollte diesen Griff hier, nicht eine schlechte Kopie. Nein, genau diesen Griff hier. Mit einer Hand fuhr ich sachte über die raue Struktur. Du bist besonders und ja, du passt auch zu mir. Ich umschloss den Henkel und spürte, wie gut er sich anschmiegte, wie stimmig es war, ihn festzuhalten. Er war genau mein Format. Mein Magen krampfte und die lang ersehnten Tränen bahnten sich ihren Weg nach oben. Endlich. Endlich konnte ich um Leon und unsere verkackte Beziehung weinen. „Nur wenn Sie Ihre innere Berührung zulassen, können Sie in die Klarheit kommen", hatte Dr. Thalbach einmal gesagt. „Nur dann können sich Ihre Blockaden lösen." Ich wollte diesen Griff hier nicht einfach so loslassen. Schutzsuchend drückte ich mein Gesicht in meine Armbeuge; meine Finger hielten weiterhin hartnäckig meinen Schatz umklammert. Die Dämme brachen und ich ließ es geschehen. Als nichts mehr von meiner unterdrückten Pein übrig war, wagte ich mich an die Route. Ich tauchte meine Hände tief in mein Chalkbag und klatschte sie danach zweimal ab. Ein Ritual, das auch Leon stets vollzog. Entschieden verkeilte ich meine Finger in der Spalte. Diese Passage wollte ich als Erstes üben. Immer wieder rutschte ich ab, riss mir die Haut von den Knöcheln, tapte erneut und an anderen Stellen. Meine Füße schmerzten und ich kam mir vor wie der größte Honk an der Wand. Aber mit jedem Versuch und mit jedem Mal Aufstehen kam ich ein Stückchen weiter. „Bleib dran, Mia!", trieb ich mich selbst an. Gleich nochmal, und nochmal, und nochmal. „Du hast echt Eier, Kleine!", erntete ich Lob von der Seite. „Hopp, Mädl, das schaffst du!", pfiff ein weiterer Zuschauer mir zu. Und ich fokussierte mein Ziel, um mich gleich wieder voll konzentriert durch die Passage zu beißen. Ich kann das. Dich knack ich, nicht heute, nicht morgen. Aber doch werde ich's tun.

In der Damenumkleide zerrte ich mein Duschgel und das Handtuch aus dem Spind, zwängte mich in eine der Kabinen und brauste mich ab. Ich schäumte mich ordentlich ein und genoss das erquickende Nass, das meinen Körper umspülte. Vielleicht sollte ich demnächst mit Sydney auch wieder einmal in die Sauna gehen. Durch die Hallenanlage hörte ich gedämpft ‚Strong enough' von Cher dröhnen. Die eigenwillige Emma hatte genau gewusst, was sie wollte. Und ich wusste es jetzt auch. Ich wollte eine faire Chance; keine zweite Chance, aber einen anständigen Prozess. Weil es immer zwei Seiten der Medaille gab, immer zwei Versionen der gleichen Geschichte. Das hatte Leon selbst gesagt. Ich würde ihm keine Szene machen; ich wollte einfach nur eine Antwort auf eine simple Frage. Und ich fand, die stand mir auch zu. Ich trocknete mich ab und fischte mein Handy aus der Sporttasche. Dann löschte ich Niels' Nummer. Ich schrieb Harald eine WhatsApp und informierte ihn darüber, dass ich mich unbändig freute, wie viel Vertrauen er in mich setzte, und dass ich ihn nicht enttäuschen würde. Jetzt hatte ich mich festgelegt. Ein Zurück gab es nicht mehr. Und ich entschied für mich, dass ich keinen Folgeantrag für weitere Sitzungen beim Grafen stellen würde. Ich würde auf eigenen Beinen weitergehen, so, wie es für mich laut Therapieplan vorgesehen war. Etwas unbeholfen saß ich dann doch wenig später vor Dr. Thalbach und spielte verlegen mit meinen Füßen am Teppich herum. „Ich weiß gar nicht, wie ich Ihnen danken soll?" Der Graf lächelte. „Das müssen Sie nicht. Das haben Sie schon." „Das verstehe ich nicht", gab ich verdutzt zurück. Doch anstatt mir zu antworten, drehte er sich zur Seite und hob eine kleine Holzkiste vom Boden auf. Ich erkannte Postkarten jeglicher Art und Größe, mit Bildern und Sprüchen darauf. Mit seinen Fingern wanderte er durch die bedruckten Kartons. „Ah, da ist sie. Die wollte ich." Dr. Thalbach überreichte mir freudig sein Fundstück. Es war eine schlichte blaue Karte mit einem einzigen Wort in weißen Lettern darauf: Sterne-Gourmet. Ich sah ihn stirnrunzelnd an. „Sie haben mir einmal erzählt, dass sich Ihre Freundin Sydney darüber wunderte, dass Sie die ganzen Widrigkeiten um sich herum einfach ertrugen, anstatt sich zu beschweren. Erinnern Sie sich?" Dr. Thalbach blickte mich amüsiert über seine Brille hinweg an. Ich nickte. „Nun, da haben Sie nicht gelebt. Jedenfalls nicht Ihr Leben. Heute gestatten Sie sich auch mal, ein wenig aus dem Rahmen zu fallen." Er schmunzelte und tippte auf die Karte, die ich andächtig betrachtete. „Aber gehen Sie noch einmal an all die Momente zurück, in denen Sie in den letzten Monaten wirklich Sie selbst gewesen sind. Wie hat das Leben geschmeckt? Kosten Sie weiterhin die Sterne, Frau Schneider. Auch wenn sie in schwierigen Situationen immer versucht sein werden, in alte Muster zu rutschen. Das ist ganz normal. Wichtig ist nur, das dann frühzeitig zu realisieren, um bewusst und konsequent eine andere Richtung einzuschlagen. Wahrnehmen, erkennen, ausloten, handeln. Nutzen Sie Ihre ganz persönlichen Sterne zur Navigation durch Ihr Leben." Ich schluckte. Was würde ich diesen Mann vermissen! War es zu viel, wenn ich ihn jetzt einfach drückte? Egal. Ich schlang meine Arme um ihn und zu meinem Erstaunen erwiderte Dr. Thalbach meine Geste. Es war ein schöner Moment und ein würdiger Abschied einer Ära.

AMPELFLIRT UND REISIGBESEN

Als ich wieder in meinen Fiat stieg, rief ich Google Maps auf. Ich tippte Leons Adresse ein und startete die Navigation. Wenn er immer noch die gleichen Dienste hatte und vielleicht den Mittwochabend doch mied, weil er dachte, dass ich den als festen Klettertag weiterführte, dann würde ich ungefähr zeitgleich mit ihm eintreffen, sodass ich ihn abpassen konnte. Ich drehte den Zündschlüssel um und drückte aufs Gas. In meinem Kopf arbeitete ich mir eine Gesprächsstrategie aus. Wie sollte ich es anpacken? ‚Gerade ausfahren, bitte fahren Sie gerade aus.' Die Straßenzüge rauschten an mir vorbei. ‚In 500 Metern links abbiegen.' Ich stellte das Radio an. Aber da kam nur viel Rauschen und ein wenig Geknacke. Mist! ‚Den Kreisverkehr an der dritten Ausfahrt verlassen'. Ich bog in die Vorfahrtsstraße ein und beschleunigte. Angenervt beugte ich mich in Richtung Bedienpanel und … sprang in die Eisen. Meine Büchse kreischte. Drei, zwei, … Gleich würde ich mit vollem Karacho in die nächste Kreuzung rutschen. Die Ampel schaltete auf Rot. Die Pedale zu meinen Füßen vibrierten. Mein Armaturenbrett glich einer Christbaumbeleuchtung. Eins. Ein Lichtblitz blendete mich, als ich mit meinen Vorderreifen knapp hinter der Haltelinie zum Stehen kam. Ich stieß die Luft durch meine Lippen hörbar aus. Das würde ein schönes Erinnerungsfoto geben. Ein fließender Strom Autos querte mein Sichtfeld. Wenn ich bei Leon lebend ankommen wollte, sollte ich vielleicht weniger rasen, rief ich mich innerlich zur Ordnung. Über den Rückspiegel nahm ich eine Bewegung wahr. Meine Hinterfrau gestikulierte wild mit ihren Händen und schimpfte dabei. Ja, dann wärst du mir halt in den Kofferraum gefahren! Hätte Leon mich gleich abschleppen können. Erneut. Ich fing ihren Blick ein und zuckte mit den Schultern. Auf der anderen Spur neben mir kam ein rollender Ghetto-Blaster zum Stehen. Der Kerl am Steuer mit Basecap und Rauschebart wippte groovig zum Sound. Als er sein Kinn rhythmisch in meine Richtung schob, verebbte seine Bewegung. Ganz den James Dean gebend, zog er langsam seine Sonnenbrille nach unten und musterte mich genussvoll über den metallenen Rand. „Wer bist du denn, Schönheit?" Sein Mund formte eine Kussschnute; seine Augenbrauen wackelten im Takt. „Na, wie wär's denn mit uns beiden?" Ein kleines Lachen entfuhr mir. Das Ganze hier war entschieden zu skurril für meinen Geschmack. Hinter uns hupte es. Die Ampel war wieder auf Grün gewechselt. Ich kuppelte ein und rumpelte los. Es hupte erneut. Was jetzt? Ich komm doch schon aus dem Quark! Aber es war nicht die Zicke in ihrem Hausfrauenpanzer sondern das Rauschebärtchen, dass sich auf dieselbe Höhe neben mich manövriert hatte und mir fröhlich zuwinkte. Ich winkte zurück. Unsere Verfolgerin fuhr postwendend aus ihrer Haut. Mit einem Satz bugsierte sie sich hinter meinen Flirt und versuchte nun, ihn mit ihrer Stoßstange von der Straße zu walzen. Die hatte es eindeutig noch eiliger als ich. Ich musste kichern, denn der Kerl hielt mein Tempo und kassierte dafür fleißig die Lichthupe. Rauschebärtchen grinste verschmitzt, öffnete sein Schiebedach und streckte beherzt den Mittelfinger nach draußen. Ich bekam noch ein Zwinkern, dann wurde er schneller und gab den Weg für die fluchende Dame endlich frei. Erst Niels, jetzt du? Ewig Single bleiben würde ich in jedem Fall nicht. Und um ehrlich zu sein, gab mir das ein gutes Gefühl. Leon hatte mein zartes Pflänzchen gegossen und zum Erblühen gebracht. Wenn er sich selbst nicht daran erfreuen konnte, würde es auf kurz oder lang ein anderer tun. Ich setzte den Blinker und lenkte meinen Wagen in die Wohnsiedlung. Der Asphalt hier war löchrig und von manchen Hausfassaden bröckelte bereits der Putz. Hinter einem zusammengenagelten Jägerzaun stand eine alte Hollywood-Schaukel unter einem Rosenbogen. Ein rostiges Fahrrad lehnte daran. Langsam arbeitete ich mich Hausnummer für Hausnummer im Schritttempo nach vorne. 21, 19, 17 … ‚In 100 Metern haben Sie ihr Ziel erreicht. Ihr Ziel liegt links.' Das kleine Klinkerhaus da, am Ende der Straße, das musste es sein. Es sah knuffig aus mit seinem spitz zulaufenden steilen Dach und dem dünnen Kamin. Draußen hingen Blumenampeln und an der Seite gab es ein Kräutergärtchen. Ich parkte den Fiat auf den Grünstreifen und stieg zögerlich aus. Leon hatte mich nie mit hierher genommen. Soweit war es gar nicht gekommen, dachte ich bitter. Auf der geschotterten Kieseinfahrt stand der Volvo. Ich schluckte und meine Hoffnung drohte augenblicklich zu zerfasern. Leons Wagen war abgemeldet. Eine Frau mittleren Alters öffnete die Eingangstür und sah prüfend in den Briefkasten. Ich drückte das Gatter auf. Es quietschte und sie drehte sich um. Mein Herz begann in meiner Brust zu hämmern. „Frau Grabowski?" Zwei wache Augen, seine Augen – die hatte er eindeutig von ihr – nahmen mich ins Visier. Mir wurde mulmig zumute. Leons Mutter machte keine Anstalten, etwas zu sagen, und die Stille zwischen uns beunruhigte mich ernstlich. Einatmen, ausatmen, Kraft sammeln. „Ist Leon da? Ich würde gerne mit ihm sprechen." Frau Grabowski wog mich abschätzig ab. „Was für ein couragiertes, junges Mädchen Sie doch sind, Mia Schneider." Sie wusste, wer ich war. Natürlich wusste sie das. Ihre Stimme klang schneidig und wenig einladend. Ich merkte, wie mir die Farbe aus dem Gesicht lief. „Nein. Mein Sohn ist nicht hier." Und wenn doch, war ich sowieso nicht erwünscht. Ich nickte matt. Was für eine bescheuerte Idee war das nur gewesen! Leons Mutter stand wie eine Bastion zwischen mir und ihrem Kind. Ich wandte mich zum Gehen. Das hier war vergeudete Liebesmüh und mehr nicht. „Warten Sie." Mit drei großen

Passen war die Frau auf mich zu geflogen und hielt mich am Arm fest. „Warum bleiben Sie nicht einfach ein bisschen?" Mit ihrer Hand wies sie nach einem Paar Reisigbesen, das an einen Bretterverschlag am Haus angelehnt stand. „Ich wollte gerade den Hof fegen." Kehr erst mal vor deiner eigenen Türe, bevor du im Glashaus sitzend mit Steinen nach mir schmeißt, schoss es mir unweigerlich durch meinen Kopf. Meine Gedanken tanzten im Kreis und mir wurde schwummrig. „Ist alles gut bei Ihnen?", fragte Leons Mutter mich skeptisch. Ich schüttelte den Kopf. Frau Grabowski griff entschlossen nach meiner Hand und führte mich in Richtung Reisigbesen. „Die frische Luft wird Ihnen guttun. Sie werden schon sehen."

„Wegen dir ist seine Mum arbeitslos", keifte ich gut eine Stunde später lautstark meinen Bruder an, als er vom Büro nach Hause kam und unsere Wohnung betrat. Torben blickte mich verständnislos an. „Eure beschissene Firmenübernahme. Du erinnerst dich. Du hast ihre Stelle wegrationalisiert. Du hast die Empfehlung gegeben, die Abteilung aufzulösen. Es waren deine Berechnungen, deine Zahlen, die das Schicksal dieser Menschen besiegelt haben." Ich funkelte meinen Bruder feindselig an. „Wie konntest du nur? Die Frau ist 54. Die nimmt doch keiner mehr. Sie steht vor dem Nichts. Und alles nur, weil ihr den Rachen wieder nicht voll genug kriegen konntet." Torben hob abwehrend beide Hände. „Moment mal, stopp! Stopp!" Ich schnaubte. Mit geballten Fäusten stand ich da; aus meinen Augen schoss glühende Lava. „Jetzt beruhig dich doch erst mal", versuchte mein Bruder mich zu beschwichtigen und schob sich an mir vorbei. „Ich will mich aber nicht beruhigen. Du hast meine Beziehung zerstört mit deiner Scheißaktion!", kreischte ich, packte ihn am Ärmel und drehte ihn zu mir. „Nein. Habe ich nicht", konterte Torben voller Geduld. Wie konnte der jetzt noch so ruhig bleiben? „Das mag in deinen Ohren vielleicht hart klingen, aber es gehört nun einmal zu meinem Job dazu, die Wirtschaftlichkeit eines Unternehmens im Ganzen und seiner einzelnen Bereiche im Speziellen zu prüfen. Ich wäge alle Parameter sorgfältig ab und rechne es bestimmt tausendmal gegen, bevor ich eine Empfehlung ausspreche. Mir ist doch die Tragweite solcher Entscheidungen auch bewusst. Oder denkst du etwa, die Leute, die für uns arbeiten, sind mir vollkommen wurscht?" Ich starrte ihn an und sagte nichts. „All diese Menschen haben horrende Abfindungssummen erhalten. Also erzähl mir jetzt bitte nicht, dass Leons Mutter am Hungertuch nagt." Er atmete tief durch. „Und eure Beziehung ...", fuhr er fort, „die hat dein Freund beendet und nicht ich. Also schmeiß ihm deine Hasstiraden an den Kopf und nicht mir!" Am Liebsten wäre ich Torben an die Kehle gesprungen. „Du bist wirklich zum Kotzen." „Ja. Mag sein, wenn du das sagst", antwortete er schlicht und ließ sich mit einem Seufzer auf die Couch fallen, griff zur Fernbedienung und zappte durch die Programme. „Ich hasse dich!", fauchte ich ihn an. „Ist gut." Ist gut? Seinen Blick, starr auf den Flimmerkasten gerichtet, presste er, mehr zu sich selbst sprechend, genervt zwischen seinen Zähnen hindurch: „Was kann ich dafür, dass dein Freund Privatleben und geschäftliche Belange nicht voneinander trennen kann?" „Ha." Ich spießte ihn mit meinem Finger auf. „Sagt derjenige, der die Unterhändlerin des ganzen Deals fröhlich durchvögelt." „Jetzt reicht's!" Torben schoss ruckartig nach oben und donnerte die Fernbedienung in die Sofagarnitur. Ich zuckte zusammen. „Jetzt gehst du eindeutig zu weit." Mein kleiner Sieg darüber, ihn doch noch aus der Fassung gebracht zu haben, hinterließ einen schalen Nachgeschmack auf meiner Zunge. „Und wen ich hier fröhlich ‚durchvögele', wie du es nennst ..." Er malte mit seinen Fingern verächtlich

Anführungszeichen in die Luft. „... hat dich nicht zu interessieren. Aber eins kann ich dir sagen, die 43-jährige Unterhändlerin und Mutter zweier entzückender Kinder, samt Ehemann und Ferienhaus im Schwarzwald, ist es sicherlich nicht." Rumms! Die Wohnungstür fiel hinter ihm krachend ins Schloss. Die darauffolgende Stille war ohrenbetäubend. Es fühlte sich komisch an, nein, eigentlich war es frustrierend, so abgekanzelt und dann allein im Regen stehen gelassen zu werden. Ich wusste nicht, was mehr weh tat: Die Erkenntnis darüber, oder das, was Torben gerade zu mir gesagt hatte? Die Wut wich mit einem Schlag aus meinem Körper und die Scham über meinen obskuren Auftritt nahm stattdessen ihren Platz ein. Ein zartes Maunzen erklang zu meinen Füßen. Ich bückte mich, griff in Mickys flauschiges Fell, hob ihn fürsorglich auf und drückte meine Nasenspitze gegen die seine. Wenigstens du hältst zu mir, mein getigerter Freund. „Dann machen wir dir mal deinen leckeren Diätfraß."

HÜRDEN

Mein Bruder blieb weg; auch in den späten Abendstunden hatte ich noch kein Lebenszeichen von ihm. Ich terrorisierte sein Telefon im Drei-Minuten-Takt und hinterließ mindestens zehn Sprachnachrichten auf seiner Mailbox. „Torben, wo steckst du? Es ist schon halb elf." Piep. „Torben, das ist nicht witzig." Piep. „Na schön, dann schmoll halt. Sehr erwachsen." Piep. „Torben, es tut mir leid. Komm bitte zurück." Irgendwann gab ich es auf, denn die Botschaft war klar. Mein Bruder wollte nicht reden und er wollte mich schon gar nicht erst sehen. Die Wellen aufsteigenden Selbstmitleids drückte ich weg und auch die Angstschübe, die mich immer wieder überfielen, versuchte ich, gleich im Keim zu ersticken. Mit meinem Handy am Ohr döste ich total erschlagen auf unserer Couch ein. Denn schlussendlich gewann die Erschöpfung, die mich gnadenlos in den Schlaf hineinzwängte.

Etwas landete auf meiner Brust und tapste mir durchs Gesicht. Ich murrte verkniffen. Aber da war es schon wieder; eine Tatze gab mir einen unsanften Klaps auf die Wange. „Micky, lass das!", gähnte ich müde und räkelte mich. Der Kater setzte noch einmal nach. „Ist gut, jetzt." Ich zog den Rabauken in meine Arme und knuddelte ihn. Warum kuschelst du nicht …? Mit einem Mal war ich wach. Ich warf Micky auf den Boden und stürmte in Torbens Zimmer. Es sah aus so wie gestern. Mit einer Hand fuhr ich unter die Decke. Das war alles kalt hier. Wo bist du denn nur? Ich hätte dich doch einfach suchen sollen. Okay, jetzt würde ich die Polizei einschalten. Mit zittrigen Fingern tippte ich bereits auf die Tasten, nur um im selben Moment wieder aufzulegen. Nein, ich würde zuerst Sydney anrufen. Ich brauchte ihren kühlen Kopf als Unterstützung. „Hallo?", raunte meine Freundin schläfrig ins Telefon. „Hab ich dich geweckt? Torben ist verschwunden. Er ist weg, einfach weg. Wir haben uns gestritten. Ich weiß nicht, wo er ist. Sydney, es ist alles meine Schuld. Ich bin total ausgeflippt. Wenn ihm jetzt was passiert ist? Ich wollte das nicht. Sein Handy ist aus und ich …." Meine Worte erstarben. Ich hatte ohne Punkt und Komma und ohne Atem zu holen völlig aufgelöst drauf los gerattert. Ich schnappte nach Luft. Am anderen Ende der Leitung raschelte es. Es klang, als würde sich jemand in eine Bettdecke einrollen. „Liegst du noch im Bett?" „Was? Äh, ja." Sydney war eindeutig nicht bei der Sache. „Bist du allein? Oder liegt da noch jemand mit dir im Bett." Stille. Dann wieder Geraschel. „Nein. Ich … bin allein. Sorry. Was hast du gesagt?" War das zu fassen? Ich schüttete ihr mein Herz aus, erzählte ihr davon, wie beschissen ich mich fühlte, und sie hatte ganz sicher noch ihren Toyboy am Start.

„Hast du jetzt endlich ein R gebumst?", gab ich barsch durch den Hörer. Meine Freundin schluckte. „Also ja. Herzlichen Glückwunsch. Ich rufe jetzt die Polizei." „Warte, Mia. Warte." Ihre Stimme klang ungewöhnlich schrill. Herr im Himmel, war ich nun hysterisch oder sie? „Entschuldige bitte." Sydney räusperte sich. „Dein Bruder taucht bestimmt wieder auf." Jemand stieg aus dem Bett aus; ich hörte es knarren. „Mach dir keinen Kopf. Vielleicht hat er bei einem … Arbeitskollegen gepennt. Jungs machen doch sowas ab und an." Jungs? Meine Freundin seufzte. „Ich mach dir einen Vorschlag. Wenn Torben bis 12 Uhr mittags nicht aufgetaucht ist, dann komme ich zu dir und wir geben gemeinsam eine Vermisstenmeldung auf, okay?" Es beruhigte mich nicht, aber ich stimmte ihr zu. Die Minuten des Wartens zogen sich wie klebriger Kaugummi durch die Zeit und auch der Zeiger wollte sich nicht schneller drehen, nicht einmal, als ich ihm drohte. Tick, tack, tick, tack. Mit Micky an mich gepresst, durchkämmte ich unsere Wohnung. Seine Ärmchen standen weit von ihm ab, seine Beinchen baumelten fast schon am Grund. Der Kater versuchte vergeblich, sich frei zu strampeln. Er maunzte verstört. Ich will runter, lass mich runter. Ich setzte ihn ab und er entfloh meinen Fängen. Ein hastiger Blick in den Kühlschrank, was tat ich denn hier? Ich habe doch eh keinen Hunger. Fernseher an, Fernseher aus. Und dann wieder das Handy checken. „Unser Flieger landet am Samstag um sieben", schrieb meine Mutter per WhatsApp. „Ich hole euch ab", war meine Antwort darauf. Zurück bekam ich ein lachendes Smiley und einen Daumen nach oben. Hoffentlich tauchte mein Bruder bald auf! Das Schloss in der Tür klackte verdächtig und ich hechtete los. „Torben!", rief ich erleichtert und schmiss mich ihm an die Brust. „Gott sei Dank." Wie ein Fels in der Brandung stand er da, als all die eingehaltene Anspannung von mir abfiel und ich langsam zu schluchzen begann. „Es tut mir leid, Torben. Wirklich." Behutsam strich er mit seiner Hand über meinen Rücken. Ich schniefte und wischte mir mit meinem Ärmel die Tränen aus dem Gesicht. „Wo, wo bist du gewesen?" „Bei meiner Freundin." Meine Kinnlade klappte nach unten. Ich starrte ihn an. „Wer?", stammelte ich, aber Torben riegelte ab. Er schüttelte entschieden den Kopf. Jetzt war nicht der richtige Zeitpunkt, um durchzufragen. „Geht … es dir gut?", setzte ich zögerlich an. „Bis auf das, dass mir meine Schwester die Pest an den Hals wünscht, ja, bis auf das geht es mir richtig gut." Er sah ein bisschen zerknautscht aus. „Kaffee?", fragte ich scheu und richtete meine Augen hoffnungsvoll auf ihn. „Klingt super; den kann ich gebrauchen." Während Torben die Couch in Beschlag nahm und an seinem Heißgetränk schlürfte, textete ich Sydney an. Wir verabredeten uns im Rosenglanz, denn auch ihr musste ich meine Entschuldigung anbieten, hatte ich mich doch ausnahmslos danebenbenommen. Als ich die Wohnung verließ, war mein Bruder eingeschlafen. Er hatte sich in die Decke auf dem Sofa eingerollt und schnarchte ganz leise. Micky thronte auf ihm und gab die zweite Stimme dazu.

Nachdem Sydney und ich uns zwei riesenhafte Tortenstücke aus der Vitrine bestellt hatten und jeder einen dampfenden Latte Macchiato in Händen hielt, kuschelten wir uns in die zwei antik anmutenden Ohrensessel mit grünem Lederbezug, die in einer Nische des Cafés standen. „Er hat eine Freundin! Bei der ist er gewesen", platzte es aus mir heraus. Sydney verschluckte sich und hustete los. „Ja. Nicht zu fassen, oder? Dass er Sex hat, okay, das hatte ich vermutet, aber gleich so … Geht's bei dir?" Ich klopfte meiner Freundin ein paarmal auf den Rücken. Sie hob eine Hand und nickte bejahend. „Weißt du, wer sie ist?", krächzte sie. „Nein. Hat er nicht gesagt", gab ich entrüstet zurück. Für einen kurzen

Moment schloss Sydney die Augen, dann rührte sie wieder in ihrem Glas herum und zog den Löffel durch den Schaum, um ihn genussvoll mit ihrer Zunge abzuschlecken. „Das sieht total versaut aus, wenn du das machst", lachte ich. „War es gut?" Meine Freundin hob fragend eine Augenbraue. „Mit deinem R, meine ich. Sorry, dass ich dich da heute morgen so angefahren habe." Ich legte eine Hand auf ihren Unterarm, um meinen Worten mehr Gewicht zu geben. Zögerlich ließ sie ihr Kinn nach unten gleiten. „Ist das ein Ja-er-war-fantastisch-im-Bett-Nicken oder ein Ich-nehme-die-Entschuldigung-an-Nicken?" Sydney schaufelte den nächsten Löffel Schaum in ihren Mund. „Beides." „Erzähl!", rief ich begeistert aus, denn ausnahmsweise hatte ich tatsächlich Lust, einen ihrer verschrobenen Lattenkrimis zu hören. „Wir haben es uns einfach schön gemacht, Mia. Mehr werde ich dazu nicht sagen." Wurde die etwa rot? Das war so gar nicht ihr Ding. „Du warst auch schon mal freigiebiger mit Informationen", raunte ich. Sydney schielte verstohlen zur Seite. Warte! Tat sie nicht gerade das gleiche wie ich, als es damals mit Leon … ernst wurde? Mein Herz begann vor Nervosität und irrationaler Vorfreude heftig zu hämmern. Der Typ von heute Nacht schien ganz eindeutig etwas Besonderes zu sein. „Wie endet das hier eigentlich?", forschte ich nach. „Was genau?" „Deine Liste. Ist es wirklich erst vorbei, wenn ein Zacharias oder Zeb den Abschluss bilden?" Meine Freundin fixierte den Inhalt ihres Glases und biss sich auf die Unterlippe. „Was ist los? Habe ich etwas Falsches gesagt?" „Das ist es nicht, Mia. Ich …" Sydney seufzte und ließ ihre Arme sinken, sodass ihr Macchiato zwischen ihren Beinen baumelte. „Das ganze Getue, das ist nur Fassade. Ja, es gibt diese Liste und auch reichlich Bettgeschichten dazu. Aber glücklich hat mich das nicht gemacht." Meine Freundin sah mich traurig an. „Warum tust du es dann?", fragte ich entsetzt. „Weil ich mir etwas beweisen musste, aus

Rache vielleicht?" Ein bitteres Lächeln umspielte ihren Mund. „In meiner Abschlussklasse gab es da diesen Jungen, Arthur. Ich war hoffnungslos verknallt in ihn. Er hatte für sein Alter so etwas Reifes an sich, las Camus und Nietzsche. Das imponierte mir." Sydney holte tief Luft und ich bedeutete ihr, weiter zu erzählen. „Er … er hatte eine Freundin und ich wusste das. Deswegen habe ich mich auch nicht um ihn bemüht. Arthur blieb einfach die nächtliche Phantasie in meinem Kopf. Irgendwann zog er mich heimlich in der Schule ins Kartenzimmer und, naja …" Sie schluckte. „Wir haben es dort getan. Arthur erzählte mir, wie sehr er mich brauchte. Ich würde ihn inspirieren, ihn geistig erfüllen, als wäre ich seine Muse. Er schrieb Gedichte und war darin auch unfassbar gut." Oh Gott, also doch eine Lou, schoss es mir durch den Kopf. „Auch wenn ich mir einredete, dass ich auf ewig dafür in der Hölle schmoren würde, blieb es nicht bei diesem einen Mal. Innerlich wehrte ich mich, sträubte mich dagegen, aber was soll ich sagen, ich war einfach verliebt. Und sich im Geheimen zu treffen hatte schon auch eine erotische Wirkung auf mich. Zumindest am Anfang war das noch so." Meine Freundin stellte ihr Glas beiseite; sie zwang sich sichtlich zu jedem Wort. „Ich fühlte mich mehr und mehr ausgenutzt, verraten, tatsächlich betrogen. Dabei war ich es doch, mit der er eigentlich seine Freundin betrog." Sie lachte gequält. „Irgendwann stellte ich ihn dann vor die Wahl, sie oder ich, wie in einem schlechten Film." Sydney strich sich hart über die Augen und zog ihre Wangen lang. Munchs Schrei war ein Dreck dagegen. „Wie ging es weiter?", fragte ich gebannt. „Er hat mich ausgelacht und gemeint, ich wäre doch nur … nur zum Ficken gut." Der Schmerz stand meiner Freundin ins Gesicht geschrieben. Mein Herz zog sich geschockt zusammen. „Was für ein Arsch!" „Ja." Sie stieß es aus, gepeinigt, verletzt. „Das war so erniedrigend gewesen. So falsch, so verlogen." Sie brauchte einen Moment, um sich wieder in den Griff zu bekommen. „Ich habe danach auch ein paar Gedichte geschrieben, weißt du." Zögerlich fischte Sydney einen vergilbten, mehrfach gefalteten Zettel aus ihrer Tasche. „So konnte ich am besten meinen Gefühlen Ausdruck verleihen. Das hier trage ich immer bei mir. Verrückt oder?" Sie hielt mir das Schriftstück hin und ich nahm es vorsichtig an mich. „Ich finde es eher tragisch. Darf ich?" Sie nickte. Dann begann ich zu lesen.

„Mein Herz.
Zu sehr verletzt, getroffen, gekränkt,
zu sehr, zu oft das Herz verschenkt.
Zu sehr geschwärmt und gehofft und geträumt,
zu oft den rechten Absprung versäumt.
Zu oft bedauert, bereut und betrogen,
zu sehr die eignen Gefühle belogen.
Zu groß die Angst vor gefühlloser Leere,
zu sehr geklammert an Ruhm und an Ehre.
Zu oft die Mauern aufgebaut
und voller Furcht nach Regeln geschaut:
Bleib dir stets treu und quäle dich nicht,
krieche nicht, wahre dein eignes Gesicht.
Breche nicht ein in bestehende Liebe,
zügle deine natürlichen Triebe.
Sei konsequent und selbstbewusst,
denk immer dran – du musst, du musst!
Mein eigener Schutz – ein Versteck, eine Lüge!
Wie kann ich denn lieben, wenn ich mich selbst betrüge?"

Die Worte hallten in meinem Kopf, in meinem Herzen und in meiner Seele wider. „Das ist von dir?", fragte ich ungläubig. Sydney nickte. „Das ist wahnsinnig gut geschrieben." „Findest du?" Sie war tatsächlich unsicher. „Ja, wirklich", bekräftigte ich und las die Zeilen gleich noch einmal durch. „Er ist dein A gewesen", sprach ich meinen Gedanken laut aus. „Ja. Nach der Aktion mit Arthur hatte ich meinen Ruf weg. Ich drehte den Spieß kurzerhand um. Das tat dann weniger weh. Auge um Auge, Zahn um Zahn – so etwas in der Art. Mein Herz sollte mir in jedem Fall keiner mehr brechen." „Und wenn du an ihn denkst?" „An wen?" „An dein R." Sydney lächelte und ihre Augen glänzten dabei. „Der würde so etwas niemals tun. Er ist so … besonnen, konsequent, charmant, ja, vertrauenswürdig, ehrlich, offen und lieb." „Und sieht unfassbar gut aus", hauchte ich. „Was bist du doch oberflächlich!", brach es jetzt schallend aus ihr heraus. Dann wurde meine Freundin wieder ernst. „Ihm ist es egal, was man mir alles nachsagt. Er sieht einfach nur mich und für ihn bin ich … vollkommen." Sie schüttelte ungläubig ihren Kopf. „Im Ernst, Sydney. Wenn er dich glücklich macht, dann lass das doch zu." „Das ist nicht so leicht", wich meine Freundin mir aus. „Wieso? Hat er, keine Ahnung ... eine Schreckschraube zur Schwester, die dir sonst die Augen auskratzt?", entgegnete ich sarkastisch. Sydney wurde bleich. „OMG! Selbst wenn, wen interessiert's. Es geht doch hier nur um dich und um ihn! Du bist dir doch sicher, was diesen Typen betrifft." Sie starrte mich an. „Würdest du wieder etwas schreiben … jetzt?", fragte ich voller Tatkraft. „Was, hier?" Sydney wies verwirrt durch den Raum. „Wozu?" Aber ich war schon aufgestanden, um Papier und Stift von der Bedienung zu organisieren. „Bitteschön." Resolut drückte ich meiner Freundin die Schreibutensilien in die Hand. „Schreib!" „Und was genau?", fragte sie skeptisch. „Was du fühlst! Ich meine, du empfindest doch etwas für diesen Kerl." Sydney blickte verlegen zu Boden. „Es ist anders zwischen dir und ihm, richtig? Anders als mit den ganzen Matratzensportlern." Wieder biss sie sich auf die Unterlippe. Dann nickte sie nachdrücklich. „Scheiß doch auf deine Regeln. Wenn er echt Mr. Right ist, was hält dich dann noch?" Energisch tippte ich mit meinem Zeigefinger auf das Blatt in ihrem Schoß. „Und jetzt schreib! Vertrau mir. Danach geht's dir besser." Sydney hielt einen Moment inne, dann begann der Stift übers Papier zu tanzen. Es war, als würde sie ihre Seele dirigieren, ein stetig wachsendes Crescendo der Gefühle zu spielen, das sich auf das leere Blatt ergoss. Mit einem Paukenschlag vollendete sie ihr Werk. „Willst du es lesen?" „Nein. Diese Worte sind nicht für mich bestimmt." Dankbar knickte Sydney den Zettel über die kurze Kante und strich ihn behutsam glatt. „Ich hoffe du warst deutlich. Nicht jeder versteht Lyrik", setzte ich entschieden nach. „Warum?" „Na, weil du's ihm schenkst und dann schaust, was passiert."

L E O N

Als ich meinen Fiat am nächsten Tag erneut vor Leons Haus parkte, in der Hoffnung, ihn dieses Mal zu erwischen, war der Volvo bereits abgeholt worden. Frau Grabowski hatte mir erzählt, Leon wolle ihn verkaufen, um Geld zu sparen. Ich fand sie in ihrem Kräuterbeet beim Unkrautjäten. „Mia, wie schön Sie wiederzusehen. Es geht hier ja zu wie im Taubenschlag. Erst Ihr Bruder, jetzt Sie. Soll ich Tee aufsetzen?" Wie festgenagelt blieb ich im Kies stehen. Torben war hier gewesen? In meinem Kopf begann es zu wummern. „Wann war mein Bruder denn bei Ihnen?", fragte ich völlig überrumpelt. „Vor zwei Stunden etwa. Man schimpft ja viel über ihn, aber in live und privat ist er richtig sympathisch." Sie strahlte mich an. Ich starrte zurück. „Und er hat mir das hier gegeben." Leons Mutter stand auf, strich sich die Hände an ihrer Schürze sauber und förderte eine Visitenkarte aus ihrer Hosentasche zutage. „Es ist ein Recruitingunternehmen. Anscheinend kennt Ihr Bruder dort einen Mitarbeiter." Sie lachte. „Ich habe morgen einen Telefontermin mit ihm. Ihr Bruder meinte, für eine Frau mit meinen Qualifikationen gäbe es immer einen Platz auf dem Markt." Beschwingt packte sie die Karte wieder in ihre Tasche, nicht ohne sich gleich noch einmal zu versichern, dass ihr Schatz auch wirklich gut verstaut war. „Ich lasse mich überraschen." Wieder dieses Strahlen. Dem würde ich noch auf den Grund gehen, aber nicht jetzt. „Ist Leon da?", fragte ich kritisch. „Nein. Er macht heute länger." Ich seufzte; das wird doch so nichts! Und anrufen brauchte ich ihn auch nicht. Warum sollte er abheben? „Aber kommen Sie doch rein. Sie können gerne auf ihn warten." Frau Grabowski wies freundlich auf die offene Eingangstür. Mein Blick blieb auf dem Haus hängen. Wie Leons Zimmer wohl aussah? Hatte er Fotos an der Wand? War sein Bettbezug weich? Mein Herz setzte einen Moment aus. „Besser nicht. Ich, ähm … muss noch etwas erledigen." Halb ins Auto gestiegen und die Hand schon am Zündschlüssel, rief ich Torben auf seinem Handy an. „Hallo?" Er klang gestresst. Im Hintergrund hörte ich jemanden fluchen; zwei Männer stritten lautstark miteinander. „Ich bin's, Mia. Geht's gerade?" Etwas kratzte; anscheinend rückte mein Bruder gerade seinen Bürostuhl nach hinten, Schuhe schrubbten übers Parkett, die Tür klackte. „Was gibt es denn so Dringendes?", fragte er mich mit gedämpfter Stimme. Ich konnte ihn leibhaftig vor mir sehen, wie er in Anzug und Krawatte, leicht gebückt und in sich zusammengekrochen, das Telefon an sein Ohr presste und den Mund mit der Hand abschirmte in einem dieser seelenlosen Gänge mit Glasfronten, Beton und Stahl. „Du warst bei Leons Mutter", zischte ich. „Ja, und? Ist das verboten?", fragte er knapp. „Nein. Aber warum hast du das getan?" Torben lief unruhig hin und her. „Weil ich vielleicht doch nicht so ein herzloses Monster bin, für das du mich neuerdings hältst." Die Tür wurde aufgerissen. Ich hörte wieder die aufgepeitschten Männerstimmen. „Herr Schneider, wir brauchen Sie hier im Meeting." „Das weiß ich, Jackson. Zwei Minuten", antwortete mein Bruder scharf. Himmel, eisig konnte er. Keine Frage. „Ich habe mich doch schon dafür entschuldigt", flüsterte ich mit Nachdruck. „Ja. Hast du. War's das?" „Mhm." „Ich leg jetzt auf." Die Verbindung wurde unterbrochen. Wie hielt Torben das nur jeden Tag aus? Er navigierte so zielsicher zwischen all diesen Haifischen mit rauem Umgangston und blieb trotzdem mein Bruder; ich hätte wohl schon längst meine Seele verkaufen müssen, um zu bestehen. Langsam zuckelte ich mit meinem Wagen davon, denn die Kirmes in meinem Kopf fraß fast all meine Konzentration. Als ich die vermaledeite Blitzerkreuzung passierte, fiel mein Blick auf ein junges Pärchen, das knutschend an einem der Laternenpfähle lehnte. Erleichterung machte sich in mir breit. Es war Jason und wen er da im Arm hielt, das war ganz eindeutig Clementine. Sie war also doch noch zur Vernunft gekommen und hatte erkannt, was für ein Juwel der Junge eigentlich war. Beherzt drückte ich auf die Hupe. Die beiden erschraken. Jason erkannte mein Auto und winkte euphorisch. Seine Augen leuchteten vor Glück; das konnte ich selbst bis hierher sehen. Zu Hause blieb ich noch kurz im Erdgeschoss stehen und betrachtete die verschlossene Tür vom alten Braun. Er fehlte mir; vielleicht hätten wir heute sogar zum ersten Mal zusammen Rommé gespielt und uns Kuchen geteilt. Jetzt lag er 1,80 Meter tief am Neuen Ostfriedhof. Ich würde ihn in Zukunft dort besuchen, mit einem guten

Stück Plunder und ein paar Gedichten. Wenigstens das konnte ich noch für ihn tun. Nachdem ich die Post durchgegangen war und mich im Bad ein wenig frisch gemacht hatte, setzte ich mich mit einer dampfenden Tasse Tee gemütlich auf die Couch. Micky gesellte sich zu mir und rollte sich schnurrend in meinem Schoß zusammen. Liebevoll kraulte ich den kleinen Racker hinterm Ohr. Ich musste meine Optionen abwägen. Ein drittes Mal würde ich nicht zu Leons Haus fahren. Es klingelte. Einmal, zweimal, Sturm. „Ja, ja. Ich komm ja schon." Das war bestimmt der Paketlieferdienst. Missmutig suchte mein getigerter Freund das Weite, als ich aufstand. Torben würde wieder irgendeinen Scheiß bestellt haben oder Katzenfutter in der Vorteilspackung. Ich drückte den Summer. „Dritter Stock", rief ich ins Treppenhaus nach unten. Ein blonder Schopf im Hoodie sprintete nach oben. Das war nicht wahr jetzt. Ich drehte mich ruckartig um und schaffte es gerade noch, Leon die Tür vor der Nase zuzuknallen, bevor er mich erreicht hatte. Mit meinem Rücken ans Holz gedrückt wie ein Bollwerk versteckte ich mich vor den in mir aufflammenden Gefühlen. Mein Herz hämmerte wie verrückt durch meinen ganzen Leib. Er war hier. Oh Gott, was sollte ich tun? „Mia, mach auf. Bitte." Leon klopfte an die Tür. „Ich weiß, dass du mich hören kannst." Nein. Ich bin nicht da. Noch ein Klopfen. „Bitte." Seine Stimme klang schon fast flehentlich. Es war ein himmelweiter Unterschied, sich vorzunehmen, denjenigen aufzusuchen und zur Rede zu stellen, der einen so verletzt hatte, oder dann tatsächlich damit konfrontiert zu sein, dass dieser jemand plötzlich vor einem stand. „Bitte. Ich will es dir erklären." Etwas zog an mir. Mein Geist stürzte sich begierig auf seine Worte. Ich würde Antworten kriegen. Endlich. Darauf hatte ich doch gehofft? „Ich will nicht", gab ich durch die Tür zurück. „Ich weiß, dass du bei uns warst. Mehr-

fach." Mist. „Und dass du mit mir reden wolltest." Ich hörte ein leises
Scharren; es war Leons Hand, die über das Holz glitt. Ganz langsam,
ganz zärtlich, als würde er mich streicheln. Ich schluckte. „Bitte, Mia.
Lass mich rein." Zwei große Katzenaugen glubschten mich an. Micky,
hilfst du ihm jetzt etwa? Wie kannst du das Lager wechseln? Verräter!
Der Kater maunzte unschuldig; mit einem Satz war er weg. Ich atmete
tief durch, dann öffnete ich die Tür einen Spalt und lugte nach draußen.
Leons Gesicht kam in mein Blickfeld. Er sah müde aus, abgekämpft, zer-
furcht. An seinen Händen klebte Schmiere, in seinen Haaren Dreck und
Staub. „Bist du direkt aus der Werkstatt hierher gekommen?", fragte
ich heiser. Er roch nach Motoröl und harter Arbeit. „Darf ich … ?" Seine
Stimme brach. Ich trat zur Seite und gab den Weg frei. „Danke." Leon
schlüpfte aus seinen Schuhen; er zögerte einen Moment. „Ich bin allein,
falls du dich das fragst", sagte ich knapp. Er nickte und schob sich an
mir vorbei durch den Türstock. Seine Nähe war schier unerträglich für
mich. Mein Körper reagierte sofort auf ihn und ich verfluchte mich innerlich dafür. Entschieden wies ich den Flur entlang und lotste Leon in
mein Zimmer. Sollte Torben nach Hause kommen, würde er uns dort
zumindest nicht überraschen, wenn wir redeten. Denn das war es doch,
was ich wollte: reden. Automatisch setzte ich mich aufs Bett. „Ich,
ähm … ich bleib lieber stehen." Leon deutete auf die aufgeschüttelten
Laken. „Ich will dir hier nichts versauen." Dann zieh dich doch aus.
Verdammt! Schluss damit. „Okay." Ich stand wieder auf. Leon räusperte sich. „Mia, ich habe mich dir gegenüber wie ein riesengroßes
Arschloch benommen und das tut mir leid." „Und warum hast du dich
wie ein riesengroßes Arschloch benommen?" Ich suchte seinen Blick,
aber er wich mir aus. „Ich meine, du hast mich kommentarlos fröhlich
aus deinem Leben katapultiert. Ohne irgendeine Erklärung. Ohne

irgendeinen Anhaltspunkt." „Ich weiß, ich weiß. Das war total bescheuert von mir." Jetzt sah er mich doch an; hätte er's bloß gelassen. Augenblicklich stand meine Seele in Brand. „Was hatte ich denn verbrochen? Oder Torben? Der hat einfach nur seinen Job gemacht." Ich konnte nicht anders, ich wollte Partei ergreifen; ich musste es ihm unverblümt an den Kopf schmeißen, sonst würden mir meine Knie noch knicken. „Warum willst du bei allem und jedem immer so dringend die andere Seite der Medaille sehen, nur bei mir nicht?", bohrte ich frustriert nach. „Ich hatte nicht den geringsten Hauch einer Chance." In Leons inzwischen glänzenden Augen stand das pure Unbehagen. „Ich bin doch hier, um mich zu entschuldigen, Mia", gab er kleinlaut zurück und griff behutsam nach meinem Arm. Mit seinem Daumen begann er ganz sanft über meine Haut zu streichen. Das Kribbeln, das diese Berührung in mir auslöste, eroberte schlagartig jeden Winkel meines Körpers. „Es tut mir leid, was ich gesagt oder getan habe." Nein. So leicht würde ich dich nicht davonkommen lassen. Ich zog meinen Arm weg. „Dir sollte leid tun, was du nicht gesagt und nicht getan hast!", pampte ich ihn an. Leon seufzte. Nun ließ er sich doch auf meine Bettkante sinken und vergrub sein Gesicht in beiden Händen. Am liebsten hätte ich durch sein Haar gewühlt, ihn an mich gedrückt und bis zur Besinnungslosigkeit niedergeküsst. „Ich war zwölf, als mein Vater uns verlassen hat", begann er leise. „Er hat sich aus dem Staub gemacht, als es ernst wurde. Uns ging es finanziell damals nicht gut. Wir hatten Schulden. Meine Eltern hatten das Haus gerade erst gekauft und meine Mum wollte es halten, auch ohne ihn. Sie würde wieder arbeiten gehen, hatte sie gesagt; es würde alles gut werden. Sie hat dann zunächst eine Schwangerschaftsvertretung übernommen und wurde danach tatsächlich weite beschäftigt. Die Firma hat ihr so viel gegeben, die Firma, die dein

Bruder jetzt ... Du kannst dir nicht vorstellen, wie es für sie war, als sie erfuhr, dass ..." Leon holte tief Luft. „Als mein Dad ... Ich meine, sie war damals am Boden zerstört gewesen. Und dann gab es da noch mich, einen kleinen pubertierenden Jugendlichen, halb noch ein Kind, der so viel Wut im Bauch hatte, dass er alles kurz und klein schlug." Er sah so verletzt aus, so zermürbt. Langsam ließ ich mich nach unten sinken, um mich vor ihn hin zu knien. „Er ist einfach abgehauen, Mia. Einfach so. Er hat meiner Mutter alles genommen, das Konto leergeräumt. Auf und davon. Wir haben nie wieder etwas von ihm gehört. Ich weiß weder, ob er noch lebt, noch, ob er schon tot ist. Und eigentlich will ich es auch gar nicht wissen." Mitfühlend legte ich meine Hand an seine Wange. Für einen Moment schloss Leon die Augen. Dann verflocht er seine Finger mit meinen und löste ganz langsam die Verbindung zwischen uns. „Ich habe mir damals geschworen, dass nie wieder ein Mann meiner Mutter so viel Leid, Kummer und Tränen bereiten würde. Sie hat so für ihren Erfolg gekämpft, für mich gekämpft, dass wir beide gut durchkommen. Ich hatte Essen auf dem Tisch, ein Dach über meinem Kopf, frische Klamotten am Leib und eine Mutter, die mich über alles liebte. Sie hat mir meine Ausbildung finanziert, mein Auto, alles. Sie hat immer alles für mich gegeben." „Warum hast du mir nie etwas darüber erzählt?", fragte ich mit belegter Stimme. „Ich wollte dich nicht mit meinen Problemen belasten." Er lächelte schief. „Und als du dann meinen Bruder gesehen hast ...", setzte ich vorsichtig an. „Mia, es tut mir so leid. Ich wollte das nicht. Es war wie ein Reflex, als würde ich in ein anderes Programm wechseln. Ich meine, ich wusste ja, dass dein Bruder Torben heißt und du Schneider. Aber ich habe das irgendwie nicht zusammengebracht mit dem T. Schneider, der ... der von den Briefen runterlächelt und Leute entlässt." Leon riss seine Hände verzweifelt nach oben. „Du wolltest sie beschützen", sagte ich mehr zu mir selbst als zu ihm. Mein Bruder hätte wohl das gleiche getan. „Als klar war, dass sie ihren Job verlieren würde, da habe ich mir echt Sorgen um sie gemacht, dass alles wieder von vorne losgehen würde, all der Stress und die Angst. Ich habe meinen ganzen Hass auf diesen ... Menschen projiziert. Und als dein Bruder plötzlich vor uns stand und ich erkannte, dass er, also dass er es ist, T. Schneider, meine ich, da sind bei mir einfach die Sicherungen durchgebrannt. Wie hätte ich dich in diesem Moment noch lieben können?" Ein glühender Speer schlug mir mitten durchs Herz. Abrupt sprang ich auf und schuf Distanz zwischen uns. Leon sah mich entsetzt an. „Mia, nein. So habe ich das nicht gemeint. Scheiße. Ich mach alles nur noch schlimmer." Er stand auf und kam mir entgegen. Ich hob abwehrend die Hände. „Fass mich nicht an!", stieß ich aus und wich weiter zurück. „Bitte, hör mir zu. Meine Mum hat mir ordentlich den Kopf gewaschen, als sie erfuhr, was für eine Nummer ich hier mit dir abziehe." Geschieht dir nur recht. Ich konnte mir Leons Mutter wahrhaftig vorstellen, wie sie ihm mit ihrem Reisigbesen den Hintern versohlte. „Sie hat mir gesagt, ich wäre nicht besser als er ..." Er schluckte schwer. „Als mein Dad, wenn ich einfach weglaufe, wenn's ernst wird, wenn ich nicht bereit dazu bin, einzustehen für das, was ich angerichtet habe. So hätte sie mich nicht erzogen." Das war hart. Frau Grabowski hatte wirklich alle Geschütze aufgefahren, um ihrem Sohn die Leviten zu lesen. „Bist du hier, weil sie es wollte?", fragte ich schnippisch. Leon blickte mich hilfesuchend an. „Nein, Mia. Ich bin hier, weil ich dich wollte ... will. Ich will dich, immer noch, mit jeder Faser meines Körpers. Die letzten Wochen waren die reinste Qual für mich." Frag mich mal. „Ich, ich ..." Er griff sich mit beiden Händen in seine blonde Mähne und raufte sich die Haare. „Ich liebe dich, Mia. Verstehst du das nicht. Immer noch. Mehr noch. Du bist das Erste, woran ich denke, wenn ich aufstehe, und das Letzte, was ich sehe, bevor ich einschlafe. Du gehst mir einfach nicht mehr aus dem Kopf. Ich habe versucht, es zu ignorieren, es zu begraben, zu verdrängen. Aber es klappt nicht. Du bist immer da." Leon packte meine Hand und legte sie auf seine Brust. Dort, wo sein Herz schlug, hielt er sie fest und drückte sie an sich. „Hier bist du." Ich spürte es hart gegen seine Rippenbögen donnern. Wumm, wumm, wumm. „Schaffst du es, mir zu verzeihen … irgendwie?", fragte er bang. Als mein Verstand noch versuchte aufzubegehren, um einen Einwand zu bringen, hatten ihn meine Gefühle bereits mundtot gemacht. Ich ließ mich nach vorn kippen und presste meine Lippen gegen Leons Mund. Der wusste nicht recht, wie ihm geschah. Völlig überrumpelt krallte er sich an mir fest. Unsere Instinkte übernahmen sofort das Kommando und wir taumelten, beide von verzweifelter Lust übermannt, wild knutschend zurück. Die Bettkante in seiner Kniekehle brachte uns zu Fall und wir plumpsten ins kuschelige Weich.

Unsere Kleidung lag quer durch den Raum verstreut. Meine Nachttischlampe zierten Leons Boxershorts. Zufrieden schmiegte ich mich an seine Brust. Jeder von uns hatte ordentlich Druck abgebaut. Seinen Blick nachdenklich auf meine Zimmerdecke geheftet, kräuselte Leon beständig meine Locken zwischen seinen Fingern. „Wir sollten in Zukunft ehrlicher zueinander sein", sagte ich leise. Doch anstatt der erhofften Reaktion, die ein ‚Ja, sollten wir' gewesen wäre, wickelte Leon ein paar Haare zu einem kleinen Pinsel und kitzelte mich damit am Ohr. Ich quietschte widerstrebend und machte mich von ihm los. „Leon, ernsthaft. Wenn das hier funktionieren soll, dann müssen wir aufhören, in unserer Blase vor uns hin zu träumen." Er schluckte, hatte er doch genauso wie ich jedes Mal Urlaub von seinem Leben gemacht, wenn wir zusammen gewesen waren. „Entweder ganz oder gar nicht, mit allen Ecken und Kanten, in allen Höhen und Tiefen." „Du willst mich wirklich zurück? Auch nach der Nummer hier?", fragte er zögerlich und klang dabei sichtlich überrascht. Ich nickte nachdrücklich. „Ganz besonders nach der Nummer hier." Leon sah mich verstört an. „Ich meinte nicht den Sex." „Das weiß ich doch", lachte ich und gab ihm einen liebevollen Knuff. „Die Antwort bleibt trotzdem die gleiche." Mit einem tiefen Seufzer zog er mich erleichtert wieder in seine Arme. „Ich bin so froh, dass du da bist", nuschelte ich in seinen Hals. Leon vergrub sein Gesicht in meinen Locken. „Ich auch." Breit grinsend begann ich, mit meinen Fingern ganz langsam über seinen Bauch nach unten zu gleiten. „Und wir haben eine Menge nachzuholen." „Findest du?" Seine grünen Augen funkelten mich amüsiert an und er stoppte ganz zärtlich meine Hand mit der seinen. „Ich muss dich enttäuschen, Prinzessin. Aber der muss rebooten." Gespielt entrüstet zog ich ein Pfännchen. Mein Handy blinkte auf. Es war eine WhatsApp von Torben. „Bin im Darwin's. Wollte euch nicht stören. Kommt ihr nach?" Heilige Scheiße! Ich hatte gar nicht gemerkt, dass mein Bruder … Augenblicklich wurde ich rot. „Alles in Ordnung, Mia?" Leon klang besorgt. Ich hielt ihm mein Handy vor die Nase, sodass er die Nachricht lesen konnte. „Aber meine Klamotten stinken", entfuhr es ihm prompt. „Ist das das Einzige, was dich schockiert?", fragte ich skeptisch. Mein Freund richtete sich verschreckt im Bett auf. „Ich werde so sicherlich nicht deinem Bruder gegenübertreten." Ich musste lachen. „Schnapp dir ein Handtuch aus dem Schrank und stell dich unter die Dusche. Den Rest regle ich." „Muss ich?", fragte er gequält. Ich drückte ihm einen Kuss auf die Wange. „Ja. Musst du."

WENN NICHT DU, WER DANN

Ich zog Leon hinter mir ins Darwin's hinein. Mein Bruder saß bei Sydney am Tresen, die gerade mit geschickten Handgriffen routiniert ein Glas nach dem anderen abtrocknete und es auf die Anrichte stellte. Sein Jackett hing über der Lehne; die Krawatte um seinen Hals hatte er gelockert. Meine Freundin beugte sich nach vorne und flüsterte Torben etwas ins Ohr. Er stutzte kurz, dann schmiss er sich lachend weg. Ich spürte einen kleinen Ruck an meiner Hand. Leon war auf halbem Weg stehen geblieben. „Er beißt dir schon nicht den Kopf ab", lächelte ich meinen Freund aufmunternd an. „Aber er hätte allen Grund dazu", raunte Leon. „Und nicht nur wegen dem hier." Er zupfte an seinem T-Shirt, vielmehr an einem von Torbens ausrangierten Shirts, in dem er zugegebenermaßen ein Stück weit verloren wirkte. Aber ich rechnete es ihm hoch an, dass er den Fetzen auf dem in großen Lettern „Don't fuck the company" stand, ohne Murren und Knurren vorhin einfach über den Kopf gezogen hatte, in eine alte Jeans meines Bruders geschlüpft war und sich seinem Schicksal ergab. „Da seid ihr ja endlich", hörte ich Sydneys helle Stimme durch den Raum scheppern. Mein Bruder sah auf und hob verdutzt eine Augenbraue, als sein Blick auf meinen Freund fiel. Sydney biss sich indes belustigt auf ihre Unterlippe. Zweiter Anlauf. Jetzt galt's. „Stehen dir gut, meine Sachen." Torben war von seinem Barhocker gerutscht und reichte Leon schmunzelnd seine Hand, der die Geste zögerlich erwiderte. „Torben Schneider?" „Jap. Und ihr zwei seid jetzt wieder zusammen?" Mein Bruder zwinkerte mir zu und ich wollte am liebsten im Boden versinken, wusste ich doch ganz genau, worauf er anspielte. „Sorry, Mann", brachte mein Freund eingeschüchtert hervor, wobei sein Unbehagen deutlich anders induziert war. Torben lachte und klatschte ihm kumpelhaft auf die Schulter.

„Kein Problem. Wir bauen alle mal Scheiße! Bierchen?" Einladend wies er in Richtung Tresen. „Ja. Gerne." Leon warf mir einen hoffnungsvollen Blick zu. Wir schnappten uns zwei Barhocker und kuschelten uns nebeneinander darauf, unsere Beine Seite an Seite gelegt, meine Hand wieder fest mit der seinen verbunden. „Wie läuft es in der Werkstatt?", wollte mein Bruder wissen. „Mia hat mir erzählt, du bist Automechaniker?" „Mechatroniker, ja. Geht gut." Sydney stellte Leon sein Bier und Torben eine Cola vor die Nase. Mein Bruder prostete ihm zu. Die Gläser klirrten. Über die Lautsprecher knallte Bon Jovis heroische Hymne an das Leben und meine Freundin drehte den Verstärker auf. Ich hatte spontan die Neigung, aufzuspringen und mitzusingen. „It's my life, and it's now or never. I ain't gonna live forever." Die anderen Gäste, durch meine entfesselte Lebensfreude animiert, taten es mir gleich und räumten die Tanzfläche frei. Sydney johlte und kreiselte das Geschirrtuch durch die Luft. „Was passiert hier?", fragte Leon meinen Bruder irritiert. „Sie machen Party", entgegnete der und schüttelte lachend den Kopf. „I just want to live while I'm alive. It's my life." Reihen bildeten sich, Arme wurden über Schultern geschlagen, Hände in die Höhe gereckt. Trudies Brillendiadem wippte zum Takt, als sie sich uns anschloss. „Ihr müsst mitmachen. Kommt!" Ich zog meinen Freund und Torben begeistert von ihren Stühlen und nahm sie beide gleichzeitig fest in den Arm. „My heart is like an open highway." Zwei Männer, die ich über alles liebte. Zwei Männer, für die ich unendlich dankbar war. „Like Frankie said: I did it my way." Die Welle erfasste uns. Wir sprangen nach oben, mit unseren Herzen auf der Zunge und brennenden Lungen. „I just want to live while I'm alive. It's my life."

Das Darwin's leerte sich langsam. Sydney rechnete die letzten verbleibenden Gäste ab. Mein Bruder lehnte mit dem Rücken bequem an der Bar und drehte sein Glas zischen seinen Fingern. Er beobachtete jede ihrer Bewegungen, wie sie sich durch die Tische schlängelte, das Geld zählte und herzlich verabschiedet wurde. Trudie machte derweil in der kleinen Küche des Ladenlokals klar Schiff. Sie hatte die Tür offengelassen und ich erkannte den alten Seebären, der in der Ecke neben dem Herd auf einem Schemel saß. Ob er und die Königin der Trinker wohl ein Paar waren? Gönnen würde ich es ihnen. „Mal sehen, wo sie noch was versteckt hält." Mein Freund krabbelte an mir vorbei über den Tresen und fischte sich die letzten Chips unter der Anrichte heraus. „Griffel weg", blaffte Sydney ihn an und schlug ihm rabiat auf die Hand. „Aua", gab Leon gespielt entrüstet zurück und riss beherzt die Verpackung auf, um gleich darauf genüsslich in die erste Scheibe fettiges Gold zu beißen. „Du bist unmöglich", kicherte ich. „Aber deswegen liebst du mich doch, Prinzessin." Mein Bruder seufzte und nahm einen großen Schluck Cola. „Willst du auch einen?", fragte Leon ihn frech und hielt Torben die Packung hin. „Nein. Passt schon. Lass krachen", winkte der vor sich hin grübelnd ab. Ich war erleichtert darüber gewesen, wie gut sich die beiden in den letzten Stunden verstanden hatten. Sie hatten einen echten Draht zueinander gefunden und somit diesen Abend für mich zu einem der schönsten meines Lebens gemacht. Was könnte ich mir noch mehr wünschen? Mein Bruder leerte sein Glas und stellte es hart aufs Holz ab. „Darf ich dich kurz entführen, Mia?" Ich sah ihn stirnrunzelnd an. Mit seiner Hand strich er leicht über meinen Oberarm und bedeutete mir, ihm in Richtung Ausgang zu folgen. „Kommt ihr ein paar Minütchen ohne uns klar?", fragte ich zweifelnd in die Runde. Leon gab mir einen dicken Schmatzer „Ja, geht ruhig." Er schmeckte nach Salz. Sydney nickte nur stumm. Sie wirkte auf einmal ganz blass. Draußen angekommen, ließ sich mein Bruder auf den Randstein fallen und streckte die

Beine aus. Ich tat es ihm gleich. „Was ist los?", fragte ich alarmiert, denn Torbens Gesichtsausdruck beunruhigte mich. Für einen Moment sah er einfach nur stur auf die Straße hinaus. Dann lehnte er sich zur Seite und fischte etwas aus seiner Hosentasche. Er zog die Beine wieder an und stützte die Arme auf seine Knie. In seinen Händen drehte er einen gefalteten Zettel, auf dessen Rückseite ein mir wohlbekanntes Logo prangte. In meinem Kopf setzte sich ein Puzzle zusammen. Ich starrte meinen Bruder fassungslos an. „Das ist nicht wahr … Du bist nicht … Du bist Mr. Right? Sydney ist deine Freundin?", stammelte ich entgeistert vor mich hin. Torben lächelte schief. „Wäre das denn so schlimm für dich?", fragte er sanft und hielt seinen Blick prüfend auf mich gerichtet. Ich schluckte schwer, fand ich die Bilder, die in mir auftauchten, doch irgendwie befremdlich. Mit meinem Finger deutete ich auf den kleinen Zettel. „Darf … Darf ich es lesen? Das Gedicht?" Mein Bruder reichte mir kommentarlos das Stück Papier. Behutsam faltete ich es auf, als könnte ich es beschädigen, wenn ich zu ruppig vorging, als könnte ich Sydneys Seele greifen und sie dadurch verletzen. Nichts lag mir ferner. Und mir wurde klar, wie sehr mir Torben vertraute, dass er das hier mit mir teilen wollte.

„Die Liebe.
Ein Wunder ist die große Liebe,
wenn sie nur alle Angst vertriebe!
Was soll ich machen? Bin zwiegespalten.
Wird sie das ganze Leben halten?
Schön wär's! Auch wenn sie Wunden heilte,
nicht spitze Krallen anderer feilte –
die weh tun, weil sie mich verletzen,
mich mit der alten Schande hetzen.

Ihr habt gerichtet über mich,
mit schlimmen Dingen, die mich trafen.
Hört auf, mich fortan zu bestrafen!
Denn du, du gehst durch Dick und Dünn,
gibst all dem Leiden endlich Sinn.
Trägst mich auf Händen durch die Nacht
und zögerst nicht mir zu beweisen,
dass die Gestirne um mich kreisen.
Schenkst mir den Himmel hier auf Erden,
sodass mein Mut ist neu entfacht.
Ich will mein Glück nicht mehr verbergen!
Doch Zweifel drückt auf meine Brust,
sowie die Narben, Scham und Frust.
Dein Arm, der legt sich fest um mich.
Komm her, mein Schatz! Ich schütze dich.
Lass die Vergangenheit doch ruh'n!
Was hat sie denn mit uns zu tun?
Die Zukunft liegt vor unseren Füßen,
lass uns gemeinsam jeden Morgen,
zusammen neu das Leben grüßen.
An deiner Seite fühl ich mich
geschätzt, geliebt und tief geborgen,
vertraue dir und glaub an dich.
Nur meine Furcht ist hinderlich!
Zu lange schon verfolgt er mich.
Der Schatten? Komm, ich spring für dich.
Greif meine Hand und bleib bei mir,
mein Herz, mein Schmerz gehört nur dir!"

Ich drückte eine kleine Träne aus meinem Augenwinkel. „Es gab nie ein R, oder?", fragte ich mit belegter Stimme. „Nein", sagte mein Bruder leise. Behutsam gab ich ihm den kleinen Zettel zurück. „Wie lange geht das schon zwischen euch beiden?", fragte ich zögerlich. „Ein wenig", antwortete Torben zurückhaltend. „Also schon länger", konstatierte ich und merkte, wie er sich versteifte. Ich war echt blind gewesen. „Deine heimlichen Telefonate, dein Sport-Fetischismus. Und in Hamburg, da wart ihr auch schon zusammen. Das hast du uns spendiert. Habe ich recht?" Mein Bruder nickte. „Deswegen hat Sydney auch nicht nach dem Jagdhorn gegriffen und war ständig am Handy gehangen." Alles ergab urplötzlich Sinn. „Wir, ähm ... wir haben uns bei eurem Mädelsabend auch schon, naja, ..." Er räusperte sich. „Geküsst." Ich sah ihn erschrocken an. „Wann?" Ich war doch dabei gewesen. Mein Bruder schob verlegen einen Stein mit seinem Fuß übers Pflaster. „Also, ich lag jetzt nicht die ganze Nacht auf der Couch." Darum war Sydney nicht zum Frühstück geblieben. Sie hatte sich vermutlich in Grund und Boden geschämt. „Aber sie ist danach trotzdem mit Quentin ins Bett." Torben seufzte gequält und fuhr sich mit beiden Händen grob durchs Gesicht. „Erinnere mich bitte nicht daran." „Hattest du Lust, ihn zu verdreschen?", hakte ich kritisch nach. Mein Bruder schüttelte sachte den Kopf. „Nein, Mia. Wirklich nicht. Mit welchem Recht auch? Mit welchem Sinn? Sydney war zu diesem Zeitpunkt einfach noch nicht bereit für eine Beziehung mit mir." Er sah müde aus und ich begriff, wie schwer es ihm gefallen sein musste, direkt weiter zu machen, als wäre nichts geschehen. Liebevoll boxte ich ihm in die Seite. „Da hast du dir jetzt aber einen jungen Hüpfer angelacht, alter Mann!" Torben grinste breit, seine eisblauen Augen strahlten – endlich. Die Anspannung war schlagartig aus seinem Körper gewichen. „Vorsicht, Schwesterlein! Dünnes Eis, ganz dünnes Eis!" Erleichtert zerwuschelte mir mein Bruder die Lockenmähne. „So groß ist der Altersunterschied auch wieder nicht." Ich wies in Richtung Darwin's. „Ich glaube, wir sollten wieder reingehen und deine Freundin erlösen. Ich glaube, sie macht sich Sorgen, das hier würde übel enden." „Ja. Das stimmt", seufzte er. „Sie wusste nicht, wie du reagieren würdest, wenn du erfährst, dass wir ein Paar sind." Ich nickte. „Torben?" „Mhm?" „Tu ihr nicht weh." Mein Bruder legte sanft seine Handfläche an meine Wange und blickte mich aufrichtig an. „Werde ich nicht. Du kennst mich doch. Wenn ich mein Herz verschenke, dann ganz. Michelle wird immer ein Teil von mir bleiben, Mia. Aber sie ist tot und ich lebe noch. Ich liebe Sydney – mehr als alles andere auf dieser Welt. Und daran wird sich auch nie etwas ändern." „Hast du ihr das auch so gesagt?" „Ja." „Dann ist es gut."